हिन्द पॉकेट बुक्स

नरक का मार्ग

तथा अन्य कहानियाँ

प्रेमचंद हिन्दी और उर्दू के महानतम भारतीय लेखकों में से एक हैं। वे एक संवेदनशील लेखक, सचेत नागरिक, कुशल वक्ता तथा सुधी (विद्वान) संपादक थे। उपन्यास के क्षेत्र में उनके योगदान को देखकर बंगाल के विख्यात उपन्यासकार शरतचंद्र चट्टोपाध्याय ने उन्हें उपन्यास सम्राट कहकर संबोधित किया था। प्रेमचंद ने हिन्दी कहानी और उपन्यास की एक ऐसी परंपरा का विकास किया जिसने पूरी सदी के साहित्य का मार्गदर्शन किया। आगामी एक पूरी पीढ़ी को गहराई तक प्रभावित कर प्रेमचंद ने साहित्य की यथार्थवादी परंपरा की नींव रखी। उनका लेखन हिन्दी साहित्य की एक ऐसी विरासत है, जिसके बिना हिन्दी के विकास का अध्ययन अधूरा होगा।

हिन्द पॉकेट बुक्स

यूएसए। कनाडा। यूके। आयरलैंड। ऑस्ट्रेलिया। सिंगापुर
न्यू ज़ीलैंड। भारत। दक्षिण अफ्रीका। चीन

हिन्द पॉकेट बुक्स, पेंगुइन रैंडम हाउस ग्रुप ऑफ़ कम्पनीज़ का हिस्सा है,
जिसका पता global.penguinrandomhouse.com पर मिलेगा

पेंगुइन रैंडम हाउस इंडिया प्रा. लि.,
चौथी मंजिल, कैपिटल टावर -1, एम जी रोड,
गुड़गांव 122 002, हरियाणा, भारत

पेंगुइन
रैंडम हाउस
इंडिया

प्रथम हिन्दी संस्करण हिन्द पॉकेट बुक्स द्वारा 2002 में प्रकाशित
यह हिन्दी संस्करण हिन्द पॉकेट बुक्स में पेंगुइन रैंडम हाउस द्वारा 2023 में प्रकाशित

10 9 8 7 6 5 4 3 2

इस पुस्तक में व्यक्त विचार लेखक के अपने हैं, जिनका यथासंभव तथ्यात्मक
सत्यापन किया गया है, और इस संबंध में प्रकाशक एवं सहयोगी
प्रकाशक किसी भी रूप में उत्तरदायी नहीं हैं।

ISBN 9789353497026

मुद्रकः रेप्रो इंडिया लिमिटेड

www.penguin.co.in

MIX
Paper from
responsible sources
FSC® C047271
FSC
www.fsc.org

This is a legitimate digitally printed version of the book and therefore might not
have certain extra finishing on the cover.

नरक का मार्ग

तथा अन्य कहानियाँ

प्रेमचंद

हिन्द पॉकेट बुक्स

पेंगुइन रैंडम हाउस इम्प्रिंट

क्रम

विश्वास

उन दिनों मिस जोशी बम्बई सभ्य-समाज की राधिका थी। थी तो वह एक छोटी-सी कन्या-पाठशाला की अध्यापिका पर उसका ठाट-बाट, मान-सम्मान बड़ी-बड़ी धन-रानियों को भी लज्जित करता था। वह एक बड़े महल में रहती थी, जो किसी जमाने में सतारा के महाराज का निवास-स्थान था। वहां सारे दिन नगर के रईसों, राजों, राज-कर्मचारियों का तांता लगा रहता था। वह सारे प्रांत के धन और कीर्ति के उपासकों की देवी थी। अगर किसी को खिताब का खब्त था तो वह मिस जोशी की खुशामद करता था। किसी को अपने या अपने संबंधी के लिए कोई अच्छा ओहदा दिलाने की धुन थी तो वह मिस जोशी की अराधना करता था। सरकारी इमारतों के ठीके; नमक, शराब, अफीम आदि सरकारी चीजों के ठीके; लोहे-लकड़ी, कल-पुरजे आदि के ठीके सब मिस जोशी ही के हाथों में थे। जो कुछ करती थी वही करती थी, जो कुछ होता था उसी के हाथों होता था। जिस वक्त वह अपनी अरबी घोड़ों की फिटन पर सैर करने निकलती तो रईसों की सवारियां आप ही आप रास्ते से हट जाती थीं, बड़े दुकानदार खड़े हो-हो कर सलाम करने लगते थे। वह रूपवती थी, लेकिन नगर में उससे बढ़कर रूपवती रमणियां भी थीं। वह सशिक्षिता थी, वाक्चतुर थी, गाने में निपुण, हंसती तो अनोखी छवि से, बोलती तो निराली घटा से, ताकती तो बांकी चितवन से; लेकिन इन गुणों में उसका एकाधिपत्य न था। उसकी प्रतिष्ठा, शक्ति और कीर्ति का कुछ और ही रहस्य था। सारा नगर ही नहीं; सारे प्रांत का बच्चा-बच्चा जानता था कि बम्बई के गवर्नर मिस्टर जौहरी मिस जोशी के बिना दामों के गुलाम हैं। मिस जोशी की आंखों का इशारा उनके लिए नादिरशाही हुक्म है। वह थिएटरों में, दावतों में, जलसों में मिस जोशी के साथ साये की भांति रहते हैं और कभी-कभी उनकी मोटर रात के सन्नाटे में मिस जोशी के मकान से निकलती हुई लोगों को दिखाई देती है। इस प्रेम में वासना की मात्रा अधिक है या भक्ति की, यह कोई नहीं जानता। लेकिन मिस्टर जौहरी विवाहित हैं और मिस

जोशी विधवा, इसलिए जो लोग उनके प्रेम को कलुषित कहते हैं, वे उन पर कोई अत्याचार नहीं करते।

बम्बई की व्यवस्थापिका-सभा ने अनाज पर कर लगा दिया था और जनता की ओर से उसका विरोध करने के लिए एक विराट सभा हो रही थी। सभी नगरों से प्रजा के प्रतिनिधि उसमें सम्मिलित होने के लिए हजारों की संख्या में आये थे। मिस जोशी के विशाल भवन के सामने, चौड़े मैदान में हरी-हरी घास पर बम्बई की जनता अपनी फरियाद सुनाने के लिए जमा थी। अभी तक सभापति न आये थे, इसलिए लोग बैठे गप-शप कर रहे थे। कोई कर्मचारियों पर आक्षेप करता था, कोई देश की स्थिति पर, कोई अपनी दीनता पर—अगर हम लोगों में अकड़ने का जरा भी सामर्थ्य होता तो मजाल थी कि यह कर लगा दिया जाता, अधिकारियों का घर से बाहर निकलना मुश्किल हो जाता। हमारा जरूरत से ज्यादा सीधापन हमें अधिकारियों के हाथों का खिलौना बनाए हुए है। वे जानते हैं कि इन्हें जितना दबाते जाओ, उतना दबते जायेंगे, सिर नहीं उठा सकते। सरकार ने भी उपद्रव की आशंका से सशस्त्र पुलिस बुला ली। उस मैदान के चारों कोनों पर सिपाहियों के दल डेरा डाले पड़े थे। उनके अफसर, घोड़ों पर सवार, हाथ में हंटर लिए, जनता के बीच में निश्शंक भाव से घोड़े दौड़ाते फिरते थे, मानो साफ मैदान है। मिस जोशी के ऊंचे बरामदे में नगर के सभी बड़े-बड़े रईस और राज्याधिकारी तमाशा देखने के लिए बैठे हुए थे। मिस जोशी मेहमानों का आदर-सत्कार कर रही थीं और मिस्टर जौहरी, आराम-कुर्सी पर लेटे, इस जन-समूह को घृणा और भय की दृष्टि से देख रहे थे।

सहसा सभापति महाशय आपटे एक किराये के तांगे पर आते दिखाई दिये। चारों तरफ हलचल मच गई, लोग उठ-उठकर उनका स्वागत करने दौड़े और उन्हें ला कर मंच पर बैठा दिया। आपटे की अवस्था 30-35 वर्ष से अधिक न थी; दुबले-पतले आदमी थे, मुख पर चिन्ता का गाढ़ा रंग चढ़ा हुआ। बाल भी पक चले थे, पर मुख पर सरल हास्य की रेखा झलक रही थी। वह एक सफेद मोटा कुरता पहने थे, न पांव में जूते थे, न सिर पर टोपी। इस अर्द्धनग्न, दुर्बल, निस्तेज प्राणी में न-जाने कौन-सा जादू था कि समस्त जनता उसकी पूजा करती थी, उसके पैरों पर सिर रगड़ती थी। इस एक प्राणी के हाथों में इतनी शक्ति थी कि वह क्षण मात्र में सारी मिलों को बन्द करा सकता था, शहर का सारा कारोबार मिटा सकता था। अधिकारियों को उसके भय से नींद न आती थी, रात

को सोते-सोते चौंक पड़ते थे। उससे ज्यादा भयंकर जन्तु अधिकारियों की दृष्टि में दूसरा न था। यह प्रचंड शासन-शक्ति उस एक हड्डी के आदमी से थरथर कांपती थी, क्योंकि उस हड्डी में एक पवित्र, निष्कलंक, बलवान और दिव्य आत्मा का निवास था।

2

आपटे ने मंच पर खड़े होकर पहले जनता को शांत चित्त रहने और अहिंसा-व्रत पालन करने का आदेश दिया। फिर देश में राजनीतिक स्थिति का वर्णन करने लगे। सहसा उनकी दृष्टि सामने मिस जोशी के बरामदे की ओर गई तो उनका प्रजा-दुःख पीड़ित हृदय तिलमिला उठा। यहां अगणित प्राणी अपनी विपत्ति की फरियाद सुनने के लिए जमा थे और वहां मेजों पर चाय और बिस्कुट, मेवे और फल, बर्फ और शराब की रेल-पेल थी। वे लोग इन अभागों को देख-देख हंसते और तालियां बजाते थे। जीवन में पहली बार आपटे की जबान काबू से बाहर हो गयी। मेघ की भांति गरज कर बोले—

'इधर तो हमारे भाई दाने-दाने को मुहताज हो रहे हैं, उधर अनाज पर कर लगाया जा रहा है, केवल इसलिए कि राजकर्मचारियों के हलुवे-पूरी में कमी न हो। हम जो देश के राजा हैं, जो छाती फाड़ कर धरती से धन निकालते हैं, भूखों मरते हैं; और वे लोग, जिन्हें हमने अपने सुख और शांति की व्यवस्था करने के लिए रखा है, हमारे स्वामी बने हुए शराबों की बोतलें उड़ाते हैं। कितनी अनोखी बात है कि स्वामी भूखों मरें और सेवक शराबें उड़ायें, मेवे खायें और इटली और स्पेन की मिठाइयां चलें! यह किसका अपराध है? क्या सेवकों का? नहीं, कदापि नहीं, हमारा ही अपराध है कि हमने अपने सेवकों को इतना अधिकार दे रखा है। आज हम उच्च स्वर से कह देना चाहते हैं कि हम यह क्रूर और कुटिल व्यवहार नहीं सह सकते। यह हमारे लिए असह्य है कि हम और हमारे बाल-बच्चे दानों को तरसें और कर्मचारी लोग, विलास में डूबे हुए हमारे करुण-क्रन्दन की जरा भी परवा न करते हुए विहार करें। यह असह्य है कि हमारे घरों में चूल्हें न जलें और कर्मचारी लोग थिएटरों में ऐश करें, नाच-रंग की महफिलें सजायें, दावतें उड़ायें, वेश्याओं पर कंचन की वर्षा करें। संसार में और ऐसा कौन सा देश होगा, जहां प्रजा तो भूखी मरती हो और प्रधान कर्मचारी अपनी प्रेम-क्रीड़ा में मग्न हो, जहां स्त्रियां गलियों में ठोकरें खाती फिरती हों और अध्यापिकाओं का वेष धारण करने वाली वेश्याएं आमोद-प्रमोद के नशे में चूर हों—

3

एकाएक सशस्त्र सिपाहियों के दल में हलचल पड़ गई। उनका अफसर हुक्म दे रहा था—सभा भंग कर दो, नेताओं को पकड़ लो, कोई न जाने पाए। यह विद्रोहात्मक व्याख्यान है।

मिस्टर जौहरी ने पुलिस के अफसर को इशारे से बुलाकर कहा—और किसी को गिरफ्तार करने की जरूरत नहीं। आपटे ही को पकड़ो। वही हमारा शत्रु है।

पुलिस ने डंडे चलाने शुरू किये। और कई सिपाहियों के साथ जाकर अफसर ने आपटे को गिरफ्तार कर लिया।

पर जनता ने त्यौरियां बदलीं। अपने प्यारे नेता को यों गिरफ्तार होते देख कर उनका धैर्य हाथ से जाता रहा।

लेकिन उसी वक्त आपटे की ललकार सुनाई दी—तुमने अहिंसा-व्रत लिया है और अगर किसी ने उस व्रत को तोड़ा तो उसका दोष मेरे सिर होगा। मैं तुमसे सविनय अनुरोध करता हूं कि अपने-अपने घर जाओ। अधिकारियों ने वही किया जो हम समझते थे। इस सभा से हमारा जो उद्देश्य था वह पूरा हो गया। हम यहां बलवा करने नहीं, केवल संसार की नैतिक सहानुभूति प्राप्त करने के लिए जमा हुए थे, और हमारा उद्देश्य पूरा हो गया।

एक क्षण में सभा भंग हो गयी और आपटे पुलिस की हवालात में भेज दिए गये

4

मिस्टर जौहरी ने कहा—बच्चा बहुत दिनों के बाद पंजे में आए हैं, राज-द्रोह का मुकदमा चलाकर कम से कम 10 साल के लिए अंडमान भेजूंगा।

मिस जोशी—इससे क्या फायदा?"

'क्यों? उसको अपने किए की सजा मिल जाएगी।'

'लेकिन सोचिए, हमें उसका कितना मूल्य देना पड़ेगा। अभी जिस बात को गि-ने-गिनाये लोग जानते हैं, वह सारे संसार में फैलेगी और हम कहीं मुंह दिखाने लायक नहीं रहेंगे। आप अखबारों के संवाददाताओं की जबान तो नहीं बन्द कर सकते।'

'कुछ भी हो मैं इसे जेल में सड़ाना चाहता हूं। कुछ दिनों के लिए तो चैन की नींद नसीब होगी। बदनामी से डरना ही व्यर्थ है। हम प्रांत के सारे समाचार-पत्रों को

अपने सदाचार का राग अलापने के लिए मोल ले सकते हैं। हम प्रत्येक लांछन को झूठ साबित कर सकते हैं, आपटे पर मिथ्या दोषारोपण का अपराध लगा सकते हैं।'

'मैं इससे सहज उपाय बतला सकती हूं। आप आपटे को मेरे हाथ में छोड़ दीजिए। मैं उससे मिलूंगी और उन यन्त्रों से, जिनका प्रयोग करने में हमारी जाति सिद्धहस्त है, उसके आंतरिक भावों और विचारों की थाह लेकर आपके सामने रख दूंगी। मैं ऐसे प्रमाण खोज निकालना चाहती हूं जिनके उत्तर में उसे मुंह खोलने का साहस न हो, और संसार की सहानुभूति उसके बदले हमारे साथ हो। चारों ओर से यही आवाज आये कि यह कपटी और धूर्त था और सरकार ने उसके साथ वही व्यवहार किया है जो होना चाहिए। मुझे विश्वास है कि वह षड्यंत्रकारियों का मुखिया है और मैं इसे सिद्ध कर देना चाहती हूं। मैं उसे जनता की दृष्टि में देवता नहीं बनाना चाहती, उसको राक्षस के रूप में दिखाना चाहती हूं।'

'यह काम इतना आसान नहीं है, जितना तुमने समझ रखा है। आपटे राजनीति में बड़ा चतुर है।'

'ऐसा कोई पुरुष नहीं है, जिस पर युवती अपनी मोहिनी न डाल सके।'

'अगर तुम्हें विश्वास है कि तुम यह काम पूरा कर दिखाओगी, तो मुझे कोई आपत्ति नहीं है। मैं तो केवल उसे दंड देना चाहता हूं।'

'तो हुक्म दे दीजिए कि वह इसी वक्त छोड़ दिया जाय।'

'जनता कहीं यह तो न समझेगी कि सरकार डर गयी?'

'नहीं, मेरे ख्याल में तो जनता पर इस व्यवहार का बहुत अच्छा असर पड़ेगा। लोग समझेंगे कि सरकार ने जनमत का सम्मान किया है।'

'लेकिन तुम्हें उसके घर जाते लोग देखेंगे तो मन में क्या कहेंगे?'

'नकाब डालकर जाऊंगी, किसी को कानोंकान खबर न होगी।'

'मुझे तो अब भी भय है कि वह तुम्हें सन्देह की दृष्टि से देखेगा और तुम्हारे पंजे में न आयेगा, लेकिन तुम्हारी इच्छा है तो आजमा देखो।'

यह कहकर मिस्टर जौहरी ने मिस जोशी को प्रेममय नेत्रों से देखा, हाथ मिलाया और चले गए।

आकाश पर तारे निकले हुए थे, चैत की शीतल, सुखद वायु चल रही थी, सामने के चौड़े मैदान में सन्नाटा छाया हुआ था, लेकिन मिस जोशी को ऐसा मालूम हुआ मानो आपटे मंच पर खड़ा बोल रहा है। उसका शांत, सौम्य, विषादमय स्वरूप उसकी आंखों में समाया हुआ था।

5

प्रातःकाल मिस जोशी अपने भवन से निकली, लेकिन उसके वस्त्र बहुत साधारण थे और आभूषण के नाम शरीर पर एक धागा भी न था। अलंकार-विहीन हो कर उसकी छवि स्वच्छ, निर्मल जल की भांति और भी निखर गयी। उसने सड़क पर आकर एक तांगा लिया और चली।

आपटे का मकान गरीबों के एक दूर के मुहल्ले में था। तांगेवाला मकान का पता जानता था। कोई दिक्कत न हुई। मिस जोशी जब मकान के द्वार पर पहुंची तो न जाने क्यों उसका दिल धड़क रहा था। उसने कांपते हुए हाथों से कुंडी खटखटायी। एक अधेड़ औरत ने निकलकर द्वार खोल दिया। मिस जोशी उस घर की सादगी देख कर दंग रह गयी। एक किनारे चारपाई पड़ी हुई थी, एक टूटी आलमारी में कुछ किताबें चुनी हुई थीं, फर्श पर लिखने का डेस्क था और एक रस्सी की अलगनी पर कपड़े लटक रहे थे। कमरे के दूसरे हिस्से में एक लोहे का चूल्हा था और खाने के बरतन पड़े हुए थे। एक लम्बा-तड़ंगा आदमी, जो उसी अधेड़ औरत का पति था, बैठा एक टूटे हुए ताले की मरम्मत कर रहा था और एक पांच-छः वर्ष का तेजस्वी बालक आपटे की पीठ पर चढ़ने के लिए उनके गले में हाथ डाल रहा था। आपटे इसी लोहार के साथ उसी के घर में रहते थे। समाचार-पत्रों में लेख लिखकर जो कुछ मिलता उसे दे देते और इस भांति गृह-प्रबंध की चिंताओं से छुट्टी पाकर जीवन व्यतीत करते थे।

मिस जोशी को देखकर आपटे जरा चौंके, फिर खड़े होकर उनका स्वागत किया और सोचने लगे कि कहां बैठाऊं। अपनी दरिद्रता पर आज उन्हें जितनी लाज आयी उतनी और कभी न आयी थी। मिस जोशी उनका असमंजस देखकर चारपाई पर बैठ गयी और जरा रुखाई से बोली—मैं बिना बुलाये आपके यहां आने के लिए क्षमा मांगती हूं किंतु काम ऐसा जरूरी था कि मेरे आये बिना पूरा न हो सकता। क्या मैं एक मिनट के लिए आपसे एकांत में मिल सकती हूं।

आपटे ने जगन्नाथ की ओर देख कर कमरे से बाहर चले जाने का इशारा किया। उसकी स्त्री भी बाहर चली गयी। केवल बालक रह गया। वह मिस जोशी की ओर बार-बार उत्सुक आंखों से देखता था। मानो पूछ रहा हो कि तुम आपटे दादा की कौन हो?

मिस जोशी ने चारपाई से उतर कर जमीन पर बैठते हुए कहा—आप कुछ अनुमान कर सकते हैं कि मैं इस वक्त क्यों आयी हूं।

आपटे ने झेंपते हुए कहा—आपकी कृपा के सिवा और क्या कारण हो सकता है?

मिस जोशी—नहीं, संसार इतना उदार नहीं हुआ कि आप जिसे गालियां दें, वह आपको धन्यवाद दे। आपको याद है कि कल आपने अपने व्याख्यान में मुझ पर क्या-क्या आक्षेप किए थे? मैं आपसे जोर दे कर कहती हूं कि वे आक्षेप करके आपने मुझ पर घोर अत्याचार किया है। आप जैसे सहृदय, शीलवान, विद्वान आदमी से मुझे ऐसी आशा न थी। मैं अबला हूं, मेरी रक्षा करने वाला कोई नहीं है? क्या आपको उचित था कि एक अबला पर मिथ्यारोपण करें? अगर मैं पुरुष होती तो आपसे ड्यूल खेलने का आग्रह करती। अबला हूं, इसलिए आपकी सज्जनता को स्पर्श करना ही मेरे हाथ में है। आपने मुझ पर जो लांछन लगाये हैं, वे सर्वथा निर्मूल हैं।

आपटे ने दृढ़ता से कहा—अनुमान तो बाहरी प्रमाणों से ही किया जाता है।

मिस जोशी—बाहरी प्रमाणों से आप किसी के अन्तस्तल की बात नहीं जान सकते।

आपटे—जिसका भीतर-बाहर एक न हो, उसे देख कर भ्रम में पड़ जाना स्वाभाविक है।

मिस जोशी—हां, तो वह आपका भ्रम है और मैं चाहती हूं कि आप उस कलंक को मिटा दें जो आपने मुझ पर लगाया है। आप इसके लिए प्रायश्चित्त करेंगे?

आपटे—अगर न करूं तो मुझसे बड़ा दुरात्मा संसार में न होगा।

मिस जोशी—आप मुझ पर विश्वास करते हैं।

आपटे—मैंने आज तक किसी रमणी पर अविश्वास नहीं किया।

मिस जोशी—क्या आपको यह संदेह हो रहा है कि मैं आपके साथ कौशल कर रही हूं?

आपटे ने मिस जोशी की ओर अपने सदय, सजल, सरल नेत्रों से देख कर कहा—बाई जी, मैं गंवार और अशिष्ट प्राणी हूं, लेकिन नारी-जाति के लिए मेरे हृदय में जो आदर है, वह उस श्रद्धा से कम नहीं है, जो मुझे देवताओं पर है। मैंने अपनी माता का मुख नहीं देखा, यह भी नहीं जानता कि मेरा पिता कौन था; किन्तु जिस देवी के दया-वृक्ष की छाया में मेरा पालन-पोषण हुआ उनकी प्रेम-मूर्ति आज तक मेरी आंखों के सामने है और नारी के प्रति मेरी भक्ति को सजीव रखे हुए है।

मैं उन शब्दों को मुंह से निकालने के लिए अत्यन्त दुःखी और लज्जित हूं जो आवेश में निकल गये, और मैं आज ही समाचार-पत्रों में खेद प्रकट करके आपसे क्षमा की प्रार्थना करूंगा।

मिस जोशी को अब तक अधिकांश स्वार्थी आदमियों ही से साबिका पड़ा था, जिनके चिकने-चुपड़े शब्दों में मतलब छिपा हुआ था। आपटे के सरल विश्वास पर उसका चित्त आनन्द से गद्गद हो गया। शायद वह गंगा में खड़ी होकर अपने अन्य मित्रों से यह कहती तो उसके फैशनेबुल मिलने वालों में से किसी को उस पर विश्वास न आता। सब मुंह के सामने तो 'हां-हां' करते, पर बाहर निकलते ही उसका मजाक उड़ाना शुरू करते। उन कपटी मित्रों के सम्मुख यह आदमी था जिसके एक-एक शब्द में सच्चाई झलक रही थी, जिसके शब्द अन्तस्तल से निकलते हुए मालूम होते थे।

आपटे उसे चुप देखकर किसी और ही चिन्ता में पड़े हुए थे। उन्हें भय हो रहा था अब मैं चाहे कितना क्षमा मांगूं, मिस जोशी के सामने कितनी सफाइयां पेश करूं, मेरे आक्षेपों का असर कभी न मिटेगा।

इस भाव ने अज्ञात रूप से उन्हें अपने विषय की गुप्त बातें कहने की प्रेरणा की जो उन्हें उसकी दृष्टि में लघु बना दें, जिससे वह भी उन्हें नीच समझने लगे, उसको सन्तोष हो जाए कि यह भी कलुषित आत्मा है। बोले—मैं जन्म से अभागा हूं। माता-पिता का तो मुंह ही देखना नसीब न हुआ, जिस दयाशील महिला ने मुझे आश्रय दिया था, वह भी मुझे 13 वर्ष की अवस्था में अनाथ छोड़कर परलोक सिधार गयी। उस समय मेरे सिर पर जो कुछ बीती उसे याद करके इतनी लज्जा आती है कि किसी को मुंह न दिखाऊं। मैंने धोबी का काम किया; मोची का काम किया; घोड़े की साईसी की; एक होटल में बरतन मांजता रहा; यहां तक कि कितनी ही बार क्षुधा से व्याकुल होकर भीख भी मांगी। मजदूरी करने को बुरा नहीं समझता, आज भी मजदूरी ही करता हूं। भीख मांगनी भी किसी-किसी दशा में क्षम्य है, लेकिन मैंने उस अवस्था में ऐसे-ऐसे कर्म किए, जिन्हें कहते लज्जा आती है—चोरी की, विश्वासघात किया, यहां तक कि चोरी के अपराध में कैद की सजा भी पायी।

मिस जोशी ने सजल नयन होकर कहा—आप यह सब बातें मुझसे क्यों कर रहे हैं? मैं इनका उल्लेख करके आपको कितना बदनाम कर सकती हूं, इसका आपको भय नहीं है?

आपटे ने हंसकर कहा—नहीं, आपसे मुझे यह भय नहीं है।

मिस जोशी—अगर मैं आपसे बदला लेना चाहूं, तो?

आपटे—जब मैं अपने अपराध पर लज्जित होकर आपसे क्षमा मांग रहा हूं, तो मेरा अपराध रहा ही कहाँ, जिसका आप मुझसे बदला लेंगी। इससे तो मुझे भय होता है कि आपने मुझे क्षमा नहीं किया। लेकिन यदि मैंने आपसे क्षमा न मांगी तो मुझसे तो बदला न ले सकतीं। बदला लेने वाले की आंखें यों सजल नहीं हो जाया करतीं। मैं आपको कपट करने के अयोग्य समझता हूं। आप यदि कपट करना चाहतीं तो यहां कभी न आतीं।

मिस जोशी—मैं आपका भेद लेने ही के लिए आयी हूं।

आपटे—तो शौक से लीजिए। मैं बतला चुका हूं कि मैंने चोरी के अपराध में कैद की सजा पायी थी। नासिक के जेल में रखा गया था। मेरा शरीर दुर्बल था, जेल की कड़ी मेहनत न हो सकती थी और अधिकारी लोग मुझे कामचोर समझ कर बेंतों से मारते थे। आखिर एक दिन मैं रात को जेल से भाग खड़ा हुआ।

मिस जोशी—आप तो छिपे रुस्तम निकले!

आपटे—ऐसा भागा कि किसी को खबर न हुई। आज तक मेरे नाम वारंट जारी है और 500 रु० का इनाम भी है।

मिस जोशी—तब तो मैं आपको जरूर पकड़ा दूंगी।

आपटे—तो फिर मैं आपको अपना असल नाम भी बतलाये देता हूं। मेरा नाम दामोदर मोदी है। यह नाम तो पुलिस से बचने के लिए रख छोड़ा है।

बालक अब तक तो चुपचाप बैठा हुआ था। मिस जोशी के मुंह से पकड़ाने की बात सुनकर वह सजग हो गया। उन्हें डांटकर बोला—हमाले दादा को कौन पकलेगा?

मिस जोशी—सिपाही और कौन?

बालक—हम सिपाही को मालेंगे।

यह कहकर वह एक कोने से अपने खेलने का डंडा उठा लाया और आपटे के पास वीरोचित भाव से खड़ा हो गया, मानो सिपाहियों से उनकी रक्षा कर रहा है।

मिस जोशी—आपका रक्षक तो बड़ा बहादुर मालूम होता है।

आपटे—इसकी भी एक कथा है। साल-भर होता है, यह लड़का खो गया था। मुझे रास्ते में मिला। मैं पूछता-पूछता इसे यहां लाया। उसी दिन से इन लोगों से मेरा इतना प्रेम हो गया कि मैं इनके साथ रहने लगा।

मिस जोशी—आप अनुमान कर सकते हैं कि आपका वृत्तान्त सुनकर मैं आपको क्या समझ रही हूं।

आपटे—वही, जो मैं वास्तव में हूं—नीच, कमीना धूर्त .....

मिस जोशी—नहीं, आप मुझ पर फिर अन्याय कर रहे हैं। पहला अन्याय तो क्षमा कर सकती हूं, यह अन्याय क्षमा नहीं कर सकती। इतनी प्रतिकूल दशाओं में पड़ कर भी जिसका हृदय इतना पवित्र, इतना निष्कपट, इतना सदय हो, वह आदमी नहीं देवता है। भगवन, आपने मुझ पर जो आक्षेप किये वह सत्य हैं। मैं आपके अनुमान से कहीं भ्रष्ट हूं। मैं इस योग्य भी नहीं हूं कि आपकी ओर ताक सकूं। आपने अपने हृदय की विशालता दिखाकर मेरा असली स्वरूप मेरे सामने प्रकट कर दिया। मुझे क्षमा कीजिए, मुझ पर दया कीजिए।

यह कहते-कहते वह उनके पैरों पर गिर पड़ी। आपटे ने उसे उठा लिया और बोले— मिस जोशी, ईश्वर के लिए मुझे लज्जित न करो।

मिस जोशी ने गद्‌गद् कंठ से कहा—आप इन दुष्टों के हाथ से मेरा उद्धार कीजिए। मुझे इस योग्य बनाइए कि आपकी विश्वासपात्री बन सकूं। ईश्वर साक्षी है कि मुझे कभी-कभी अपनी दशा पर कितना दुःख होता है। मैं बार-बार चेष्टा करती हूं कि अपनी दशा सुधारूं; इस विलासिता के जाल को तोड़ दूं, जो मेरी आत्मा को चारों तरफ से जकड़े हुए है, पर दुर्बल आत्मा अपने निश्चय पर स्थित नहीं रहती। मेरा पालन-पोषण जिस ढंग से हुआ, उसका यह परिणाम होना स्वाभाविक-सा मालूम होता है। मेरी उच्च शिक्षा ने गृहिणी-जीवन से मेरे मन में घृणा पैदा कर दी। मुझे किसी पुरुष के अधीन रहने का विचार अस्वाभाविक जान पड़ता था। मैं गृहिणी की जिम्मेदारियों और चिंताओं को अपनी मानसिक स्वाधीनता के लिए विष-तुल्य समझती थी। मैं तर्कबुद्धिं से अपने स्त्रीत्व को मिटा देना चाहती थी, मैं पुरुषों की भांति स्वतन्त्र रहना चाहती थी। क्यों किसी की पाबंद होकर रहूं? क्यों अपनी इच्छाओं को किसी व्यक्ति के सांचे में ढालूं? क्यों किसी को यह कहने का अधिकार दूं कि तुमने यह क्यों किया, वह क्यों किया? दाम्पत्य मेरी निगाह में तुच्छ वस्तु थी। अपने माता-पिता की आलोचना करना मेरे लिए उचित नहीं, ईश्वर उन्हें सद्गति दे, उनकी राय किसी बात पर न मिलती थी। पिता विद्वान् थे, माता के लिए 'काला अक्षर भैंस बराबर' था। उनमें रात-दिन वाद-विवाद होता रहता था। पिताजी ऐसी स्त्री से विवाह हो जाना अपने जीवन का सबसे बड़ा दुर्भाग्य समझते थे। वह यह कहते कभी न थकते थे कि

तुम मेरे पांव की बेड़ी बन गयीं, नहीं तो मैं न जाने कहां उड़कर पहुंचा होता। उनके विचार में सारा दोष माता की अशिक्षा के सिर था। वह अपनी एकमात्र पुत्री को मूर्खा माता के संसर्ग से दूर रखना चाहते थे। माता कभी मुझसे कुछ कहतीं तो पिताजी उन पर टूट पड़ते—-तुमसे कितनी बार कह चुका कि लड़की को डांटो मत, वह स्वयं अपना भला-बुरा सोच सकती है, तुम्हारे डांटने से उसके आत्म-सम्मान को कितना धक्का लगेगा, यह तुम नहीं जान सकतीं। आखिर माताजी ने निराश होकर मुझे मेरे हाल पर छोड़ दिया और कदाचित् इसी शोक में चल बसीं। अपने घर की अशांति देखकर मुझे विवाह से और भी घृणा हो गयी। सबसे बड़ा असर मुझ पर मेरे कालेज की लेडी प्रिंसिपल का हुआ जो स्वयं अविवाहिता थीं। मेरा तो अब यह विचार है कि युवकों की शिक्षा का भार केवल आदर्श चरित्रों पर रखना चाहिए। विलास में रत, कालेजों के शौकीन प्रोफेसर विद्यार्थियों पर कोई अच्छा असर नहीं डाल सकते। मैं इस वक्त ऐसी बात आपसे कह रही हूं पर अभी घर जाकर यह सब भूल जाऊंगी। मैं जिस संसार में हूं, उसकी जलवायु ही दूषित है। वहां सभी मुझे कीचड़ में लतपत देखना चाहते हैं, मेरे विलासासक्त रहने में ही उनका स्वार्थ है। आप वह पहले आदमी हैं जिसने मुझ पर विश्वास किया है, जिसने मुझसे निष्कपट व्यवहार किया है। ईश्वर के लिए अब मुझे भूल न जाइयेगा।

आपटे ने मिस जोशी की ओर वेदना पूर्ण दृष्टि से देखकर कहा—अगर मैं आपकी कुछ सेवा कर सकूं तो यह मेरे लिए सौभाग्य की बात होगी। मिस जोशी! हम सब मिट्टी के पुतले हैं, कोई निर्दोष नहीं। मनुष्य बिगड़ता है तो परिस्थितियों से, या पूर्व संस्कारों से। परिस्थितियों का त्याग करने से ही बच सकता है, संस्कारों से गिरने वाले मनुष्य का मार्ग इससे कहीं कठिन है। आपकी आत्मा सुन्दर और पवित्र है, केवल परिस्थितियों ने उसे कुहरे की भांति ढंक लिया है। अब विवेक का सूर्य उदय हो गया है, ईश्वर ने चाहा तो कुहरा भी फट जाएगा। लेकिन सबसे पहले उन परिस्थितियों का त्याग करने को तैयार हो जाइए।

मिस जोशी—यही आपको करना होगा।

आपटे ने चुभती हुई निगाहों से देख कर कहा—वैद्य रोगी को जबरदस्ती दवा पिलाता है।

मिस जोशी—मैं सब कुछ करूंगी। मैं कड़वी से कड़वी दवा पियूंगी यदि आप पिलायेंगे। कल आप मेरे घर आने की कृपा करेंगे, शाम को?

आपटे—अवश्य आऊंगा।

मिस जोशी ने विदा देते हुए कहा—भूलिएगा नहीं, मैं आपकी राह देखती रहूंगी। अपने रक्षक को भी लाइएगा।

यह कहकर उसने बालक को गोद में उठाया और उसे गले से लगा कर बाहर निकल आयी।

गर्व के मारे उसके पांव जमीन पर न पड़ते थे। मालूम होता था, हवा में उड़ी जा रही है, प्यास से तड़पते हुए मनुष्य को नदी का तट नजर आने लगा था।

6

दूसरे दिन प्रातःकाल मिस जोशी ने मेहमानों के नाम दावती कार्ड भेजे और उत्सव मनाने की तैयारियां करने लगी। मिस्टर आपटे के सम्मान में पार्टी दी जा रही थी। मिस्टर जौहरी ने कार्ड देखा तो मुस्कराये। अब महाशय इस जाल से बच कर कहां जायेंगे। मिस जोशी ने उन्हें फंसाने की यह अच्छी तरकीब निकाली। इस काम में निपुण मालूम होती है। मैंने समझा था, आपटे चालाक आदमी होगा, मगर इन आन्दोलनकारी विद्रोहियों को बकवास करने के सिवा और क्या सूझ सकती है।

चार ही बजे मेहमान लोग आने लगे। नगर के बड़े-बड़े अधिकारी, बड़े-बड़े व्यापारी, बड़े-बड़े विद्वान, समाचार-पत्रों के सम्पादक, अपनी-अपनी महिलाओं के साथ आने लगे। मिस जोशी ने आज अपने अच्छे-से-अच्छे वस्त्र और आभूषण निकाले हुए थे, जिधर निकल जाती थी मालूम होता था, अरुण प्रकाश की छटा चली आ रही है। भवन में चारों तरफ से सुगंध की लपटें आ रही थीं और मधुर संगीत की ध्वनि हवा में गूंज रही थी।

पांच बजते-बजते मिस्टर जौहरी आ पहुंचे और मिस जोशी से हाथ मिलाते हुए मुस्करा कर बोले—जी चाहता है तुम्हारे हाथ चूम लूं। अब मुझे विश्वास हो गया कि यह महाशय तुम्हारे पन्जे से नहीं निकल सकते।

मिसेज पेटिट बोलीं—मिस जोशी दिलों का शिकार करने ही के लिए बनाई गई हैं।

मिस्टर सोराब जी—मैंने सुना है, आपटे बिलकुल गंवार-सा आदमी है।

मिस्टर भरूचा—किसी यूनिवर्सिटी में शिक्षा ही नहीं पायी, सभ्यता कहां से आती?

मिसेज भरूचा—आज उसे खूब बनाना चाहिए।

महंत वीरभद्र डाढ़ी के भीतर से बोले—मैंने सुना है, नास्तिक है। वर्णाश्रम धर्म का पालन नहीं करता।

मिस जोशी—नास्तिक तो मैं भी हूं। ईश्वर पर मेरा भी विश्वास नहीं है।

महंत—आप नास्तिक हों, पर आप कितने ही नास्तिकों को आस्तिक बना देती हैं।

मिस्टर जौहरी—आपने लाख की बात कही महंत जी!

मिसेज भरूचा—क्यों महंत जी, आपको मिस जोशी ही न आस्तिक बनाया है क्या?

सहसा आपटे लोहार के बालक की उंगली पकड़े हुए भवन में दाखिल हुए। वह पूरे फैशनेबुल रईस बने हुए थे। बालक भी किसी रईस का लड़का मालूम होता था। आज आपटे को देखकर लोगों को विदित हुआ कि वह कितना सुन्दर, सजीला आदमी है। मुख से शौर्य निकल रहा था, पोर-पोर से शिष्टता झलकती थी, मालूम होता था वह इसी समाज में पला है। लोग देख रहे थे कि वह कहीं चूके और तालियां बजायें, कहीं फिसले और कहकहे लगायें पर आपटे मंजे हुए खिलाड़ी की भांति, जो कदम उठाता था वह सधा हुआ, जो हाथ दिखलाता था वह जमा हुआ। लोग उसे पहले तुच्छ समझते थे, अब उससे ईर्ष्या करने लगे, उस पर फबतियां उड़ानी शुरू कीं। लेकिन आपटे इस कला में भी एक ही निकला। बात मुंह से निकली और उसने जवाब दिया, पर उसके जवाब में मालिन्य या कटुता का लेश भी न होता था। उसका एक-एक शब्द सरल, स्वच्छ, चित्त को प्रसन्न करने वाले भावों में डूबा होता था। मिस जोशी उसकी वाक्यचातुरी पर फूल उठती थी?

सोराब जी—आपने किस यूनिवर्सिटी से शिक्षा पायी थी?

आपटे—यूनिवर्सिटी में शिक्षा पायी होती तो आज मैं भी शिक्षा-विभाग का अध्यक्ष न होता।

मिसेज भरूचा—मैं तो आपको भयंकर जंतु समझती थी?

आपटे ने मुस्करा कर कहा—आपने मुझे महिलाओं के सामने न देखा होगा।

सहसा मिस जोशी अपने सोने के कमरे में गयी और अपने सारे वस्त्राभूषण उतार फेंके। उसके मुख से शुभ्र संकल्प का तेज निकल रहा था। नेत्रों से दबी ज्योति प्रस्फुटित हो रही थी, मानो किसी देवता ने उसे वरदान दिया हो। उसने सजे हुए कमरे को घृणा के नेत्रों से देखा, अपने आभूषणों को पैरों से ठुकरा दिया और एक

मोटी साफ साड़ी पहन कर बाहर निकली। आज प्रातःकाल ही उसने यह साडी मंगा ली थी।

उसे इस नये वेश में देख कर सब लोग चकित हो गये। कायापलट कैसी? सहसा किसी की आंखों को विश्वास न आया; किन्तु मिस्टर जौहरी बगलें बजाने लगे। मिस जोशी ने इसे फंसाने के लिए यह कोई नया स्वांग रचा है।

'मित्रो! आपको याद है, परसों महाशय आपटे ने मुझे कितनी गालियां दी थीं। यह महाशय खड़े हैं। आज मैं इन्हें उस दुर्व्यवहार का दण्ड देना चाहती हूं। मैं कल इनके मकान पर जाकर इनके जीवन के सारे गुप्त रहस्यों को जान आयी। यह जो जनता की भीड़ में गरजते फिरते हैं, मेरे एक ही निशाने पर गिर पड़े। मैं उन रहस्यों के खोलने में अब विलम्ब न करूंगी, आप लोग अधीर हो रहे होंगे। मैंने जो कुछ देखा, वह इतना भयंकर है कि उसका वृत्तान्त सुनकर शायद आप लोगों को मूर्छा आ जायेगी। अब मुझे लेशमात्र भी सन्देह नहीं है कि यह महाशय पक्के विद्रोही हैं .....'

मिस्टर जौहरी ने ताली बजायी और तालियों से हॉल गूंज उठा।

मिस जोशी—लेकिन राज के द्रोही नहीं, अन्याय के द्रोही, दमन के द्रोही, अभिमान के द्रोही—

चारों ओर सन्नाटा छा गया। लोग विस्मित होकर एक दूसरे की ओर ताकने लगे।

मिस जोशी—महाशय आपटे ने गुप्त रूप से शस्त्र जमा किए हैं और गुप्त रूप से हत्याएँ की हैं ......

मिस्टर जौहरी ने तालिया बजायीं और तालियों का दौंगड़ा फिर बरस गया।

मिस जोशी—लेकिन किस की हत्या? दुःख की, दरिद्रता की, प्रजा के कष्टों की, हठधर्मी की ओर अपने स्वार्थ की।

चारों ओर फिर सन्नाटा छा गया और लोग चकित हो-हो कर एक-दूसरे की ओर ताकने लगे, मानो उन्हें अपने कानों पर विश्वास नहीं है।

मिस जोशी—महाराज आपटे ने डकैतियां की हैं और कर रहे हैं—

अब की किसी ने ताली न बजायी, लोग सुनना चाहते थे कि देखें आगे क्या कहती है।

'उन्होंने मुझ पर भी हाथ साफ किया है, मेरा सब कुछ अपहरण कर लिया है, यहां तक कि अब मैं निराधार हूं और उनके चरणों के सिवा मेरे लिए और कोई

आश्रय नहीं है। प्राणाधार! इस अबला को अपने चरणों में स्थान दो, उसे डूबने से बचाओ। मैं जानती हूं तुम मुझे निराश न करोगे।'

यह कहते-कहते वह जाकर आपटे के चरणों में गिर पड़ी। सारी मण्डली स्तंभित रह गयी।

7

एक सप्ताह गुजर चुका था। आपटे पुलिस की हिरासत में थे। उन पर अभियोग चलाने की तैयारियां हो रही थीं। सारे प्रान्त में हलचल मची हुई थी। नगर में रोज सभाएं होती थीं, पुलिस रोज दस-पांच आदमियों को पकड़ती थी। समाचार-पत्रों में जोरों के साथ वाद-विवाद हो रहा था।

रात के नौ बज गये थे। मिस्टर जौहरी राज-भवन में मेज पर बैठे हुए सोच रहे थे कि मिस जोशी को क्योंकर वापस लाएं? उसी दिन से उनकी छाती पर सांप लोट रहा था। उसकी सूरत एक क्षण के लिए आंखों से न उतरती थी।

वह सोच रहे थे, इसने मेरे साथ ऐसी दगा की! मैंने इसके लिए क्या कुछ न किया? इसकी कौन-सी इच्छा थी, जो मैंने पूरी नहीं की इसी ने मुझसे बेवफाई की। नहीं, कभी नहीं, मैं इसके बगैर जिंदा नहीं रह सकता। दुनिया चाहे मुझे बदनाम करे, हत्यारा कहे, चाहे मुझे पद से हाथ धोना पड़े, लेकिन आपटे को नहीं छोड़ूंगा। इस रोड़े को रास्ते से हटा दूंगा, इस कांटे को पहलू से निकाल बाहर करूंगा।

सहसा कमरे का द्वार खुला और मिस जोशी ने प्रवेश किया। मिस्टर जौहरी हकबका कर कुर्सी पर से उठ खड़े हुए, यह सोच कर कि शायद मिस जोशी उधर से निराश होकर मेरे पास आयी हैं, कुछ रूखे, लेकिन नम्र भाव से बोले—आओ बाला, तुम्हारी याद में बैठा था। तुम कितनी ही बेवफाई करो, पर तुम्हारी याद मेरे दिल से नहीं निकल सकती।

मिस जोशी—आप केवल जबान से कहते हैं।

मिस्टर जौहरी—क्या दिल चीरकर दिखा दूं?

मिस जोशी—प्रेम प्रतिकार नहीं करता, प्रेम में दुराग्रह नहीं होता। आप मेरे खून के प्यासे हो रहे हैं, उस पर भी आप कहते हैं, मैं तुम्हारी याद करता हूं। आपने मेरे स्वामी को हिरासत में डाल रखा है, यह प्रेम है! आखिर आप मुझसे क्या चाहते हैं? अगर आप समझ रहे हों कि इन सख्तियों से डर कर मैं आपकी शरण आ जाऊंगी तो आपका भ्रम है। आपको अख्तियार है कि आपटे को काले पानी

भेज दें, फांसी पर चढ़ा दें, लेकिन इसका मुझ पर कोई असर न होगा। वह मेरे स्वामी हैं, मैं उनको अपना स्वामी समझती हूं। उन्होंने अपनी विशाल उदारता से मेरा उद्धार किया। आप मुझे विषय के फन्दों में फंसाते थे, मेरी आत्मा को कलुषित करते थे। कभी आपको यह खयाल आया कि इसकी आत्मा पर क्या बीत रही होगी? आप मुझे आत्मशून्य समझते थे। इस देवपुरुष ने अपनी निर्मल स्वच्छ आत्मा के आकर्षण से मुझे पहली ही मुलाकात में खींच लिया। मैं उसकी हो गयी और मरते दम तक उसी की रहूंगी। उस मार्ग से अब आप नहीं हटा सकते। मुझे एक सच्ची आत्मा की जरूरत थी, वह मुझे मिल गयी। उसे पाकर अब तीनों लोक की सम्पदा मेरी आंखों में तुच्छ है। मैं उनके वियोग में चाहे प्राण दे दूं, पर आपके काम नहीं आ सकती।

मिस्टर जौहरी—मिस जोशी। प्रेम उदार नहीं होता, क्षमाशील नहीं होता। मेरे लिए तुम सर्वस्व हो, जब तक मैं समझता हूं कि तुम मेरी हो। अगर तुम मेरी नहीं हो सकती तो मुझे इसकी क्या चिन्ता हो सकती है कि तुम किस दिशा में हो?

मिस जोशी—यह आपका अन्तिम निर्णय है?

मिस्टर जौहरी—अगर मैं कह दूं कि हां, तो?

मिस जोशी ने सीने से पिस्तौल निकाल कर कहा—तो पहले आप-की लाश जमीन पर फड़कती होगी और आपके बाद मेरी, बोलिए। यह आपका अन्तिम निश्चय है?

यह कहकर मिस जोशी ने जौहरी की तरफ पिस्तौल सीधा किया। जौहरी कुर्सी से उठ खड़े हुए और मुस्करा कर बोले—क्या तुम मेरे लिए कभी इतना साहस कर सकती थीं? कदापि नहीं। अब मुझे विश्वास हो गया कि मैं तुम्हें नहीं पा सकता जाओ, तुम्हारा आपटे तुम्हें मुबारक हो। उस पर से अभियोग उठा लिया जाएगा। पवित्र प्रेम ही में यह साहस है। अब मुझे विश्वास हो गया कि तुम्हारा प्रेम पवित्र है। अगर कोई पुराना पापी भविष्यवाणी कर सकता है तो मैं कहता हूं, वह दिन दूर नहीं है, जब तुम इस भवन की स्वामिनी होगी। आपटे ने मुझे प्रेम के क्षेत्र में नहीं, राजनीति के क्षेत्र में भी परास्त कर दिया। सच्चा आदमी एक मुलाकात में ही जीवन बदल सकता है, आत्मा को जगा सकता है और अज्ञान को मिटा कर प्रकाश की ज्योति फैला सकता है, यह आज सिद्ध हो गया।

नरक का मार्ग

रात "भक्तमाल" पढ़ते-पढ़ते न जाने कब नींद आ गयी। कैसे-कैसे महात्मा थे जिनके लिए भगवत्-प्रेम ही सब कुछ था, इसी में मग्न रहते थे। ऐसी भक्ति बड़ी तपस्या से मिलती है। क्या मैं वह तपस्या नहीं कर सकती? इस जीवन में और कौन-सा सुख रखा है? आभूषणों से जिसे प्रेम हो वह जाने, यहां तो इनको देखकर आंखें फूटती हैं; धन-दौलत पर जो प्राण देता हो वह जाने, यहां तो इसका नाम सुनकर ज्वर-सा चढ़ आता है। कल पगली सुशीला ने कितनी उमंगों से मेरा शृंगार किया था, कितने प्रेम से बालों में फूल गूंथे थे। कितना मना करती रही, न मानी। आखिर वही हुआ जिसका मुझे भय था। जितनी देर उसके साथ हंसी थी, उससे कहीं ज्यादा रोयी। संसार में ऐसी भी कोई स्त्री है, जिसका पति उसका श्रृंगार देखकर सिर से पांव तक जल उठे? कौन ऐसी स्त्री है जो अपने पति के मुंह से ये शब्द सुने—तुम मेरा परलोक बिगाड़ोगी, और कुछ नहीं, तुम्हारे रंग-ढंग कहे देते हैं—और उसका दिल विष खा लेने को न चाहे। भगवान्! संसार में ऐसे भी मनुष्य हैं। आखिर मैं नीचे चली गयी और 'भक्तमाल' पढ़ने लगी। अब वृंदावन बिहारी ही की सेवा करूंगी उन्हीं को अपना शृंगार दिखाऊंगी, वह तो देखकर न जलेंगे। वह तो हमारे मन का हाल जानते हैं।

2

भगवान! मैं अपने मन को कैसे समझाऊं! तुम अंतर्यामी हो, तुम मेरे रोम-रोम का हाल जानते हो। मैं चाहती हूं कि उन्हें अपना इष्ट समझूं, उनके चरणों की सेवा करूं, उनके इशारे पर चलूं, उन्हें मेरी किसी बात से, किसी व्यवहार से नाममात्र, भी दुःख न हो। वह निर्दोष हैं, जो कुछ मेरे भाग्य में था वह हुआ, न उनका दोष है, न माता-पिता का, सारा दोष मेरे नसीबों ही का है। लेकिन यह सब जानते हुए भी जब उन्हें आते देखती हूं, तो मेरा दिल बैठ जाता है, मुंह पर मुरदनी सी-छा जाती है, सिर भारी हो जाता है; जी चाहता है इनकी सूरत न देखूं, बात

तक करने को जी नहीं चाहता; कदाचित् शत्रु को भी देखकर किसी का मन इतना क्लांत नहीं होता होगा। उनके आने के समय दिल में धड़कन सी होने लगती है। दो-एक दिन के लिए कहीं चले जाते हैं तो दिल पर से बोझ-सा उठ जाता है। हंसती भी हूं, बोलती भी हूं, जीवन में कुछ आनन्द आने लगता है लेकिन उनके आने का समाचार पाते ही फिर चारों ओर अंधकार! चित्त की ऐसी दशा क्यों है, यह मैं नहीं कह सकती। मुझे तो ऐसा जान पड़ता है कि पूर्वजन्म में हम दोनों में बैर था, उसी बैर का बदला लेने के लिए उन्होंने मुझसे विवाह किया है, वही पुराने संस्कार हमारे मन में बने हुए हैं। नहीं तो वह मुझे देख-देख कर क्यों जलते और मैं उनकी सूरत से क्यों घृणा करती? विवाह करने का तो यह मतलब नहीं हुआ करता! मैं अपने घर कहीं इससे सुखी थी। कदाचित् मैं जीवन-पर्यंत अपने घर आनन्द से रह सकती थी। लेकिन इस लोक-प्रथा का बुरा हो, जो अभागिनी कन्याओं को किसी-न किसी पुरुष के गले में बांध देना अनिवार्य समझती है। वह क्या जानता है कि कितनी युवतियां उसके नाम को रो रही हैं, कितने अभिलाषाओं से लहराते हुए, कोमल हृदय उसके पैरों तले रौंदे जा रहे हैं? युवती के लिए पति कैसी-कैसी मधुर कल्पनाओं का स्रोत होता हैं, पुरुष में जो उत्तम है, श्रेष्ठ है, दर्शनीय है, उसकी सजीव मूर्ति इस शब्द के ध्यान में आते ही उसकी नजरों के सामने आकर खड़ी हो जाती है। लेकिन मेरे लिए यह शब्द क्या है। हृदय में उठने वाला शूल, कलेजे में खटकनेवाला कांटा, आंखों में गड़ने वाली किरकिरी, अन्तःकरण को बेधने वाला व्यंग्य-बाण! सुशीला को हमेशा हंसते देखती हूं। वह कभी अपनी दरिद्रता का गिला नहीं करती; गहने नहीं हैं, कपड़े नहीं हैं, भाड़े के नन्हें से मकान में रहती है, अपने हाथों घर का सारा काम-काज करती है, फिर भी उसे रोते नहीं देखती अगर अपने बस की बात होती तो आज अपने धन को उसकी दरिद्रता से बदल लेती। अपने पतिदेव को मुस्कराते हुए घर में आते देखकर उसका सारा दुःखदारिद्रय छूमंतर हो जाता है, छाती गज-भर की हो जाती है। उसके प्रेमालिंगन में वह सुख है, जिस पर तीनों लोक का धन न्यौछावर कर दूं।

3

आज मुझसे जब्त न हो सका। मैंने पूछा—तुमने मुझसे किसलिए विवाह किया था? यह प्रश्न महीनों से मेरे मन में उठता था, पर मन को रोकती चली आती थी। आज प्याला छलक पड़ा। यह प्रश्न सुनकर कुछ बौखला-से गये, बगलें झांकने लगे, खीसें निकालकर बोले—घर संभालने के

लिए, गृहस्थी का भार उठाने के लिए, और नहीं क्या भोग-विलास के लिए? घरनी के बिना यह आपको भूत का डेरा-सा मालूम होता था। नौकर-चाकर घर की सम्पत्ति उड़ाये देते थे। जो चीज जहां पड़ी रहती थी, कोई उसको देखनेवाला न था। तो अब मालूम हुआ कि मैं इस घर की चौकसी के लिए लाई गई हूं। मुझे इस घर की रक्षा करनी चाहिए और अपने को धन्य समझना चाहिए कि यह सारी सम्पत्ति मेरी है। मुख्य वस्तु सम्पत्ति है, मैं तो केवल चौकीदारिन हूं। ऐसे घर में आज ही आग लग जाये! अब तक तो मैं अनजान में घर की चौकसी करती थी, जितना वह चाहते हैं उतना न सही, पर अपनी बुद्धि के अनुसार अवश्य करती थी। आज से किसी चीज को भूलकर भी छूने की कसम खाती हूं। यह मैं जानती हूं कि कोई पुरुष घर की चौकसी के लिए विवाह नहीं करता और इन महाशय ने चिढ़ कर यह बात मुझसे कही। लेकिन सुशीला ठीक कहती है, इन्हें स्त्री के बिना घर सूना लगता होगा, उसी तरह जैसे पिंजरे में चिड़िया को न देखकर पिंजरा सूना लगता है। यह हम स्त्रियों का भाग्य!

4

मालूम नहीं, इन्हें मुझ पर इतना सन्देह क्यों होता है। जब से नसीब इस घर में लाया है, इन्हें बराबर संदेह-मूलक कटाक्ष करते देखती हूं। क्या कारण है? जरा बाल गुंथवा कर बैठी और यह ओंठ चबाने लगे। कहीं जाती नहीं, कहीं आती नहीं, किसी से बोलती नहीं, फिर भी इतना संदेह! यह अपमान असह्य है। क्या मुझे अपनी आबरू प्यारी नहीं? यह मुझे इतनी छिछोरी क्यों समझते हैं, इन्हें मुझ पर संदेह करते लज्जा भी नहीं आती? काना आदमी किसी को हंसते देखता है तो समझता है लोग मुझी पर हंस रहे हैं। शायद इन्हें भी यही वहम हो गया है कि मैं इन्हें चिढ़ाती हूं। अपने अधिकार के बाहर कोई काम कर बैठने से कदाचित् हमारे चित्त की यही वृत्ति हो जाती है। भिक्षुक राजा की गद्दी पर बैठकर चैन की नींद नहीं सो सकता। उसे अपने चारों तरफ शत्रु ही शत्रु दिखायी देंगे। मैं समझती हूं, सभी शादी करने वाले बुड्ढों का यही हाल है।

आज सुशीला के कहने से मैं ठाकुर जी की झांकी देखने जा रही थी। अब यह साधारण बुद्धि का आदमी भी समझ सकता है कि फूहड़ बहू बनकर बाहर निकलना अपनी हंसी उड़ाना है, लेकिन आप उसी वक्त न-जाने किधर से टपक पड़े और मेरी

ओर तिरस्कारपूर्ण नेत्रों से देखकर बोले—कहां की तैयारी है?

मैंने कह दिया, जरा ठाकुर जी की झांकी देखने जाती हूं। इतना सुनते ही त्योरियां चढ़ाकर बोले—तुम्हारे जाने की कुछ जरूरत नहीं। जो अपने पति की सेवा नहीं कर सकती, उसे देवताओं के दर्शन से पुण्य के बदले पाप होता है! मुझसे उड़ने चली हो। मैं औरतों की नस-नस पहचानता हूं।

ऐसा क्रोध आया कि बस अब क्या कहूं। उसी दम कपड़े बदल डाले और प्रण कर लिया कि अब कभी दर्शन करने न जाऊंगी। इस अविश्वास का भी कुछ ठिकाना है! न जाने क्या सोचकर रुक गयी। उनकी बात का जवाब तो यही था कि उसी क्षण घर से चल खड़ी हुई होती, फिर देखती मेरा क्या कर लेते।

इन्हें मेरा उदास और विमन रहने पर आश्चर्य होता है। मुझे मनमें कृतघ्न समझते हैं। अपनी समझ में इन्होंने मेरे से विवाह करके शायद मुझ पर बड़ा एहसान किया है। इतनी बड़ी जायदाद और विशाल संपत्ति की स्वामिनी होकर मुझे फूले न समाना चाहिए था, आठों पहर इनका यशगान करते रहना चाहिए था। मैं यह सब कुछ न करके उलटे और मुंह लटकाए रहती हूं। कभी-कभी मुझे बेचारे पर दया आती है। यह नहीं समझते कि नारी जीवन में कोई ऐसी वस्तु भी है जिसे खोकर उसकी आंखों में स्वर्ग भी नरकतुल्य हो जाता है!

5

तीन दिन से बीमार हैं। डाक्टर कहते हैं, बचने की कोई आशा नहीं, निमोनिया हो गया है। पर मुझे न जाने क्यों इनका गम नहीं है। मैं इतनी वज्र-हृदय कभी न थी। न जाने वह मेरी कोमलता कहां चली गयी। किसी बीमार की सूरत देखकर मेरा हृदय करुणा से चंचल हो जाता था, मैं किसी का रोना नहीं सुन सकती थी। वही मैं हूं कि आज तीन दिन से उन्हें अपने बगल के कमरे में पड़े कराहते सुनती हूं और एक बार भी उन्हें देखने न गयी, आंखों में आंसू का जिक्र ही क्या। मुझे ऐसा मालूम होता है, इनसे मेरा कोई नाता ही नहीं। मुझे चाहे कोई पिशाचनी कहे, चाहे कुलटा, पर मुझे तो यह कहने में लेशमात्र भी संकोच नहीं है कि इनकी बीमारी से मुझे एक प्रकार का ईर्ष्यामय आनन्द आ रहा है। इन्होंने मुझे यहां कारावास दे रखा था—मैं इसे विवाह का पवित्र नाम नहीं देना चाहती—यह कारावास ही है। मैं इतनी उदार नहीं हूं कि

जिसने मुझे कैद में डाल रखा हो उसकी पूजा करूं, जो मुझे लात से मारे उसके पैरों को चूमूं। मुझे तो मालूम हो रहा है, ईश्वर इन्हें इस पाप का दण्ड दे रहे हैं। मैं निस्संकोच होकर कहती हूं कि मेरा इनसे विवाह नहीं हुआ है। स्त्री किसी के गले बांध दिये जाने से ही उसकी विवाहिता नहीं हो जाती। वही संयोग विवाह का पद पा सकता है जिसमें कम-से-कम एक बार तो हृदय प्रेम से पुलकित हो जाय! सुनती हूं, महाशय अपने कमरे में पड़े-पड़े मुझे कोसा करते हैं, अपनी बीमारी का सारा बुखार मुझ पर निकालते हैं, लेकिन यहां इसकी परवाह नहीं। जिसका जी चाहे जायदाद ले, धन ले, मुझे इसकी जरूरत नहीं!

6

आज तीन दिए हुए, मैं विधवा हो गयी, कम-से-कम लोग यही कहते हैं। जिसका जो जी चाहे कहे, पर मैं अपने को जो कुछ समझती हूं वह समझती हूं। मैंने चूड़ियां नहीं तोड़ी, क्यों तोड़ूं? मांग में सेंदुर पहले भी न डालती थी, अब भी नहीं डालती। बूढ़े बाबा का क्रिया-कर्म उनके सुपुत्र ने किया, मैं पास न फटकी। घर में मुझ पर मनमानी आलोचनाएं होती हैं, कोई मेरे गुंथे हुए बालों को देखकर नाक सिकोड़ता है, कोई मेरे आभूषणों पर आंख मटकाता है, यहां इसकी चिन्ता नहीं। उन्हें चिढ़ाने को मैं भी रंग-बिरंगी साड़ियां पहनती हूं, और भी बनती-संवरती हूं, मुझे जरा भी दुःख नहीं है। मैं तो कैद से छूट गयी। इधर कई दिन सुशीला के घर गयी। छोटा सा मकान है, कोई सजावट न सामान, चारपाइयां तक नहीं, पर सुशीला कितने आनन्द से रहती है। उसका उल्लास देखकर मेरे मन में भी भांति-भांति की कल्पनाएं उठने लगती हैं—उन्हें कुत्सित क्यों कहूं, जब मेरा मन उन्हें कुत्सित नहीं समझता। इनके जीवन में कितना उत्साह है। आंखें मुस्कराती रहती हैं, ओठों पर मधुर हास्य खेलता रहता है, बातों में प्रेम का स्रोत बहता हुआ जान पड़ता है। इस आनन्द से, चाहे वह कितना ही क्षणिक हो, जीवन सफल हो जाता है, फिर उसे कोई भूल नहीं सकता, उसकी स्मृति अन्त तक के लिए काफी हो जाती है, इस मिजराब की चोट हृदय के तारों को अन्तकाल तक मधुर स्वरों में कम्पित रख सकती है।

एक दिन मैंने सुशीला से कहा—अगर तेरे पतिदेव कहीं परदेश चले जाएं तो रोते-रोते मर जाएगी!

सुशीला गम्भीर भाव से बोली—नहीं बहन, मरूंगी नहीं, उनकी याद सदैव प्रफुल्लित करती रहेगी, चाहे उन्हें परदेश में बरसों लग जाएं।

मैं यही प्रेम चाहती हूं, इसी चोट के लिए मेरा मन तपड़ता रहता है, मैं भी ऐसी ही स्मृति चाहती हूं जिससे दिल के तार सदैव बजते रहें, जिसका नशा नित्य छाया रहे।

7

रात रोते-रोते हिचकियां बंध गयीं। न-जाने क्यों दिल भर आता था। अपना जीवन सामने एक बीहड़ मैदान की भांति फैला हुआ मालूम होता था, जहां बगूलों के सिवा हरियाली का नाम नहीं। घर फाड़े खाता था, चित्त ऐसा चंचल हो रहा था कि कहीं उड़ जाऊं। आजकल भक्ति के ग्रन्थों की ओर ताकने को जी नहीं चाहता, कहीं सैर करने जाने की भी इच्छा नहीं होती, क्या चाहती हूं वह मैं स्वयं भी नहीं जानती। लेकिन मैं जो नहीं जानती वह मेरा एक-एक रोम-रोम जानता है, मैं अपनी भावनाओं की सजीव मूर्ति हूं, मेरा एक-एक अंग मेरी आन्तरिक वेदना का आर्तनाद हो रहा है।

मेरे चित्त की चंचलता उस अंतिम दशा को पहुंच गयी है, जब मनुष्य को निन्दा की न लज्जा रहती है और न भय। जिन लोभी, स्वार्थी माता-पिता ने मुझे कुएं में ढकेला, जिस पाषाण-हृदय प्राणी ने मेरी मांग में सेंदुर डालने का स्वांग किया, उनके प्रति मेरे मन में बार-बार दुष्कामनाएं उठती हैं, मैं उन्हें लज्जित करना चाहती हूं। मैं अपने मुंह में कालिख लगा कर उनके मुख में कालिख लगाना चाहती हूं। मैं अपने प्राण देकर उन्हें प्राणदंड दिलाना चाहती हूं। मेरा नारीत्व लुप्त हो गया है, मेरे हृदय में प्रचंड ज्वाला उठी हुई है।

घर के सारे आदमी सो रहे थे। मैं चुपके से नीचे उतरी, द्वार खोला और घर से निकली, जैसे कोई प्राणी गर्मी से व्याकुल हो कर घर से निकले और किसी खुली हुई जगह की ओर दौड़े। उस मकान में मेरा दम घुट रहा था।

सड़क पर सन्नाटा था, दुकानें बंद हो चुकी थीं। सहसा एक बुढ़िया आती हुई दिखाई दी। मैं डरी कहीं चुड़ैल न हो। बुढ़िया ने मेरे समीप आकर मुझे सिर से पांव तक देखा और बोली—किसकी राह देख रही हो?

मैंने चिढ़ कर कहा—मौत की!

बुढ़िया—तुम्हारे नसीबों में तो अभी जिंदगी के बड़े-बड़े सुख भोगने लिखे हैं। अंधेरी रात गुजर गयी, आसमान पर सुबह की रोशनी नजर आ रही है।

मैंने हंस कर कहा—अंधेरे में भी तुम्हारी आंखें इतनी तेज हैं कि नसीबों की लिखावट पढ़ लेती हैं?

बुढ़िया—आंखों से नहीं पढ़ती बेटी, अक्ल से पढ़ती हूं, धूप में चूंड़े नहीं सुफेद किये हैं। तुम्हारे बुरे दिन गये और अच्छे दिन आ रहे हैं। हंसो मत बेटी, यही काम करते इतनी उम्र गुजर गयी। इसी बुढ़िया की बदौलत जो नदी में कूदने जा रही थीं, वे आज फूलों की सेज पर सो रही हैं; जो जहर का प्याला पीने को तैयार थीं, वे आज दूध की कुल्लियां कर रही हैं। इसीलिए इतनी रात गये निकलती हूं कि अपने हाथों किसी अभागिन का उद्धार हो सके तो करूं। किसी से कुछ नहीं मांगती, भगवान का दिया सब कुछ घर में है, केवल यही इच्छा है कि अपने से जहां तक हो सके दूसरों का उपकार करूं। जिन्हें धन की इच्छा है उन्हें धन, जिन्हें संतान की इच्छा है उन्हें संतान, बस और क्या कहूं; वह मंत्र बता देती हूं कि जिसकी जो इच्छा हो वह पूरी हो जाय।

मैंने कहा—मुझे न धन चाहिए न संतान। मेरी मनोकामना तुम्हारे बस की बात नहीं है।

बुढ़िया हंसी—बेटी, जो तुम चाहती हो वह मैं जानती हूं; तुम वह चीज चाहती हो जो संसार में होते हुए स्वर्ग की है, जो देवताओं के वरदान से भी ज्यादा आनंदप्रद है, जो आकाश-कुसुम है, गूलर का फूल है और अमावस का चांद है। लेकिन मेरे मंत्र में वह शक्ति है जो भाग्य को भी संवार सकती है। तुम प्रेम की प्यासी हो, मैं तुम्हें उस नाव पर बैठा सकती हूं जो प्रेम के सागर में, प्रेम की तरंगों पर क्रीड़ा करती हुई तुम्हें पार उतार दे।

मैंने उत्कंठित होकर पूछा—माता, तुम्हारा घर कहां है।

बुढ़िया—बहुत नजदीक है बेटी, तुम चलो तो मैं अपनी आंखों पर बैठा कर ले चलूं।

मुझे ऐसा मालूम हुआ कि यह कोई आकाश की देवी है। उसके पीछे-पीछे चल पड़ी।

8

आह! वह बुढ़िया, जिसे मैं आकाश की देवी समझती थी, नरक की डाइन निकली। मेरा सर्वनाश हो गया। मैं अमृत खोजती थी, विष मिला, निर्मल स्वच्छ प्रेम की प्यासी थी, गंदे विषाक्त नाले में गिर पड़ी। वह वस्तु

न मिलनी थी, न मिली। मैं सुशीला का-सा सुख चाहती थी, कुलटाओं की विषय-वासना नहीं। लेकिन जीवन-पथ में एक बार उलटी राह चलकर फिर सीधे मार्ग पर आना कठिन है?

लेकिन मेरे अधःपतन का अपराध मेरे सिर नहीं, मेरे माता-पिता और उस बूढ़े पर है जो मेरा स्वामी बनना चाहता था। मैं यह पंक्तियां न लिखतीं, लेकिन इस विचार से लिख रही हूं कि मेरी आत्म-कथा पढ़ कर लोगों की आंखें खुलें; मैं फिर कहती हूं, अब भी अपनी बालिकाओं के लिए मत देखो धन, मत देखो जायदाद, मत देखो कुलीनता, केवल वर देखो। अगर उसके लिए जोड़ का वर नहीं पा सकते तो लड़की को क्वांरी रख छोड़ो, जहर दे कर मार डालो, गला घोंट डालो, पर किसी बूढ़े खूसट से मत ब्याहो। स्त्री सब-कुछ सह सकती है, दारुण से दारुण दुःख, बड़े से बड़ा संकट, अगर नहीं सह सकती तो अपने यौवन-काल की उमंगों का कुचला जाना।

रही मैं, मेरे लिए अब इस जीवन में कोई आशा नहीं। इस अधम दशा को भी उस दशा से न बदलूंगी, जिससे निकल कर आयी हूं।

स्त्री और पुरुष

विपिन बाबू के लिए स्त्री ही संसार की सुन्दर वस्तु थी। वह कवि थे और उनकी कविता के लिए स्त्रियों के रूप और यौवन की प्रशंसा ही सबसे चित्ताकर्षक विषय था। उनकी दृष्टि में स्त्री जगत में व्याप्त कोमलता, माधुर्य और अलंकारों की सजीव प्रतिमा थी। जबान पर स्त्री का नाम आते ही उनकी आंखें जगमगा उठती थीं, कान खड़े हो जाते थे, मानो किसी रसिक ने गान की आवाज सुन ली हो। जब से होश संभाला, तभी से उन्होंने उस सुन्दरी की कल्पना करनी शुरू की जो उसके हृदय की रानी होगी; उसमें ऊषा की प्रफुल्लता होगी, पुष्प की कोमलता, कुंदन की चमक, बसंत की छवि, कोयल की ध्वनि—वह कवि-वर्णित सभी उपमाओं से विभूषित होगी। वह उस कल्पित मूर्ति के उपासक थे, कविताओं में उसका गुण गाते, मित्रों से उसकी चर्चा करते, नित्य उसी के खयाल में मस्त रहते थे। वह दिन भी समीप आ गया था, जब उनकी आशाएं हरे-हरे पत्तों से लहरायेंगी, उनकी मुरादें पूरी होंगी। कालेज की अन्तिम परीक्षा समाप्त हो गयी थी और विवाह के संदेशे आने लगे थे।

2

विवाह तय हो गया। विपिन बाबू ने कन्या को देखने का बहुत आग्रह किया, लेकिन जब उनके मामूं ने विश्वास दिलाया कि लड़की बहुत ही रूपवती है, मैंने उसे अपनी आंखों से देखा है, तब वह राजी हो गये। धूमधाम से बारात निकली और विवाह का मुहूर्त आया। वधू आभूषणों से सजी हुई मंडप में आयी तो विपिन को उसके हाथ-पांव नजर आये। कितनी सुन्दर उंगलियां थीं, मानो दीप-शिखाएं हों, अंगों की शोभा कितनी मनोहारिणी थी। विपिन फूले न समाये। दूसरे दिन वधू विदा हुई तो वह उसके दर्शनों के लिए इतने अधीर हुए कि ज्यों ही रास्ते में कहारों ने पालकी रखकर मुंह-हाथ धोना शुरू किया, आप चुपके से वधू के पास जा पहुंचे। वह घूंघट हटाये, पालकी से सिर निकाले बाहर झांक

रही थी। विपिन की निगाह उस पर पड़ गयी। यह वह परम सुन्दर रमणी न थी जिसकी उन्होंने कल्पना की थी, जिसकी वह बरसों से कल्पना कर रहे थे—यह एक चौड़े मुंह, चिपटी नाक, और फूले हुए गालों वाली कुरूपा स्त्री थी। रंग गोरा था, पर उसमें लाली के बदले सफेदी थी; और फिर रंग कैसा ही सुन्दर हो, रूप की कमी नहीं पूरी कर सकता। विपिन का सारा उत्साह ठंडा पड़ गया—हां! इसे मेरे ही गले पड़ना था। क्या इसके लिए समस्त संसार में और कोई न मिलता था? उन्हें अपने मामूं पर क्रोध आया जिसने वधू की तारीफों के पुल बांध दिये थे। अगर इस वक्त वह मिल जाते तो विपिन उनकी ऐसी खबर लेता कि वह भी याद करते।

जब कहारों ने फिर पालकियां उठायीं तो विपिन मन में सोचने लगा, इस स्त्री के साथ कैसे मैं बोलूंगा, कैसे इसके साथ जीवन काटूंगा। इसकी ओर तो ताकने ही से घृणा होती है। ऐसी कुरूपा स्त्रियां भी संसार में हैं, इसका मुझे अब तक पता न था। क्या मुंह ईश्वर ने बनाया है, क्या आंखें हैं! मैं और सारे ऐबों की ओर से आंखें बन्द कर लेता, लेकिन वह चौड़ा-सा मुंह! भगवान! क्या तुम्हें मुझी पर यह वज्रपात करना था।

3

विपिन को अपना जीवन नरक-सा जान पड़ता था। वह अपने मामूं से लड़ा। ससुर को लम्बा खर्रा लिखकर फटकारा, मां-बाप से हुज्जत की और जब इससे शांति न हुई तो कहीं भाग जाने की बात सोचने लगा। आशा पर उसे दया अवश्य आती थी। वह अपने को समझाता कि इसमें उस बेचारी का क्या दोष है, उसने जबरदस्ती तो मुझसे विवाह किया नहीं। लेकिन यह दया और यह विचार उस घृणा को न जीत सकता था जो आशा को देखते ही उसके रोम-रोम में व्याप्त हो जाती थी। आशा अपने अच्छे-से-अच्छे कपड़े पहनती; तरह-तरह से बाल संवारती, घंटों आइने के सामने खड़ी होकर अपना शृंगार करती, लेकिन विपिन को यह शुतुरगमज-से मालूम होते। वह दिल से चाहती थी कि उन्हें प्रसन्न करूं, उनकी सेवा करने के लिए अवसर खोजा करती थी, लेकिन विपिन उससे भागा-भागा फिरता था। अगर कभी भेंट हो भी जाती तो कुछ ऐसी जली-कटी बातें करने लगता कि आशा रोती हुई वहां से चली जाती।

सबसे बुरी बात यह थी कि उसका चरित्र भ्रष्ट होने लगा। वह यह भूल जाने की चेष्टा करने लगा कि मेरा विवाह हो गया है। कई-कई दिनों तक आशा को उसके दर्शन

भी न होते। वह उसके कहकहे की आवाजें बाहर से आती हुई सुनती, झरोखे से देखती कि वह दोस्तों के गले में हाथ डाले सैर करने जा रहे हैं और तड़प कर रह जाती।

एक दिन खाना खाते समय उसने कहा—अब तो आपके दर्शन ही नहीं होते। मेरे कारण घर छोड़ दीजिएगा क्या?

विपिन ने मुंह फेर कर कहा—घर ही पर तो रहता हूं। आजकल जरा नौकरी की तलाश है इसलिए दौड़-धूप ज्यादा करनी पड़ती है।

आशा—किसी डाक्टर से मेरी सूरत क्यों नहीं बनवा देते? सुनती हूं, आजकल सूरत बनाने वाले डाक्टर पैदा हुए हैं।

विपिन—क्यों नाहक चिढ़ाती हो, यहां तुम्हें किसने बुलाया था?

आशा—आखिर इस मर्ज की दवा कौन करेगा?

विपिन—इस मर्ज की दवा नहीं है। जो काम ईश्वर से न करते बना उसे आदमी क्या बना सकता है?

आशा—यह तो तुम्हीं सोचो कि ईश्वर की भूल के लिए मुझे दंड दे रहे हो। संसार में कौन ऐसा आदमी है जिसे अच्छी सूरत बुरी लगती हो, लेकिन तुमने किसी मर्द को केवल रूपहीन होने के कारण क्वांरा रहते देखा है, रूपहीन लड़कियां भी मां-बाप के घर नहीं बैठी रहतीं। किसी-न-किसी तरह उनका निर्वाह हो ही जाता है; उसका पति उन पर प्राण न देता हो, लेकिन दूध की मक्खी नहीं समझता।

विपिन ने झुंझला कर कहा—क्यों नाहक सिर खाती हो, मैं तुमसे बहस तो नहीं कर रहा हूं। दिल पर ज़ब्र नहीं किया जा सकता और न दलीलों का उस पर कोई असर पड़ सकता है। मैं तुम्हें कुछ कहता तो नहीं हूं, फिर तुम क्यों मुझसे हुज्जत करती हो?

आशा यह झिड़की सुन कर चली गयी। उसे मालूम हो गया कि इन्होंने मेरी ओर से सदा के लिए हृदय कठोर कर लिया है।

4

विपिन तो रोज सैर-सपाटे करते, कभी-कभी रात को गायब रहते। इधर आशा चिंता और नैराश्य से घुलते-घुलते बीमार पड़ गयी। लेकिन विपिन भूल कर भी उसे देखने न आता, सेवा करना तो दूर रहा। इतना ही नहीं, वह दिल में मानता था कि वह मर जाती तो गला छूटता, अबकी खूब देखभाल कर अपनी पसंद का विवाह करता।

अब वह और भी खुल खेला। पहले आशा से कुछ दबता था, कम-से-कम

उसे यह धड़का लगा रहता था कि कोई मेरी चाल-ढाल पर निगाह रखने वाला भी है। अब वह धड़का छूट गया। कुवासनाओं में ऐसा लिप्त हो गया कि मरदाने कमरे में ही जमघटे होने लगे। लेकिन विषय-भोग में धन ही का सर्वनाश नहीं होता, इससे कहीं अधिक बुद्धि और बल का सर्वनाश होता है। विपिन का चेहरा पीला पड़ने लगा, देह भी क्षीण होने लगी, पसलियों की हड्डियां निकल आयीं, आंखों के इर्द-गिर्द गढ़े पड़ गये। अब वह पहले से कहीं ज्यादा शौक करता, नित्य तेल लगाता, बाल बनवाता, कपड़े बदलता, किन्तु मुख पर कांति न थी, रंग-रोगन से क्या हो सकता?

एक दिन आशा बरामदे में चारपाई पर लेटी हुई थी। इधर हफ्तों से उसने विपिन को न देखा था। उन्हें देखने की इच्छा हुई। उसे भय था कि वह न आयेंगे, फिर भी वह मन को न रोक सकी। विपिन को बुला भेजा। विपिन को भी उस पर कुछ दया आ गयी। आकर सामने खड़े हो गये। आशा ने उनके मुंह की ओर देखा तो चौंक पड़ी। वह इतने दुर्बल हो गये थे कि पहचानना मुश्किल था। बोली—तुम भी बीमार हो क्या? तुम तो मुझसे भी ज्यादा घुल गये हो।

विपिन—उंह, जिंदगी में रखा ही क्या है जिसके लिए जीने की फिक्र करूं!

आशा—जीने की फिक्र न करने से कोई इतना दुबला नहीं हो जाता। तुम अपनी कोई दवा क्यों नहीं करते?

यह कह कर उसने विपिन का दाहिना हाथ पकड़ कर अपनी चारपाई पर बैठा लिया। विपिन ने भी हाथ छुड़ाने की चेष्टा न की। उनके स्वभाव में इस समय एक विचित्र नम्रता थी, जो आशा ने कभी न देखी थी। बातों से भी निराशा टपकती थी। अक्खड़पन या क्रोध की गंध भी न थी। आशा को ऐसा मालूम हुआ कि उनकी आंखों में आंसू भरे हुए हैं।

विपिन चारपाई पर बैठते हुए बोले—मेरी दवा अब मौत करेगी। मैं तुम्हें जलाने के लिए नहीं कहता। ईश्वर जानता है, मैं तुम्हें चोट नहीं पहुंचाना चाहता। मैं अब ज्यादा दिनों तक न जिऊंगा। मुझे किसी भयंकर रोग के लक्षण दिखाई दे रहे हैं। डाक्टरों ने भी वही कहा है। मुझे इसका खेद है कि मेरे हाथों तुम्हें कष्ट पहुंचा पर क्षमा करना। कभी-कभी बैठे-बैठे मेरा दिल डूब जाता है, मूर्छा-सी आ जाती है।

यह कहते-कहते एकाएक वह कांप उठे। सारी देह में सनसनी सी दौड़ गयी। मूर्छित हो कर चारपाई पर गिर पड़े और हाथ-पैर पटकने लगे। मुंह से फिचकुर

निकलने लगा। सारी देह पसीने से तर हो गयी।

आशा का सारा रोग हवा हो गया। वह महीनों से बिस्तर न छोड़ सकी थी। पर इस समय उसके शिथिल अंगों में विचित्र स्फूर्ति दौड़ गयी। उसने तेजी से उठ कर विपिन को अच्छी तरह लेटा दिया और उनके मुख पर पानी के छीटें देने लगी। महरी भी दौड़ी आयी और पंखा झलने लगी। बाहर खबर हुई, मित्रों ने दौड़ कर डाक्टर को बुलाया। बहुत यत्न करने पर भी विपिन ने आंखें न खोलीं। संध्या होते-होते उनका मुंह टेढ़ा हो गया और बायां अंग शून्य पड़ गया। हिलना तो दूर रहा, मुंह से बात निकालना भी मुश्किल हो गया। यह मूर्छा न थी, फालिज था।

5

फालिज के भयंकर रोग में रोगी की सेवा करना आसान काम नहीं है। उस पर आशा महीनों से बीमार थी। लेकिन उस रोग के सामने वह अपना रोग भूल गई। 15 दिनों तक विपिन की हालत बहुत नाजुक रही। आशा दिन-के-दिन और रात-की-रात उनके पास बैठी रहती। उनके लिए पथ्य बनाना, उन्हें गोद में सम्भाल कर दवा पिलाना, उनके जरा-जरा से इशारों को समझना उसी जैसी धैर्यशाली स्त्री का काम था। अपना सिर दर्द से फटा करता, ज्वर से देह तपा करती, पर इसकी उसे जरा भी परवा न थी।

15 दिनों बाद विपिन की हालत कुछ सम्भली। उनका दाहिना पैर तो लुंज पड़ गया था, पर तोतली भाषा में कुछ बोलने लगे थे। सबसे बुरी गत उनके सुन्दर मुख की हुई थी। वह इतना टेढ़ा हो गया था जैसे कोई रबर के खिलौने को खींच कर बढ़ा दे। बैटरी की मदद से जरा देर के लिए बैठ या खड़े तो हो जाते थे; लेकिन चलने-फिरने की ताकत न थी।

एक दिन लेटे-लेटे उन्हें क्या ख्याल आया। आईना उठा कर अपना मुंह देखने लगे। ऐसा कुरूप आदमी उन्होंने कभी न देखा था। आहिस्ता से बोले—आशा, ईश्वर ने मुझे गरूर की सजा दे दी। वास्तव में मुझे यह उसी बुराई का बदला मिला है, जो मैंने तुम्हारे साथ की। अब तुम अगर मेरा मुंह देखकर घृणा से मुंह फेर लो तो मुझे तुमसे जरा भी शिकायत न होगी। मैं चाहता हूं कि तुम मुझसे उस दुर्व्यवहार का बदला लो, जो मैंने तुम्हारे साथ किए हैं।

आशा ने पति की ओर कोमल भाव से देखकर कहा—मैं तो आपको अब भी उसी निगाह से देखती हूं। मुझे तो आप में कोई अन्तर नहीं दिखाई देता।

विपिन—वाह, बन्दर का-सा मुंह हो गया है, तुम कहती हो कि कोई अन्तर ही नहीं। मैं तो अब कभी बाहर न निकलूंगा। ईश्वर ने मुझे सचमुच दंड दिया।

6

बहुत यत्न किए गए पर विपिन का मुंह सीधा न हुआ। मुख का बायां भाग इतना टेढ़ा हो गया था कि चेहरा देखकर डर मालूम होता था। हां, पैरों में इतनी शक्ति आ गई कि अब वह चलने-फिरने लगे।

आशा ने पति की बीमारी में देवी की मनौती की थी। आज उसी की पूजा का उत्सव था। मुहल्ले की स्त्रियां बनाव-सिंगार किये जमा थीं। गाना-बजाना हो रहा था।

एक सहेली ने पूछा—क्यों आशा, अब तो तुम्हें उनका मुंह जरा भी अच्छा न लगता होगा।

आशा ने गम्भीर होकर कहा—मुझे तो पहले से कहीं अच्छा मालूम होता है।

'चलो, बातें बनाती हो।'

'नहीं बहन, सच कहती हूं; रूप के बदले मुझे उनकी आत्मा मिल गई जो रूप से कहीं बढ़कर है।'

विपिन कमरे में बैठे हुए थे। कई मित्र जमा थे। ताश हो रहा था।

कमरे में एक खिड़की थी जो आंगन में खुलती थी। इस वक्त वह बन्द थी। एक मित्र ने उसे चुपके से खोल दिया और शीशे से झांक कर विपिन से कहा—आज तो तुम्हारे यहां परियों का अच्छा जमघट है।

विपिन—बन्द कर दो।

'अजी जरा देखो तो, कैसी-कैसी सूरतें हैं! तुम्हें इन सबों में कौन सबसे अच्छी मालूम होती है?

विपिन ने उड़ती हुई नजरों से देखकर कहा—मुझे तो वही सबसे अच्छी मालूम होती है जो थाल में फूल रख रही है।

'वाह री आपकी निगाह! क्या सूरत के साथ तुम्हारी निगाह भी बिगड़ गई? मुझे तो वह सबसे बदसूरत मालूम होती है।'

'इसलिए कि तुम उसकी सूरत देखते हो और मैं उसकी आत्मा देखता हूं।'

'अच्छा, यही मिसेज विपिन हैं?'

'जी हां, यह वही देवी है।

उद्धार

हिंदू समाज की वैवाहिक प्रथा इतनी दूषित, इतनी चिंताजनक, इतनी भयंकर हो गयी है कि कुछ समझ में नहीं आता, उसका सुधार क्योंकर हो। बिरले ही ऐसे माता-पिता होंगे जिनके सात पुत्रों के बाद एक भी कन्या उत्पन्न हो जाय तो वह सहर्ष उसका स्वागत करें। कन्या का जन्म होते ही उसके विवाह की चिंता सिर पर सवार हो जाती है और आदमी उसी में डुबकियां खाने लगता है। अवस्था इतनी निराशामय और भयानक हो गई है कि ऐसे माता-पिताओं की कमी नहीं है जो कन्या की मृत्यु पर हृदय से प्रसन्न होते हैं, मानो सिर से बाधा टली। इसका कारण केवल यही है कि दहेज की दर, दिन दूनी रात चौगुनी, पावस-काल के जल-वेग के समान बढ़ती चली जा रही है। जहां दहेज की सैकड़ों में बातें होती थीं, वहां अब हजारों तक नौबत पहुंच गई है। अभी बहुत दिन नहीं गुजरे कि एक या दो हजार रुपये दहेज केवल बड़े घरों की बात थी, छोटी-छोटी शादियां पांच सौ से एक हजार तक तय हो जाती थीं; अब मामूली-मामूली विवाह भी तीन-चार हजार के नीचे तय नहीं होते। खर्च का तो यह हाल है और शिक्षित समाज की निर्धनता और दरिद्रता दिनों दिन बढ़ती जाती है। इसका अन्त क्या होगा ईश्वर ही जाने। बेटे एक दर्जन भी हों तो माता-पिता को चिंता नहीं होती। वह अपने ऊपर उनके विवाह-भार को अनिवार्य नहीं समझता, यह उसके लिए 'कम्पलसरी' विषय नहीं, 'आप्शनल' विषय है। होगा तो कर देंगे; नहीं कह देंगे—बेटा, खाओ कमाओ, कमाई हो तो विवाह कर लेना। बेटों की कुचरित्रता कलंक की बात नहीं समझी जाती; लेकिन कन्या का विवाह तो करना ही पड़ेगा, उससे भागकर कहां जायेंगे? अगर विवाह में विलम्ब हुआ और कन्या के पांव कहीं ऊंचे-नीचे पड़ गये तो फिर कुटुम्ब की नाक कट गयी; वह पतित हो गया, टाट बाहर कर दिया गया। अगर वह इस दुर्घटना को सफलता के साथ गुप्त रख सका तब तो कोई बात नहीं; उसको कलंकित करने का किसी को साहस नहीं; लेकिन अभाग्यवश यदि वह इसे छिपा न सका, भंडाफोड़ हो गया तो फिर माता-पिता के लिए, भाई-बंधुओं के

लिए संसार में मुंह दिखाने को नहीं रहता। कोई अपमान इससे दुस्सह, कोई विपत्ति इससे भीषण नहीं। किसी भी व्याधि की इससे भयंकर कल्पना नहीं की जा सकती। लुत्फ तो यह है कि जो लोग बेटियों के विवाह की कठिनाइयों को भोग चुके होते हैं वही अपने बेटों के विवाह के अवसर पर बिलकुल भूल जाते हैं कि हमें कितनी ठोकरें खानी पड़ी थीं, जरा भी सहानुभूति नहीं प्रकट करते, बल्कि कन्या के विवाह में जो तावान उठाया था उसे चक्र-वद्धि ब्याज के साथ बेटे के विवाह में वसूल करने पर कटिबद्ध हो जाते हैं। कितने ही माता-पिता इसी चिंता में घुल-घुल कर अकाल मृत्यु को प्राप्त हो जाते हैं; कोई संन्यास ग्रहण कर लेता है, कोई बूढ़े के गले कन्या को मढ़ कर अपना गला छुड़ाता है, पात्र-कुपात्र के विचार करने का मौका कहां, ठेलमठेल है।

मुंशी गुलजारीलाल ऐसे ही हतभागे पिताओं में थे। यों उनकी स्थिति बुरी न थी। दो-ढाई सौ रुपये महीने वकालत से पीट लेते थे, पर खानदानी आदमी थे, उदार हृदय, बहुत किफायत करने पर भी माकूल बचत न हो सकती थी। सम्बन्धियों का आदर-सत्कार न करें तो नहीं बनता, मित्रों की खातिरदारी न करें तो नहीं बनता। फिर ईश्वर के दिये हुए दो पुत्र थे, उनका पालन-पोषण, शिक्षण का भार था, क्या करते! पहली कन्या का विवाह उन्होंने अपनी हैसियत के अनुसार अच्छी तरह किया पर दूसरी पुत्री का विवाह टेढ़ी खीर हो रहा था। यह आवश्यक था कि विवाह अच्छे घराने में हो, अन्यथा लोग हंसेंगे और अच्छे घराने के लिए कम-से-कम पांच हजार का तखमीना था। उधर पुत्री सयानी होती जाती थी। वह अनाज जो लड़के खाते थे, वह भी खाती थी, लेकिन लड़कों को देखो तो जैसे सूखे का रोग लगा हो और लड़की शुक्ल पक्ष का चांद हो रही थी। बहुत दौड़-धूप करने पर बेचारे को एक लड़का मिला। बाप आबकारी के विभाग में 400 रु० का नौकर था, लड़का सुशिक्षित। स्त्री से आकर बोले, लड़का तो मिला और घरबार-एक भी काटने योग्य नहीं; पर कठिनाई यही है कि लड़का कहता है, मैं अपना विवाह न करूंगा। बाप ने समझाया, मैंने कितना समझाया, औरों ने समझाया, पर वह टस से मस नहीं होता। कहता है, मैं कभी विवाह न करूंगा। समझ में नहीं आता, विवाह से क्यों इतनी घृणा करता है। कोई कारण नहीं बतलाता, बस यही कहता है, मेरी इच्छा। मां-बाप का एकलौता लड़का है। उनकी परम इच्छा है कि इसका विवाह हो जाय, पर करें क्या? यों उन्होंने फलदान तो रख लिया है पर मुझसे कह दिया है कि लड़का स्वभाव का हठीला है, अगर न मानेगा तो फलदान आपको

लौटा दिया जायेगा।

स्त्री ने कहा—तुमने लड़के को एकांत में बुलवाकर पूछा नहीं?

गुलजारीलाल—बुलाया था। बैठा रोता रहा, फिर उठकर चला गया। तुमसे क्या कहूं, उसके पैरों पर गिर पड़ा; लेकिन बिना कुछ कहे उठकर चला गया।

स्त्री—देखो, इस लड़की के पीछे क्या-क्या झेलना पड़ता है?

गुलजारीलाल—कुछ नहीं, आजकल के लौंडे सैलानी होते हैं। अंगरेजी पुस्तकों में पढ़ते हैं कि विलायत में कितने ही लोग अविवाहित रहना ही पसंद करते हैं। बस यही सनक सवार हो जाती है कि निर्द्वंद्व रहने में ही जीवन की सुख और शांति है। जितनी मुसीबतें हैं वह सब विवाह ही में हैं। मैं भी कालेज में था तब सोचा करता था कि अकेला रहूंगा और मजे से सैर-सपाटा करूंगा।

स्त्री—है तो वास्तव में बात यही। विवाह ही तो सारी मुसीबतों की जड़ है। तुमने विवाह न किया होता तो क्यों ये चिंताएं होतीं? मैं भी क्वांरी रहती तो चैन करती।

2

इसके एक महीना बाद मुंशी गुलजारीलाल के पास वर ने यह पत्र लिखा—

'पूज्यवर,

सादर प्रणाम।

मैं आज बहुत असमंजस में पड़कर यह पत्र लिखने का साहस कर रहा हूं। इस धृष्टता को क्षमा कीजिएगा।

आपके जाने के बाद से मेरे पिताजी और माताजी दोनों मुझ पर विवाह करने के लिए नाना प्रकार से दबाव डाल रहे हैं। माताजी रोती हैं, पिताजी नाराज होते हैं। वह समझते हैं कि मैं अपनी जिद के कारण विवाह से भागता हूं। कदाचित उन्हें यह भी सन्देह हो रहा है कि मेरा चरित्र भ्रष्ट हो गया है। मैं वास्तविक कारण बताते हुए डरता हूं कि इन लोगों को दुःख होगा और आश्चर्य नहीं कि शोक में उनके प्राणों पर ही बन जाय। इसलिए अब तक मैंने जो बात गुप्त रखी थी, वह आज विवश होकर आपसे प्रकट करता हूं और आपसे साग्रह निवेदन करता हूं कि आप इसे गोपनीय समझिएगा और किसी दशा में भी उन

लोगों के कानों में इसकी भनक न पड़ने दीजिएगा। जो होना है वह तो होगा ही, पहले ही से क्यों उन्हें शोक में डुबोऊं। मुझे 5-6 महीनों से यह अनुभव हो रहा है कि मैं क्षय रोग से ग्रसित हूं। उसके सभी लक्षण प्रकट होते जाते हैं। डाक्टरों की भी यही राय है। यहां सबसे अनुभवी जो दो डाक्टर हैं, उन दोनों ही से मैंने अपनी आरोग्य-परीक्षा करायी और दोनों ही ने स्पष्ट कहा कि तुम्हें सिल है। अगर माता-पिता से यह कह दूं तो वह रो-रो कर मर जायेंगे। जब यह निश्चय है कि मैं संसार में थोड़े ही दिनों का मेहमान हूं तो मेरे लिए विवाह की कल्पना करना भी पाप है। संभव है कि मैं विशेष प्रयत्न करके साल दो साल जीवित रहूं, पर वह दशा और भी भयंकर होगी, क्योंकि अगर कोई सन्तान हुई तो वह भी मेरे संस्कार से अकाल मृत्यु पायेगी और कदाचित् स्त्री को भी इसी रोग-राक्षस का भक्ष्य बनना पड़े। मेरे अविवाहित रहने से जो बीतेगी, मुझ पर बीतेगी। विवाहित हो जाने से मेरे साथ और कई जीवों का नाश हो जायगा। इसलिए आपसे मेरी प्रार्थना है कि मुझे इस बन्धन में डालने के लिए आग्रह न कीजिए, अन्यथा आपको पछताना पड़ेगा।

सेवक
'हजारीलाल।'

पत्र पढ़कर गुलजारीलाल ने स्त्री की ओर देखा और बोले—इस पत्र के विषय में तुम्हारा क्या विचार है।

स्त्री—मुझे तो ऐसा मालूम होता है कि उसने बहाना रचा है।

गुलजारील—बस-बस, ठीक यही मेरा भी विचार है। उसने समझा है कि बीमारी का बहाना कर दूंगा तो आप ही हट जायेंगे। असल में बीमारी कुछ नहीं। मैंने तो देखा ही था, चेहरा चमक रहा था। बीमार का मुंह छिपा नहीं रहता।

स्त्री—राम नाम ले के विवाह करो, कोई किसी का भाग्य थोड़े ही पढ़े बैठा है।

गुलजारीलाल—यही तो मैं सोच रहा हूं।

स्त्री—न हो किसी डाक्टर से लड़के को दिखाओ। कहीं सचमुच यह बीमारी हो तो बेचारी अम्बा कहीं की न रहे।

गुलजारीलाल—तुम भी पागल हो क्या? सब हीले-हवाले हैं। इन छोकरों के दिल का हाल मैं खूब जानता हूं। सोचता होगा अभी सैर-सपाटे कर रहा हूं, विवाह

हो जायगा तो यह गुलछर्रे कैसे उड़ेंगे!

स्त्री—तो शुभ मुहूर्त देखकर लग्न भिजवाने की तैयारी करो।

3

हजारीलाल बड़े धर्म-सन्देह में था। उसके पैरों में जबरदस्ती विवाह की बेड़ी डाली जा रही थी और वह कुछ न कर सकता था। उसने ससुर को अपना कच्चा चिट्ठा कह सुनाया; मगर किसी ने उसकी बातों पर विश्वास न किया। मां-बाप से अपनी बीमारी का हाल कहने का उसे साहस न होता था। न ज़ाने उनके दिल पर क्या गुजरे, न जाने क्या कर बैठे? कभी सोचता किसी डाक्टर की शहादत लेकर ससुर के पास भेज दूं, मगर फिर ध्यान आता, यदि उन लोगों को उस पर भी विश्वास न आया, तो? आजकल डाक्टरी से सनद ले लेना कौन-सा मुश्किल काम है। सोचेंगे, किसी डाक्टर को कुछ दे दिलाकर लिखा लिया होगा। शादी के लिए तो इतना आग्रह हो रहा था, उधर डाक्टरों ने स्पष्ट कह दिया था कि अगर तुमने शादी की तो तुम्हारा जीवन-सूत्र और भी निर्बल हो जाएगा। महीनों की जगह दिनों में वारा-न्यारा हो जाने की सम्भावना है।

लग्न आ चुकी थी। विवाह की तैयारियां हो रही थीं, मेहमान आते-जाते थे और हजारीलाल घर से भागा-भागा फिरता था। कहां चला जाऊं? विवाह की कल्पना ही से उसके प्राण सूख जाते थे। आह! उस अबला की क्या गति होगी? जब उसे यह बात मालूम होगी तो वह मुझे अपने मन में क्या कहेगी? कौन इस पाप का प्रायश्चित्त करेगा? नहीं, उस अबला पर घोर अत्याचार न करूंगा, उसे वैधव्य की आग में न जलाऊंगा। मेरी जिन्दगी ही क्या, आज न मरा कल मरूंगा, कल नहीं तो परसों, तो क्यों न आज ही मर जाऊं। आज ही जीवन का और उसके साथ सारी चिंताओं का, सारी विपत्तियों का अन्त कर दूं। पिता जी रोयेंगे, अम्मां प्राण त्याग देंगी; लेकिन एक बालिका का जीवन तो सफल हो जाएगा, मेरे बाद कोई अभागा अनाथ तो न रोयेगा।

क्यों न चलकर पिताजी से कह दूं? वह एक-दो दिन दुःखी रहेंगे, अम्मां जी दो-एक रोज शोक से निराहार रह जायेंगी, कोई चिंता नहीं। अगर माता-पिता के इतने कष्ट से एक युवती की प्राण-रक्षा हो जाए तो क्या छोटी बात है?

यह सोचकर वह धीरे से उठा और आकर पिता के सामने खड़ा हो गया। रात

के दस बज गये थे। बाबू दरबारीलाल चारपाई पर लेटे हुए हुक्का पी रहे थे। आज उन्हें सारा दिन दौड़ते गुजरा था। शामियाना तय किया; बाजे वालों को बयाना दिया; आतिशबाजी, फुलवारी आदि का प्रबन्ध किया। घंटों ब्राह्मणों के साथ सिर मारते रहे, इस वक्त जरा कमर सीधी कर रहे थे कि सहसा हजारीलाल को सामने देखकर चौंक पड़े। उसका उतरा हुआ चेहरा, सजल आंखें और कुंठित मुख देखा तो कुछ चिंतित होकर बोले—क्यों लालू, तबीयत तो अच्छी है न? कुछ उदास मालूम होते हो।

हजारीलाल—मैं आपसे कुछ कहना चाहता हूं ; पर भय होता है कि कहीं आप अप्रसन्न न हों।

दरबारीलाल—समझ गया, वही पुरानी बात है न? उसके सिवा कोई दूसरी बात हो तो शौक से कहो।

हजारीलाल—खेद है कि मैं उसी विषय में कुछ कहना चाहता हूं।

दरबारीलाल—यही कहना चाहते हो न कि मुझे इस बन्धन में न डालिए, मैं इसके अयोग्य हूं, मैं यह भार सह नहीं सकता, बेड़ी मेरी गर्दन को तोड़ देगी, आदि या और कोई नई बात?

हजारीलाल—जी नहीं, नई बात है। मैं आपकी आज्ञा पालन करने के लिए सब प्रकार तैयार हूं; पर एक ऐसी बात है, जिसे मैंने अब तक छिपाया था, उसे भी प्रकट कर देना चाहता हूं। इसके बाद आप जो कुछ निश्चय करेंगे उसे मैं शिरोधार्य करूंगा।

हजारीलाल ने बड़े विनीत शब्दों में अपना आशय कहा, डाक्टरों की राय भी बयान की और अन्त में बोले—ऐसी दशा में मुझे पूरी आशा है कि आप मुझे विवाह करने के लिए बाध्य न करेंगे।

दरबारीलाल ने पुत्र के मुख की ओर गौर से देखा, कहीं जर्दी का नाम न था, इस कथन पर विश्वास न आया; पर अपना अविश्वास छिपाने और अपना हार्दिक शोक प्रकट करने के लिए वह कई मिनट तक गहरी चिंता में मग्न रहे। इसके बाद पीड़ित कंठ से बोले—बेटा, इस दशा में तो विवाह करना और भी आवश्यक है। ईश्वर न करे कि हम वह बुरा दिन देखने के लिए जीते रहें, पर विवाह हो जाने से तुम्हारी कोई निशानी तो रह जाएगी। ईश्वर ने कोई संतान दे दी तो वही हमारे बुढ़ापे की लाठी होगी, उसी का मुंह देखदेख कर दिल को समझायेंगे, जीवन का कुछ आधार तो रहेगा। फिर आगे क्या होगा, यह कौन कह सकता है? डाक्टर किसी

की कर्म-रेखा तो नहीं पढ़ते, ईश्वर की लीला अपरम्पार है, डाक्टर उसे नहीं समझ सकते। तुम निश्चिंत होकर बैठो, हम जो कुछ करते हैं, करने दो। भगवान चाहेंगे तो सब कल्याण ही होगा।

हजारीलाल ने इसका कोई उत्तर नहीं दिया। आंखें डबडबा आयीं, कंठावरोध के कारण मुंह तक न खोल सका। चुपके से आकर अपने कमरे में लेट रहा।

तीन दिन और गुजर गये, पर हजारीलाल कुछ निश्चय न कर सका। विवाह की तैयारियां पूरी हो गयी थीं। आंगन में मंडप गड़ गया था; डालू, गहने संदूकों में रखे जा चुके थे। मंत्रेयी की पूजा हो चुकी थी और द्वार पर बाजों का शोर मचा हुआ था। मुहल्ले के लड़के जमा होकर बाजा सुनते थे और उल्लास से इधर-उधर दौड़ते थे।

संध्या हो गयी थी। बरात आज रात की गाड़ी से जाने वाली थी। बरातियों ने अपने वस्त्राभूषण पहनने शुरू किये। कोई नाई से बाल बनवाता था और चाहता था कि खत ऐसा साफ हो जाय मानो वहां बाल कभी थे ही नहीं, बूढ़े अपने पके बाल को उखड़वा कर जवान बनने की चेष्टा कर रहे थे। तेल, साबुन, उबटन की लूट मची हुई थी और हजारीलाल बगीचे में एक वृक्ष के नीचे उदास बैठा हुआ सोच रहा था, क्या करूं?

अन्तिम निश्चय की घड़ी सिर पर खड़ी थी। अब एक क्षण भी विलम्ब करने का मौका न था। अपनी वेदना किससे कहे, कोई सुनने वाला न था।

उसने सोचा हमारे माता-पिता कितने अदूरदर्शी हैं, अपनी उमंग में इन्हें इतना भी नहीं सूझता कि वधू पर क्या गुजरेगी। वधू के माता-पिता भी इतने अन्धे हो रहे हैं कि देखकर भी नहीं देखते, जान कर नहीं जानते।

क्या यह विवाह है? कदापि नहीं। यह तो लड़की को कुएं में डालना है, भाड़ में झोंकना है, कुंद छूरे से रेतना है। कोई यातना इतनी दुस्सह, इतनी हृदयविदारक नहीं हो सकती जितनी वैधव्य, और ये लोग जान-बूझ कर अपनी पुत्री को वैधव्य के अग्नि-कुंड में डाल देते हैं। यह माता-पिता हैं? कदापि नहीं। यह लड़की के शत्रु हैं, कसाई हैं, बधिक हैं, हत्यारे हैं। क्या इनके लिए कोई दण्ड नहीं? जो जान-बूझ कर अपनी प्रिय संतान के खून से अपने हाथ रंगते हैं, उसके लिए कोई दण्ड नहीं? समाज भी उन्हें दण्ड नहीं देता, कोई कुछ नहीं कहता। हाय!

यह सोचकर हजारीलाल उठा और एक ओर चुपचाप चल दिया। उसके मुख पर तेज छाया हुआ था। उसने आत्म-बलिदान से इस कष्ट का निवारण करने का

दृढ़ संकल्प कर लिया था। उसे मृत्यु का लेश-मात्र भी भय न था। वह उस दशा को पहुंच गया था जब सारी आशाएं मृत्यु पर ही अवलम्बित हो जाती हैं।

उस दिन से फिर किसी ने हजारीलाल की सूरत नहीं देखी। मालूम नहीं जमीन खा गई या आसमान। नदियों में जाल डाले गए, कुओं में बांस पड़ गए, पुलिस में हुलिया गया, समाचार-पत्रों में विज्ञप्ति निकाली गई, पर कहीं पता न चला।

कई हफ्तों के बाद, छावनी रेलवे स्टेशन से एक मील पश्चिम की ओर सड़क पर कुछ हड्डियां मिलीं। लोगों को अनुमान हुआ कि हजारीलाल ने गाड़ी के नीचे दबकर जान दी, पर निश्चित रूप से कुछ न मालूम हुआ।

भादों का महीना था और तीज का दिन था। घरों में सफाई हो रही थी। सौभाग्यवती रमणियां सोलहों श्रृंगार किए गंगा-स्नान करने जा रही थीं। अम्बा स्नान करके लौट आयी थी और तुलसी के कच्चे चबूतरे के सामने खड़ी वंदना कर रही थी। पतिगृह में उसे यह पहली ही तीज थी, बड़ी उमंगों से व्रत रखा था। सहसा उसके पति ने अन्दर आ कर उसे सहास नेत्रों से देखा और बोला—मुंशी दरबारी लाल तुम्हारे कौन होते हैं, यह उनके यहां से तुम्हारे लिए तीज पठौनी आयी है। अभी डाकिया दे गया है।

यह कह कर उसने एक पार्सल चारपाई पर रख दिया। दरबारीलाल का नाम सुनते ही अम्बा की आंखें सजल हो गयीं। वह लपकी हुयी आयी और पार्सल को हाथ में लेकर देखने लगी; पर उसकी हिम्मत न पड़ी कि उसे खोले। पिछली स्मृतियां जीवित हो गयीं, हृदय में हजारीलाल के प्रति श्रद्धा का एक उद्गार-सा उठ पड़ा। आह! यह उसी देवात्मा के आत्मबलिदान का पुनीत फल है कि मुझे यह दिन देखना नसीब हुआ। ईश्वर उन्हें सद्गति दें। वह आदमी नहीं, देवता थे, जिसने अपने कल्याण के निमित्त अपने प्राण तक समर्पण कर दिए।

पति ने पूछा—दरबारी लाल तुम्हारे चचा हैं।

अम्बा—हां।

पति—इस पत्र में हजारीलाल का नाम लिखा है, यह कौन है?

अम्बा—यह मुंशी दरबारी लाल के बेटे हैं।

पति—तुम्हारे चचेरे भाई?

अम्बा—नहीं, मेरे परम दयालु उद्धारक, जीवनदाता, मुझे अथाह जल में डूबने से बचाने वाले, मुझे सौभाग्य का वरदान देने वाले।

पति ने इस भाव से कहा मानो कोई भूली हुई बात याद आ गई हो—आह! मैं समझ गया। वास्तव में वह मनुष्य नहीं देवता थे।

निर्वासन

परशुराम—वहीं—वहीं दालान में ठहरो!

मर्यादा—क्यों, क्या मुझमें कुछ छूत लग गई!

परशुराम—पहले यह बताओ तुम इतने दिनों से कहां रहीं, किसके साथ रहीं, किस तरह रहीं और फिर यहां किसके साथ आयीं? तब, तब विचार ..... देखी जाएगी।

मर्यादा—क्या इन बातों को पूछने का यही वक्त है; फिर अवसर न मिलेगा?

परशुराम—हां, यही बात है। तुम स्नान करके नदी से तो मेरे साथ ही निकली थीं। मेरे पीछे-पीछे कुछ देर तक आयीं भी; मैं पीछे फिर-फिर कर तुम्हें देखता जाता था, फिर एकाएक तुम कहां गायब हो गयीं?

मर्यादा—तुमने देखा नहीं, नागा साधुओं का एक दल सामने से आ गया। सब आदमी इधर-उधर दौड़ने लगे। मैं भी धक्के में पड़कर जाने किधर चली गई। जरा भीड़ कम हुई तो तुम्हें ढूंढ़ने लगी। बासू का नाम ले-ले कर पुकारने लगी, पर तुम न दिखाई दिये।

परशुराम—अच्छा तब?

मर्यादा—तब मैं एक किनारे बैठकर रोने लगी, कुछ सूझ ही न पड़ता कि कहां जाऊं, किससे कहूं, आदमियों से डर लगता था। संध्या तक वहीं बैठी रोती रही।

परशुराम—इतना तूल क्यों देती हो? वहां से फिर कहां गयीं?

मर्यादा—संध्या को एक युवक ने आ कर मुझसे पूछा, तुम्हारे घर के लोग कहीं खो तो नहीं गए हैं? मैंने कहा—हां। तब उसने तुम्हारा नाम, पता, ठिकाना पूछा। उसने सब एक किताब पर लिख लिया और मुझसे बोला—मेरे साथ आओ, मैं तुम्हें तुम्हारे घर भेज दूंगा।

परशुराम—वह आदमी कौन था?

मर्यादा—वहां की सेवा-समिति का स्वयंसेवक था।

परशुराम—तो तुम उसके साथ हो ली?

मर्यादा—और क्या करती? वह मुझे समिति के कार्यालय में ले गया। वहां एक शामियाने में एक लम्बी दाढ़ीवाला मनुष्य बैठा हुआ कुछ लिख रहा था। वही उन सेवकों का अध्यक्ष था। और भी कितने ही सेवक वहां खड़े थे। उसने मेरा पता-ठिकाना रजिस्टर में लिखकर मुझे एक अलग शामियाने में भेज दिया, जहां और भी कितनी खोयी हुई स्त्रियां बैठी हुई थीं।

परशुराम—तुमने उसी वक्त अध्यक्ष से क्यों न कहा कि मुझे पहुंचा दीजिए?

मर्यादा—मैंने एक बार नहीं सैंकड़ों बार कहा; लेकिन वह यह कहते रहे, जब तक मेला न खत्म हो जाए और सब खोयी हुई स्त्रियां एकत्र न हो जाएं, मैं भेजने का प्रबन्ध नहीं कर सकता। मेरे पास न इतने आदमी हैं, न इतना धन?

परशुराम—धन की तुम्हें क्या कमी थी, कोई एक सोने की चीज बेच देती तो काफी रुपए मिल जाते।

मर्यादा—आदमी तो नहीं थे।

परशुराम—तुमने यह कहा था कि खर्च की कुछ चिन्ता न कीजिए, मैं अपने गहने बेचकर अदा कर दूंगी?

मर्यादा—सब स्त्रियां कहने लगीं, घबरायी क्यों जाती हो? यहां किस बात का डर है। हम सभी जल्द अपने घर पहुंचना चाहती हैं; मगर क्या करें? तब मैं भी चुप हो रही।

परशुराम—और सब स्त्रियां कुएं में गिर पड़तीं तो तुम भी गिर पड़ती?

मर्यादा—जानती तो थी कि यह लोग धर्म के नाते मेरी रक्षा कर रहे हैं, कुछ मेरे नौकर या मजूर नहीं हैं, फिर आग्रह किस मुंह से करती? यह बात भी है कि बहुत-सी स्त्रियों को वहां देखकर मुझे कुछ तसल्ली हो गई।

परशुराम—हां, इससे बढ़कर तस्कीन की और क्या बात हो सकती थी? अच्छा, वहां के दिन तस्कीन का आनन्द उठाती रही? मेला तो दूसरे ही दिन उठ गया होगा?

मर्यादा—रात-भर मैं स्त्रियों के साथ उसी शामियाने में रही।

परशुराम—अच्छा, तुमने मुझे तार क्यों न दिलवा दिया?

मर्यादा—मैंने समझा, जब यह लोग पहुंचाने की कहते ही हैं तो तार क्यों दूं?

परशुराम—खैर, रात को तुम वहीं रही। युवक बार-बार भीतर आते रहे होंगे?

मर्यादा—केवल एक बार एक सेवक भोजन के लिए पूछने आया था, जब हम सबों ने खाने से इन्कार कर दिया तो वह चला गया और फिर कोई न आया। मैं रात-भर जगती रही।

परशुराम—यह मैं कभी न मानूंगा कि इतने युवक वहां थे और कोई अन्दर न गया होगा। समिति के युवक आकाश के देवता नहीं होते। खैर, वह दाढ़ी वाला अध्यक्ष तो जरूर ही देखभाल करने गया होगा?

मर्यादा—हां, वह आते थे। पर द्वार पर से पूछ-पूछ कर लौट जाते थे। हां, जब एक महिला के पेट में दर्द होने लगा था तो दो-तीन बार दवाएं पिलाने आए थे।

परशुराम—निकली न वही बात! मैं इन धूर्तों की नस-नस पहचानता हूं। विशेषकर तिलक-मालाधारी दढ़ियलों को मैं गुरू घंटाल ही समझता हूं। तो वे महाशय कई बार दवाई देने गये? क्यों तुम्हारे पेट में तो दर्द नहीं होने लगा था?

मर्यादा—तुम एक साधु पुरुष पर आक्षेप कर रहे हो। वह बेचारे एक तो मेरे बाप के बराबर थे, दूसरे आंखें नीची किए रहने के सिवाय कभी किसी पर सीधी निगाह नहीं करते थे।

परशुराम—हां, वहां सब देवता ही देवता जमा थे। खैर, तुम रात-भर वहां रहीं। दूसरे दिन क्या हुआ?

मर्यादा—दूसरे दिन भी वहीं रही। एक स्वयंसेवक हम सब स्त्रियों को साथ में लेकर मुख्य-मुख्य पवित्र स्थानों का दर्शन कराने गया। दो-पहर को लौट कर सबों ने भोजन किया।

परशुराम—तो वहां तुमने सैर-सपाटा भी खूब किया, कोई कष्ट न होने पाया। भोजन के बाद गाना-बजाना हुआ होगा?

मर्यादा—गाना-बजाना तो नहीं, हां, सब अपना-अपना दुखड़ा रोती रहीं, शाम तक मेला उठ गया तो दो सेवक हम लोगों को ले कर स्टेशन पर आए।

परशुराम—मगर तुम तो आज सातवें दिन आ रही हो और वह भी अकेली?

मर्यादा—स्टेशन पर एक दुर्घटना हो गयी।

परशुराम—हां, यह तो मैं समझ ही रहा था। क्या दुर्घटना हुई?

मर्यादा—जब सेवक टिकट लेने जा रहा था, तो एक आदमी ने आ कर उससे कहा—यहां गोपीनाथ के धर्मशाला में एक आदमी ठहरे हुए हैं, उनकी स्त्री खो गयी है, उनका भला-सा नाम है, गोरे-गोरे लम्बे-से खूबसूरत आदमी हैं, लखनऊ मकान है, झवाई टोले में। तुम्हारा हुलिया उसने ऐसा ठीक बयान किया कि मुझे उस पर विश्वास आ गया। मैं सामने आकर बोली, तुम बाबूजी को जानते हो? वह हंसकर बोला, जानता नहीं हूं तो तुम्हें तलाश क्यों करता फिरता हूं। तुम्हारा बच्चा रो-रो कर हलकान हो रहा है। सब औरतें कहने लगीं, चली जाओ, तुम्हारे स्वामीजी घबरा रहे होंगे। स्वयंसेवक ने उससे दो-चार बातें पूछ कर मुझे उसके साथ कर दिया। मुझे क्या मालूम था कि मैं किसी नर-पिशाच के हाथों पड़ी जाती हूं। दिल में खुशी थी कि अब बासू को देखूंगी, तुम्हारे दर्शन करूंगी। शायद इसी उत्सुकता ने मुझे असावधान कर दिया।

परशुराम—तो तुम उस आदमी के साथ चल दीं? वह कौन था?

मर्यादा—क्या बतलाऊं कौन था? मैं तो समझती हूं, कोई दलाल था?

परशुराम—तुम्हें यह न सूझी कि उससे कहतीं, जा कर बाबू जी को भेज दो?

मर्यादा—अदिन आते हैं तो बुद्धि भ्रष्ट हो जाती है।

परशुराम—कोई आ रहा है।

मर्यादा—मैं गुसलखाने में छिपी जाती हूं।

परशुराम—आओ भाभी, क्या अभी सोयी नहीं, दस तो बज गए होंगे।

भाभी—वासुदेव को देखने को जी चाहता था भैया, क्या सो गया?

परशुराम—हां, वह तो अभी रोते-रोते सो गया।

भाभी—कुछ मर्यादा का पता मिला? अब पता मिले तो भी तुम्हारे किस काम की। घर से निकली स्त्रियां थान से छूटी हुई घोड़ी हैं। जिसका कुछ भरोसा नहीं।

परशुराम—कहां से कहां लेकर मैं उसे नहाने गया।

भाभी—होनहार हैं, भैया होनहार! अच्छा, तो मैं जाती हूं।

मर्यादा—(बाहर आकर) होनहार नहीं हूं, तुम्हारी चाल है। वासुदेव को प्यार करने के बहाने तुम इस घर पर अधिकार जमाना चाहती हो।

परशुराम—बको मत! वह दलाल तुम्हें कहां ले गया।

मर्यादा—स्वामी, यह न पूछिए, मुझे कहते लज्जा आती है।

परशुराम—यहां आते तो और भी लज्जा आनी चाहिए थी।

मर्यादा—मैं परमात्मा को साक्षी देती हूं, कि मैंने उसे अपना अंग भी स्पर्श नहीं करने दिया।

परशुराम—उसका हुलिया बयान कर सकती हो।

मर्यादा—सांवला-सा छोटे डील का आदमी था। नीचा कुरता पहने हुए था।

परशुराम—गले में ताबीज भी थी?

मर्यादा—हां, थी तो।

परशुराम—वह धर्मशाले का मेहतर था। मैंने उसे तुम्हारे गुम हो जाने की चर्चा की थी। उस दुष्ट ने उसका वह स्वांग रचा।

मर्यादा—मुझे तो वह कोई ब्राह्मण मालूम होता था।

परशुराम—नहीं मेहतर था। वह तुम्हें अपने घर ले गया?

मर्यादा—हां, उसने मुझे तांगे पर बैठाया और एक तंग गली में, एक छोटे-से मकान के अन्दर ले जाकर बोला, तुम यहीं बैठो, तुम्हारे बाबूजी यहीं आयेंगे। अब मुझे विदित हुआ कि मुझे धोखा दिया गया। रोने लगी। वह आदमी थोड़ी देर बाद चला गया और एक बुढ़िया आ कर मुझे भांति-भांति के प्रलोभन देने लगी। सारी रात रो-रोकर काटी। दूसरे दिन दोनों फिर मुझे समझाने लगे कि रो-रो कर जान दे दोगी, मगर यहां कोई तुम्हारी मदद को न आयेगा। तुम्हारा एक घर छूट गया। हम तुम्हें उससे कहीं अच्छा घर देंगे जहां तुम सोने के कौर खाओगी और सोने से लद जाओगी। जब मैंने देखा कि यहां से किसी तरह नहीं निकल सकती तो मैंने कौशल करने का निश्चय किया।

परशुराम—खैर, सुन चुका। मैं तुम्हारा ही कहना मान लेता हूं कि तुमने अपने सतीत्व की रक्षा की, पर मेरा हृदय तुमसे घृणा करता है, तुम मेरे लिए फिर वह नहीं हो सकती जो पहले थीं। इस घर में तुम्हारे लिए स्थान नहीं है।

मर्यादा—स्वामी जी, यह अन्याय न कीजिए, मैं आपकी वही स्त्री हूं जो पहले थी। सोचिए मेरी दशा क्या होगी?

परशुराम—मैं यह सब सोच चुका और निश्चय कर चुका। आज छः दिन से यह सोच रहा हूं। तुम जानती हो कि मुझे समाज का भय नहीं। छूत-विचार को मैंने पहले ही तिलांजलि दे दी, देवी-देवताओं को पहले ही विदा कर चुका; पर जिस स्त्री पर दूसरी निगाहें पड़ चुकीं, जो एक सप्ताह तक न-जाने कहां और किस दशा में रही, उसे अंगीकार करना मेरे लिए असम्भव है। अगर अन्याय है तो ईश्वर की ओर से है, मेरा दोष नहीं।

मर्यादा—मेरी विवशता पर आपको जरा भी दया नहीं आती?

परशुराम—जहां घृणा है, वहां दया कहां? मैं अब भी तुम्हारा भरण-पोषण करने को तैयार हूं। जब तक जीऊंगा, तुम्हें अन्न-वस्त्र का कष्ट न होगा पर तुम मेरी स्त्री नहीं हो सकतीं।

मयार्दा—मैं अपने पुत्र का मुंह न देखूं अगर मुझे किसी ने स्पर्श भी किया हो।

परशुराम—तुम्हारा किसी अन्य पुरुष के साथ क्षण-भर भी एकान्त में रहना तुम्हारे पतिव्रत को नष्ट करने के लिए बहुत है। यह विचित्र बंधन है, रहे तो जन्म-जन्मान्तर तक रहे; टूटे तो क्षण-भर में टूट जाए। तुम्ही बताओ, किसी मुसलमान ने जबरदस्ती मुझे अपना उच्छिट भोजन खिला दिया होता तो तुम मुझे स्वीकार करतीं?

मर्यादा—वह....वह....तो दूसरी बात है।

परशुराम—नहीं, एक ही बात है। जहां भावों का सम्बन्ध है, वहां तर्क और न्याय से काम नहीं चलता। यहां तक अगर कोई कह दे कि तुम्हारे पानी को मेहतर ने छू लिया है तब भी उसे ग्रहण करने से तुम्हें घृणा आयेगी। अपने ही दिल से सोचो कि तुम्हारे साथ न्याय कर रहा हूं या अन्याय।

मर्यादा—मैं तुम्हारी छुई चीजें न खाती, तुमसे पृथक् रहती, पर तुम्हें घर से तो न निकाल सकती थी। मुझे इसलिए न दुत्कार रहे हो कि तुम घर के स्वामी हो और समझते हो कि मैं इसका पालन करता हूं।

परशुराम—यह बात नहीं है। मैं इतना नीच नहीं हूं।

मर्यादा—तो तुम्हारा यही अंतिम निश्चय है?

परशुराम—हां, अंतिम।

मर्यादा—जानते हो इसका परिणाम क्या होगा?

परशुराम—जानता भी हूं और नहीं भी जानता।

मर्यादा—मुझे वासुदेव ले जाने दोगे?

परशुराम—वासुदेव मेरा पुत्र है।

मर्यादा—उसे एक बार प्यार कर लेने दोगे?

परशुराम—अपनी इच्छा से नहीं, तुम्हारी इच्छा हो तो दूर से देख सकती हो।

मर्यादा—तो जाने दो, न देखूंगी। समझ लूंगी कि विधवा हूं और बांझ भी। चलो मन! अब इस घर में तुम्हारा निबाह नहीं है। चलो जहां भाग्य ले जाय!

नैराश्य लीला

पंडित हृदयनाथ अयोध्या के एक सम्मानित पुरुष थे। धनवान तो नहीं लेकिन खाने-पीने से खुश थे। कई मकान थे, उन्हीं के किराये पर गुजर होता था। इधर किराये बढ़ गये थे, उन्होंने अपनी सवारी भी रख ली थी। बहुत विचारशील आदमी थे, अच्छी शिक्षा पायी थी। संसार का काफी तजुरबा था, पर क्रियात्मक शक्ति से वंचित थे, सब कुछ न जानते थे। समाज उनकी आंखों में एक भयंकर भूत था जिससे सदैव डरना चाहिए। उसे जरा भी रुष्ट किया तो फिर जान की खैर नहीं। उनकी स्त्री जागेश्वरी उनका प्रतिबिम्ब, पति के विचार उसके विचार और पति की इच्छा उसकी इच्छा थी, दोनों प्राणियों में कभी मतभेद न होता था। जागेश्वरी शिव की उपासक थी। हृदयनाथ वैष्णव थे, दोनो धर्मनिष्ठ थे। उससे कहीं अधिक, जितने सामान्यतः शिक्षित लोग हुआ करते हैं। इसका कदाचित् यह कारण था कि एक कन्या के सिवा उनके और कोई सन्तान न थी। उनका विवाह तेरहवें वर्ष में हो गया था और माता-पिता की अब यही लालसा थी कि भगवान् इसे पुत्रवती करें तो हम लोग नवासे के नाम अपना सब-कुछ लिख-लिखाकर निश्चित हो जायें।

किन्तु विधाता को कुछ और ही मन्जूर था। कैलाश कुमारी का अभी गौना भी न हुआ था, वह अभी तक यह भी न जानने पायी थी कि विवाह का आशय क्या है, कि उसका सोहाग उठ गया। वैधव्य ने उसके जीवन की अभिलाषाओं का दीपक बुझा दिया।

माता और पिता विलाप कर रहे थे, घर में कुहराम मचा हुआ था, पर कैलाशकुमारी भौंचक्की हो-हो कर सबके मुंह की ओर ताकती थी। उसकी समझ में यह न आता था कि ये लोग रोते क्यों हैं। मां-बाप की इकलौती बेटी थी। मां-बाप के अतिरिक्त वह किसी तीसरे व्यक्ति को अपने लिए आवश्यक न समझती थी। उसकी सुख कल्पनाओं में अभी तक पति का प्रवेश न हुआ था। वह समझती थी, स्त्रियां पति के मरने पर इसलिए रोती हैं कि वह उनका और

उनके बच्चों का पालन करता है। मेरे घर में किस बात की कमी है? मुझे इसकी क्या चिन्ता है कि खायेंगे क्या, पहनेंगे क्या? मुझे जिस चीज की जरूरत होगी बाबूजी तुरन्त ला देंगे, अम्मां से जो चीज मागंगी वह दे देंगी। फिर रोऊं क्यों? वह अपनी मां को रोते देखती तो रोती, पति के शोक से नहीं, मां के प्रेम से। कभी सोचती, शायद यह लोग इसलिए रोते हैं कि कहीं मैं कोई ऐसी चीज न मांग बैठूं जिसे वह दे न सकें। तो मैं ऐसी चीज मांगूंगी ही क्यों? मैं अब भी तो उन से कुछ नहीं मांगती, वह आप ही मेरे लिए एक न एक चीज नित्य लाते रहते हैं? क्या मैं अब कुछ और हो जाऊंगी? इधर माता का यह हाल था कि बेटी की सूरत देखते ही आंखों से आंसू की झड़ी लग जाती। बाप की दशा और भी करुणाजनक थी। घर में आना-जाना छोड़ दिया। सिर पर हाथ धरे कमरे में अकेले उदास बैठे रहते। उसे विशेष दुःख इस बात का था कि सहेलियां भी अब उसके साथ खेलने न आतीं। उसने उनके घर जाने की माता से आज्ञा मांगी तो फूट-फूट कर रोने लगीं। माता-पिता की यह दशा देखी तो उसने उनके सामने जाना छोड़ दिया, बैठी किस्से कहानियां पढ़ा करती। उसकी एकांतप्रियता का मां-बाप ने कुछ और ही अर्थ समझा। लड़की शोक के मारे घुली जाती है, इस वज्राघात ने उसके हृदय को टुकड़े-टुकड़े कर डाला है।

एक दिन हृदयनाथ ने जागेश्वरी से कहा—जी चाहता है घर छोड़ कर कहीं भाग जाऊं। इसका कष्ट अब नहीं देखा जाता।

जागेश्वरी—मेरी तो भगवान से यही प्रार्थना है कि मुझे संसार से उठा लें। कहां तक छाती पर पत्थर की सिल रखूं।

हृदयनाथ—किसी भांति इसका मन बहलाना चाहिए, जिसमें शोकमय विचार आने ही न पायें। हम लोगों को दुःखी और रोते देख कर उसका दुःख और भी दारुण हो जाता है।

जागेश्वरी—मेरी तो बुद्धि कुछ काम नहीं करती।

हृदयनाथ—हम लोग यों ही मातम करते रहे तो लड़की की जान पर बन जायेगी। अब कभी-कभी उसे लेकर सैर करने चली जाया करो। कभी कभी थिएटर दिखा दिया, कभी घर में गाना-बजाना करा दिया। इन बातों से उसका दिल बहलता रहेगा।

जागेश्वरी—मैं तो उसे देखते ही रो पड़ती हूं। लेकिन अब ज़ब्त करूंगी। तुम्हारा विचार बहुत अच्छा है। बिना दिल बहलाव के उसका शोक़ न दूर होगा।

हृदयनाथ—मैं भी अब उससे दिल बहलाने वाली बातें किया करूंगा। कल एक सैरबीं लाऊंगा, अच्छे-अच्छे दृश्य जमा करूंगा। ग्रामोफोन तो आज ही मंगवाये देता हूं। बस उसे हर वक्त किसी न किसी काम में लगाये रहना चाहिए। एकांतवास शोक-ज्वाला के लिए समीर के समान है।

उस दिन से जागेश्वरी ने कैलाश कुमारी के लिए विनोद और प्रमोद के सामान जमा करने शुरू किये। कैलासी मां के पास आती तो उसकी आंखों में आंसू की बूंदें न देखती, होठों पर हंसी की आभा दिखाई देती। वह मुस्करा कर कहती—बेटी, आज थिएटर में बहुत अच्छा तमाशा होने वाला है, चलो देख आयें। कभी गंगा-स्नान की ठहरती, वहां मां-बेटी किश्ती पर बैठ कर नदी में जल विहार करतीं, कभी दोनों संध्या-समय पार्क की ओर चली जातीं। धीरे-धीरे सहेलियां भी आने लगीं। कभी सब की सब बैठकर ताश खेलतीं। कभी गाती-बजातीं। पण्डित हृदयनाथ ने भी विनोद की सामग्रियां जुटायीं। कैलासी को देखते ही मग्न होकर बोलते—बेटी आओ, तुम्हें आज काश्मीर के दृश्य दिखाऊं; कभी कहते, आओ आज स्विट्ज-रलैंड की अनुपम झांकी और झरनों की छटा देखें; कभी ग्रामोफोन बजाकर उसे सुनाते। कैलासी इन सैर-सपाटों का खूब आनन्द उठाती। इतने सुख से उसके दिन कभी न गुजरे थे।

2

इस भांति दो वर्ष बीत गये। कैलासी सैर-तमाशे की इतनी आदी हो गयी कि एक दिन भी थिएटर न जाती तो बेकल-सी होने लगती। मनोरंजन नवीनता का दास है और समानता का शत्रु। थिएटरों के बाद सिनेमा की सनक सवार हुई। सिनेमा के बाद मिस्मेरिज्म और हिप्नोटिज्म के तमाशों की। ग्रामाफोन के नये रिकार्ड आने लगे। संगीत का चस्का पड़ गया। बिरादरी में कहीं उत्सव होता तो मां-बेटी अवश्य जातीं। कैलासी नित्य इसी नशे में डूबी रहती, चलती तो कुछ गुनगुनाती हुई, किसी से बातें करती तो वही थिएटर की और सिनेमा की। भौतिक संसार से अब कोई वास्ता न था, अब उसका निवास कल्पना-संसार में था। दूसरे लोक की निवासिन होकर उसे प्राणियों से कोई सहानुभूति न रही, किसी के दुःख पर जरा दया न आती। स्वभाव में उच्छृंखलता का विकास हुआ, अपनी सुरुचि पर गर्व करने लगी। सहेलियों से डींगें मारती, यहां के लोग मूर्ख हैं, यह सिनेमा की कद्र क्या करेंगे। इसकी कद्र तो पश्चिम के लोग करते हैं। वहां मनोरंजन की सामग्रियां उतनी

ही आवश्यक हैं जितनी हवा। जभी तो वे उतने प्रसन्न-चित्त रहते हैं, मानो किसी बात की चिंता ही नहीं। यहां किसी को इसका रस ही नहीं। जिन्हें भगवान् ने सामर्थ्य भी दिया है वह भी सरेशाम से मुंह ढांक कर पड़े रहते हैं। सहेलिया कैलासी की यह गर्व-पूर्ण बातें सुनतीं और उसकी और भी प्रशंसा करतीं। वह उनका अपमान करने के आवेश में आप ही हास्यास्पद बन जाती थी।

पड़ोसियों में इन सैर-सपाटों की चर्चा होने लगी। लोक-सम्मति किसी की रिआयत नहीं करती। किसी ने सिर पर टोपी टेढ़ी रखी और पड़ोसियों की आंखों में खुबा, कोई जरा अकड़ कर चला और पड़ोसियों ने आवाजें कसीं। विधवा के लिए पूजा-पाठ है, तीर्थ-व्रत है, मोटा खाना है, मोटा पहनना है; उसे विनोद और विलास, राग और रंग की क्या जरूरत? विधाता ने उसके सुख के द्वार बंद कर दिये हैं। लड़की प्यारी सही, लेकिन शर्म और हया भी तो कोई चीज है। जब मां-बाप ही उसे सिर चढ़ाये हुए हैं तो उसका क्या दोष? मगर एक दिन आंखें खुलेंगी अवश्य। महिलाएं कहतीं, बाप तो मर्द है, लेकिन मां कैसी है। उसको जरा भी विचार नहीं कि दुनिया क्या कहेगी। कुछ उन्हीं की एक दुलारी बेटी थोड़े ही है, इस भांति मन बढ़ाना अच्छा नहीं।

कुछ दिनों तक तो यह खिचड़ी आपस में पकती रही। अंत को एक दिन कई महिलाओं ने जागेश्वरी के घर पदार्पण किया। जागेश्वरी ने उनका बड़ा आदर-सत्कार किया। कुछ देर तक इधर-उधर की बातें करने के बाद एक महिला बोली—महिलाएं रहस्य की बातें करने में बहुत अभ्यस्त होती हैं—बहन, तुम्हीं मजे में हो कि हंसी-खुशी में दिन काट देती हो। हमें तो दिन पहाड़ हो जाता है। न कोई काम न धंधा, कोई कहां तक बातें करे?

दूसरी देवी ने आंखें मटकाते हुए कहा—अरे, तो यह तो बदे की बात है। सभी के दिन हंसी-खुशी से कटें तो रोये कौन। यहां तो सुबह से शाम तक चक्की-चूल्हे से छुट्टी नहीं मिलती; किसी बच्चे को दस्त आ रहे हैं; तो किसी को ज्वर चढ़ा हुआ है; कोई मिठाइयों की रट रहा है; तो कोई पैसों के लिए महनामथ मचाये हुए है। दिन भर हाय-हाय करते बीत जाता है। सारे दिन कठपुतलियों की भांति नाचती रहती हूं।

तीसरी रमणी ने इस कथन का रहस्यमय भाव से विरोध किया—बदे की बात नहीं, वैसा दिल चाहिए। तुम्हें तो कोई राजसिंहासन पर बिठा दे तब भी तस्कीन न होगी। तब और भी हाय-हाय करोगी।

इस पर एक वृद्धा ने कहा—नौज ऐसा दिल! यह भी कोई दिल है कि घर में चाहे आग लग जाय, दुनिया में कितना ही उपहास हो रहा हो, लेकिन आदमी अपने राग-रंग में मस्त रहे। वह दिल है कि पत्थर! हम गृहिणी कहलाती हैं, हमारा काम है अपनी गृहस्थी में रत रहना। आमोद-प्रमोद में दिन काटना हमारा काम नहीं।

और महिलाओं ने इन निर्दय व्यंग्य पर लज्जित हो कर सिर झुका लिया। वे जागेश्वरी की चुटकियां लेना चाहती थीं। उसके साथ बिल्ली और चूहे की निर्दयी क्रीड़ा करना चाहती थीं। आहत को तड़पाना उनका उद्देश्य था। इस खुली हुई चोट ने उनके पर-पीड़न प्रेम के लिए कोई गुंजाइश न छोड़ी; किंतु जागेश्वरी को ताड़ना मिल गयी। स्त्रियों के विदा होने के बाद उसने जाकर पति से यह सारी कथा सुनायी। हृदयनाथ उन पुरुषों में न थे जो प्रत्येक अवसर पर अपनी आत्मिक स्वाधीनता का स्वांग भरते हैं, हठधर्मी को आत्म-स्वातन्त्र्य के नाम से छिपाते हैं। वह सचिन्त भाव से बोले—तो अब क्या होगा?

जागेश्वरी—तुम्ही कोई उपाय सोचो।

हृदयनाथ—पड़ोसियों ने जो आक्षेप किया है वह सर्वथा उचित है। कैलाशकुमारी के स्वभाव में मुझे एक विचित्र अन्तर दिखाई दे रहा है। मुझे स्वयं ज्ञात हो रहा है कि उसके मन बहलाव के लिए हम लोगों ने जो उपाय निकाला है वह मुनासिब नहीं है। उनका यह कथन सत्य है कि विधवाओं के लिए यह आमोद-प्रमोद वर्जित है। अब हमें यह परिपाटी छोड़नी पड़ेगी।

जागेश्वरी—लेकिन कैलासी तो इन खेल-तमाशों के बिना एक दिन भी नहीं रह सकती।

हृदयनाथ—उसकी मनोवृत्तियों को बदलना पड़ेगा।

3

शनैः शनैः यह विलासोन्माद शांत होने लगा। वासना का तिरस्कार किया जाने लगा। पंडित जी संध्या समय ग्रामोफोन न बजाकर कोई धर्म-ग्रंथ सुनाते। स्वाध्याय, संयम, उपासना में मां-बेटी रत रहने लगीं। कैलासी को गुरू जी ने दीक्षा दी, मुहल्ले और बिरादरी की स्त्रियां आयीं, उत्सव मनाया गया।

मां-बेटी अब किश्ती पर सैर करने के लिए गंगा न जातीं, बल्कि स्नान

करने के लिए। मन्दिरों में नित्य जातीं। दोनों एकादशी का निर्जल व्रत रखने लगीं। कैलासी को गुरूजी नित्य संध्या-समय धर्मोपदेश करते। कुछ दिनों तक तो कैलासी को यह विचार-परिवर्तन बहुत कष्टजनक मालूम हुआ, पर धर्मनिष्ठा नारियों का स्वाभाविक गुण है, थोड़े ही दिनों में उसे धर्म से रुचि हो गयी। अब उसे अपनी अवस्था का ज्ञान होने लगा था। विषय-वासना से चित्त आप ही आप खिंचने लगा। 'पति' का यथार्थ आशय समझ में आने लगा था। पति ही स्त्री का सच्चा पथ-प्रदर्शक और सच्चा सहायक है। पतिविहीन होना किसी घोर पाप का प्रायश्चित्त है। मैंने पूर्वजन्म में कोई अकर्म किया होगा। पतिदेव जीवित होते तो मैं फिर माया में फंस जाती। प्रायश्चित्त का अवसर कहां मिलता। गुरूजी का वचन सत्य है कि परमात्मा ने तुम्हें पूर्व कर्मों के प्रायश्चित्त का यह अवसर दिया है। वैधव्य यातना नहीं है, जीवोद्धार का साधन है। मेरा उद्धार त्याग, विराग, भक्ति और उपासना से होगा।

कुछ दिनों के बाद उसकी धार्मिक वृत्ति इतनी प्रबल हो गयी, कि अन्य प्राणियों से वह पृथक् रहने लगी। किसी को न छूती, महरियों से दूर रहती, सहेलियों से गले तक न मिलती, दिन में दो-दो तीन-तीन बार स्नान करती, हमेशा कोई न कोई धर्म-ग्रन्थ पढ़ा करती। साधु-महात्माओं के सेवा-सत्कार में उसे आत्मिक सुख प्राप्त होता। जहां किसी महात्मा के आने की खबर पाती, उनके दर्शनों के लिए विकल हो जाती। उनकी अमृतवाणी सुनने से जी न भरता। मन संसार से विरक्त होने लगा। तल्लीनता की अवस्था प्राप्त हो गयी। घंटों ध्यान और चिंतन में मग्न रहती। सामाजिक बंधनों से घृणा हो गयी। घंटों ध्यान और चिंतन में मग्न रहती। हृदय स्वाधीनता के लिए लालायित हो गया; यहां तक कि तीन ही बरसों में उसने संन्यास ग्रहण करने का निश्चय कर लिया।

मां-बाप को यह समाचार ज्ञात हुआ तो होश उड़ गये। मां बोली—बेटी, अभी तुम्हारी उम्र ही क्या है कि तुम ऐसी बातें सोचती हो।

कैलाशकुमारी—माया-मोह से जितनी जल्द निवृत्ति हो जाय उतना ही अच्छा।

हृदयनाथ—क्या अपने घर में रहकर माया-मोह से मुक्त नहीं हो सकती हो? माया-मोह का स्थान मन है, घर नहीं।

जागेश्वरी—कितनी बदनामी होगी।

कैलाशकुमारी—अपने को भगवान् के चरणों पर अर्पण कर चुकी तो

बदनामी की क्या चिंता?

जागेश्वरी—बेटी, तुम्हें न हो, हमको तो है। हमें तो तुम्हारा ही सहारा है। तमने जो संन्यास लिया तो हम किस आधार पर जियेंगे?

कैलाशकुमारी—परमात्मा ही सबका आधार है। किसी दूसरे प्राणी का आश्रय लेना भूल है।

दूसरे दिन यह बात मुहल्ले वालों के कानों में पहुंच गयी। जब कोई अवस्था असाध्य हो जाती है तो हम उस पर व्यंग्य करने लगते हैं। 'यह तो होना ही था, नयी बात क्या हुई, लड़कियों को इस तरह स्वच्छंद नहीं कर दिया जाता, फूले न समाते थे कि लड़की ने कुल का नाम उज्ज्वल कर दिया। पुराण पढ़ती है, उपनिषद् और वेदांत का पाठ करती है, धार्मिक समस्याओं पर ऐसी-ऐसी दलीलें करती है कि बड़े-बड़े विद्वानों की जबान बंद हो जाती है, तो अब क्यों पछताते हैं?' भद्र पुरुषों में कई दिनों तक यही आलोचना होती रही। लेकिन जैसे अपने बच्चे के दौड़ते-दौड़ते—धम से गिर पड़ने पर हम पहले क्रोध के आवेश में उसे झिड़कियां सुनाते हैं, इसके बाद गोद में बिठाकर आंसू पोंछने और फुसलाने लगते हैं; उसी तरह इन भद्र पुरुषों ने व्यंग्य के बाद इस गुत्थी के सुलझाने का उपाय सोचना शुरू किया। कई सज्जन हृदयनाथ के पास आये और सिर झुकाकर बैठ गये। विषय का आरम्भ कैसे हो?

कई मिनट के बाद एक सज्जन ने कहा—सुना है डाक्टर गौड़ का प्रस्ताव आज बहुमत से स्वीकृत हो गया।

दूसरे महाशय बोले—यह लोग हिंदू-धर्म का सर्वनाश करके छोड़ेंगे।

तीसरे महानुभाव ने फरमाया—सर्वनाश तो हो ही रहा है, अब और कोई क्या करेगा! जब हमारे साधु-महात्मा, जो हिंदू-जाति के स्तंभ हैं, इतने पतित हो गए हैं कि भोली-भाली युवतियों को बहकाने में संकोच नहीं करते तो सर्वनाश होने में रह ही क्या गया।

हृदयनाथ—यह विपत्ति तो मेरे सिर ही पड़ी हुई है। आप लोगों को तो मालूम होगा।

पहले महाशय—आप ही के सिर क्यों, हम सभी के सिर पड़ी हुई है।

दूसरे महाशय—समस्त जाति के सिर कहिए।

हृदयनाथ—उद्धार का कोई उपाय सोचिए।

पहले महाशय—आपने समझाया नहीं?

हृदयनाथ—समझा के हार गया। कुछ सुनती ही नहीं।

तीसरे महाशय—पहले ही भूल हुई। उसे इस रास्ते पर उतारना ही नहीं चाहिए था।

पहले महाशय—उस पर पछताने से क्या होगा? सिर पर जो पड़ी है उसका उपाय सोचना चाहिए। आपने समाचार-पत्रों में देखा होगा, कुछ लोगों की सलाह है कि विधवाओं से अध्यापकों का काम लेना चाहिए। यद्यपि मैं इसे भी बहुत अच्छा नहीं समझता, पर संन्यासिनी बनने से तो कहीं अच्छा है। लड़की अपनी आंखों के सामने तो रहेगी। अभिप्राय केवल यही है कि कोई ऐसा काम होना चाहिए जिसमें लड़की का मन लगे। किसी अवलम्ब के बिना मनुष्य को भटक जाने की शंका सदैव बनी रहती है। जिस घर में कोई नहीं रहता उसमें चमगादड़ बसेरा कर लेते हैं।

दूसरे महाशय—सलाह तो अच्छी है। मुहल्ले की दस-पांच कन्याएं पढ़ने के लिए बुला ली जाएं। उन्हें किताबें, गुड़ियां आदि इनाम मिलता रहे तो बड़े शौक से आयेंगी। लड़की का मन तो लग जायेगा।

हृदयनाथ—देखना चाहिए। भरसक समझाऊंगा।

ज्यों ही यह लोग विदा हुए; हृदयनाथ ने कैलाशकुमारी के सामने यह तजवीज पेश की। कैलासी को संन्यस्त के उच्च पद के सामने अध्यापिका बनना अपमानजनक जान पड़ता था। कहां वह महात्माओं का सत्संग, वह पर्वतों की गुफा, वह सुरम्य प्राकृतिक दृश्य, वह हिमराशि की ज्ञानमय ज्योति, वह मानसरोवर और कैलास की शुभ्र छटा, वह आत्मदर्शन की विशाल कल्पनाएं, और कहां बालिकाओं को चिड़ियों की भांति पढ़ाना। लेकिन हृदयनाथ कई दिनों तक लगातार सेवा धर्म का माहातम्य उसके हृदय पर अंकित करते रहे। सेवा ही वास्तविक संन्यास है। संन्यासी केवल अपनी मुक्ति का इच्छुक होता है, सेवा व्रतधारी अपने को परमार्थ की वेदी पर बलि दे देता है। इसका गौरव कहीं अधिक है। देखो, ऋषियों में दधीचि का जो यश है, हरिश्चंद्र की जो कीर्ति है, सेवा त्याग है, आदि। उन्होंने इस कथन की उपनिषदों और वेदमन्त्रों से पुष्टि की। यहां तक कि धीरे-धीरे कैलासी के विचारों में परिवर्तन होने लगा। पंडित जी ने मुहल्ले वालों की लड़कियों को एकत्र किया, पाठशाला का जन्म हो गया। नाना प्रकार के चित्र और खिलौने मंगाए। पंडित जी स्वयं कैलाशकुमारी के साथ लड़कियों को पढ़ाते। कन्याएं शौक से आतीं। उन्हें यहां की पढ़ाई खेल मालूम होता। थोड़े ही दिनों में पाठशाला की धूम हो गयी, अन्य मुहल्लों की कन्याएं भी आने लगीं।

4

कैलाशकुमारी की सेवा-प्रवृत्ति दिनों-दिन तीव्र होने लगी। दिन-भर लड़कियों को लिए रहती; कभी पढ़ाती, कभी उनके साथ खेलती, कभी सीना-पिरोना सिखाती। पाठशाला ने परिवार का रूप धारण कर लिया। कोई लड़की बीमार हो जाती तो तुरन्त उसके घर जाती, उसकी सेवा-सुश्रूषा करती, गा कर या कहानियां सुनाकर उसका दिल बहलाती।

पाठशाला को खुले हुए साल-भर हुआ था। एक लड़की को, जिससे वह बहुत प्रेम करती थी, चेचक निकल आयी। कैलासी उसे देखने गई। मां-बाप ने बहुत मना किया, पर उसने न माना। कहा, तुरन्त लौट आऊंगी। लड़की की हालत खराब थी। कहां तो रोते-रोते तालू सूखता था, कहां कैलासी को देखते ही सारे कष्ट भाग गये। कैलासी एक घंटे तक वहां रही। लड़की बराबर उससे बातें करती रही। लेकिन जब वह चलने को उठी तो लड़की ने रोना शुरू कर दिया। कैलासी मजबूर होकर बैठ गयी। थोड़ी देर के बाद वह फिर उठी तो फिर लड़की की यह दशा हो गयी। लड़की उसे किसी तरह छोड़ती ही न थी। सारा दिन गुजर गया। रात को भी लड़की ने न जाने दिया। हृदयनाथ उसे बुलाने को बार-बार आदमी भेजते, पर वह लड़की को छोड़कर न जा सकती। उसे ऐसी शंका होती थी कि मैं यहां से चली और लड़की हाथ से गयी। उसकी मां विमाता थी। इससे कैलासी को उसके ममत्व पर विश्वास न होता था। इस प्रकार तीन दिनों तक वह वहां रही। आठों पहर बालिका के सिराहने बैठी पंखा झलती रहती। बहुत थक जाती तो दीवार से पीठ टेक लेती! चौथे दिन लड़की की हालत कुछ संभलती हुई मालूम हुई तो वह अपने घर आयी। मगर अभी स्नान भी न करने पायी थी कि आदमी पहुंचा—जल्द चलिए, लड़की रो-रो कर जान दे रही है।

हृदयनाथ ने कहा—कह दो, अस्पताल से कोई नर्स बुला लें।

कैलाशकुमारी—दादा, आप व्यर्थ में झुंझलाते हैं। उस बेचारी की जान बच जाय, मैं तीन दिन नहीं, तीन महीने उसकी सेवा करने को तैयार हूं। आखिर यह देह किस काम आएगी।

हृदयनाथ—तो कन्याएं कैसे पढ़ेंगी?

कैलासी—दो-एक दिन में वह अच्छी हो जाएगी, दाने मुरझाने लगे हैं, तब तक आप जरा इन लड़कियों की देखभाल करते रहिएगा।

हृदयनाथ—यह बीमारी छूत से फैलती है।

कैलासी—(हंसकर) मर जाऊंगी तो आपके सिर से एक विपत्ति टल जाएगी। यह कहकर उसने उधर की राह ली। भोजन की थाली परसी रह गयी।

तब हृदयनाथ ने जागेश्वरी से कहा—जान पड़ता है, बहुत जल्द यह पाठशाला भी बन्द करनी पड़ेगी।

जागेश्वरी—बिना मांझी के नाव पार लगाना बहुत कठिन है। जिधर हवा पाती है, उधर बह जाती है।

हृदयनाथ—जो रास्ता निकालता हूं वही कुछ दिनों के बाद किसी दलदल में फंसा देता है। अब फिर बदनामी के सामान होते नजर आ रहे हैं। लोग कहेंगे, लड़की दूसरों के घर जाती है और कई-कई दिन पड़ी रहती है। क्या करूं, कह दूं, लड़कियों को न पढ़ाया करो?

जागेश्वरी—इसके सिवा और हो क्या सकता है।

कैलाशकुमारी दो दिन बाद लौटी तो हृदयनाथ ने पाठशाला बंद कर देने की समस्या उसके सामने रखी। कैलासी ने तीव्र स्वर से कहा—अगर आपको बदनामी का इतना भय है तो मुझे विष दे दीजिए। इसके सिवा बदनामी से बचने का और कोई उपाय नहीं है।

हृदयनाथ—बेटी, संसार में रह कर तो संसार की-सी करनी ही पड़ेगी।

कैलासी—तो कुछ मालूम भी तो हो कि संसार मुझसे क्या चाहता है। मुझमें जीव है, चेतना है, जड़ क्योंकर बन जाऊं! मुझसे यह नहीं हो सकता कि अपने को अभागिनी, दुखिया समझूं और एक टुकड़ा रोटी खाकर पड़ी रहूं। ऐसा क्यों करूं? संसार मुझे जो चाहे समझे, मैं अपने को अभागिनी नहीं समझती। मैं अपने आत्म-सम्मान की रक्षा आप कर सकती हूं। मैं इसे अपना घोर अपमान समझती हूं कि पग-पग पर मुझ पर शंका की जाए, नित्य कोई चरवाहों की भांति मेरे पीछे लाठी लिए घूमता रहे कि किसी खेत में न जा बड़ूं। यह दशा मेरे लिए असह्य है।

यह कह कर कैलाशकुमारी वहां से चली गयी कि कहीं मुंह से अनर्गल शब्द न निकल पड़ें। इधर कुछ दिनों से उसे अपनी बेकसी का यथार्थ ज्ञान होने लगा था। स्त्री पुरुष की कितनी अधीन है, मानो स्त्री को विधाता ने इसलिए बनाया है कि पुरुषों के अधीन रहे। यह सोच कर वह समाज के अत्याचार पर दांत पीसने लगती थी।

पाठशाला तो दूसरे ही दिन बन्द हो गयी, किन्तु उसी दिन कैलाशकुमारी को पुरुषों से जलन होने लगी। जिस सुख-भोग से प्रारब्ध हमें वंचित कर देता है उससे

हमें द्वेष हो जाता है। गरीब आदमी इसलिए तो अमीरों से जलता है और धन की निन्दा करता है। कैलासी बार-बार झुंझलाती कि स्त्री क्यों पुरुष पर इतनी अवलम्बित है? पुरुष क्यों स्त्री के भाग्य का विधायक है? स्त्री क्यों नित्य पुरुषों का आश्रय चाहे, उनका मुंह ताके? इसलिए न कि स्त्रियों में अभिमान नहीं है, आत्म-सम्मान नहीं है। नारी हृदय के कोमल भाव, उसे कुत्ते का दुम हिलाना मालूम होने लगे। प्रेम कैसा! यह सब ढोंग है, स्त्री पुरुष के अधीन है, उसकी खुशामद न करे, सेवा न करे, तो उसका निर्वाह कैसे हो।

एक दिन उसने अपने बाल गूंथे और जूड़े में एक गुलाब का फूल लगा लिया। मां ने देखा तो ओंठ से जीभ दबा ली। महरियों ने छाती पर हाथ रखे।

इसी तरह उसने एक दिन रंगीन रेशमी साड़ी पहन ली। पड़ोसिनों में इस पर खूब आलोचनाएं हुईं।

उसने एकादशी का व्रत रखना छोड़ दिया जो पिछले आठ वर्षों से रखती आयी थी। कंघी और आइने को वह अब त्याज्य न समझती थी।

सहालग के दिन आए। नित्य प्रति उसके द्वार पर से बारातें निकलतीं। मुहल्ले की स्त्रियां अपनी अटारियों पर खड़ी होकर देखतीं। वर के रंग-रूप, आकार-प्रकार पर टीकाएं होतीं, जागेश्वरी से भी बिना एक आंख देखे रहा न जाता। लेकिन कैलाशकुमारी कभी भूलकर भी इन जलूसों को न देखती। कोई बरात या विवाह की बात चलाता तो वह मुंह फेर लेती। उसकी दृष्टि में वह विवाह नहीं, भोली-भाली कन्याओं का शिकार था। बरातों को वह शिकारियों के कुत्ते समझती। यह विवाह नहीं बलिदान है।

5

तीज का व्रत आया। घरों की सफाई होने लगी। रमणियां इस व्रत को रखने की तैयारियां करने लगीं। जागेश्वरी ने भी व्रत का सामान किया। नयी-नयी साड़ियां मंगवायीं। कैलाशकुमारी के ससुराल से इस अवसर पर कपड़े, मिठाइयां और खिलौने आया करते थे। अबकी भी आये। यह विवाहिता स्त्रियों का व्रत है। इसका फल है पति का कल्याण। विधवाएं भी इस व्रत का यथोचित रीति से पालन करती हैं। पति से उनका सम्बन्ध शारीरिक नहीं, वरन् आध्यात्मिक होता है। उसका इस जीवन के साथ अन्त नहीं होता, अनंतकाल तक जीवित रहता है। कैलाशकुमारी अब तक यह व्रत रखती आयी थी। अबकी उसने निश्चय किया मैं व्रत

न रखूंगी। मां ने तो माथा ठोंक लिया। बोली—बेटी, यह व्रत रखना धर्म है।

कैलाशकुमारी—पुरुष भी स्त्रियों के लिए कोई व्रत रखते हैं?

जागेश्वरी—मर्दों में इसकी प्रथा नहीं है।

कैलाशकुमारी—इसलिए न कि पुरुषों को स्त्रियों की जान उतनी प्यारी नहीं होती जितनी स्त्रियों को पुरुषों की जान?

जागेश्वरी—स्त्रियां पुरुषों की बराबरी कैसे कर सकती हैं? उनका तो धर्म है अपने पुरुष की सेवा करना।

कैलाशकुमारी—मैं अपना धर्म नहीं समझती। मेरे लिए अपनी आत्मा की रक्षा के सिवा और कोई धर्म नहीं?

जागेश्वरी—बेटी, गजब हो जायगा, दुनिया क्या कहेगी?

कैलासकुमारी—फिर वही दुनिया? अपनी आत्मा के सिवा मुझे किसी का भय नहीं।

हृदयनाथ ने जागेश्वरी से यह बातें सुनीं तो चिंता सागर में डूब गए। इन बातों का क्या आशय? क्या आत्म-सम्मान का भाव जाग्रत हुआ है या नैराश्य की क्रूर क्रीड़ा है? धनहीन प्राणी को जब कष्ट-निवारण का कोई उपाय नहीं रह जाता तो वह लज्जा को त्याग देता है। निस्संदेह नैराश्य ने यह भीषण रूप धारण किया है। सामान्य दशाओं में नैराश्य अपने यथार्थ रूप में आता है, पर गर्वशील प्राणियों में वह परिमार्जित रूप ग्रहण कर लेता है। यहां पर हृदयगत कोमल भावों का अपहरण कर लेता है—चरित्र में अस्वाभाविक विकास उत्पन्न कर देता है—मनुष्य लोक-लाज उपवास और उपहास की ओर से उदासीन हो जाता है, नैतिक बन्धन टूट जाते हैं। यह नैराश्य की अंतिम अवस्था है।

हृदयनाथ इन्हीं विचारों में मग्न थे कि जागेश्वरी ने कहा—अब क्या करना होगा?

जागेश्वरी—कोई उपाय है?

हृदयनाथ—बस एक ही उपाय है, पर उसे जबान पर नहीं ला सकता।

कौशल

पंडित बलराम शास्त्री की धर्मपत्नी माया को बहुत दिनों से एक हार की लालसा थी और वह सैंकड़ों ही बार पंडित जी से उसके लिए आग्रह कर चुकी थी; किन्तु पण्डित जी हीला-हवाला करते रहते थे। यह तो साफ-साफ न कहते थे कि मेरे पास रुपये नहीं हैं—इनसे उनके पराक्रम में बट्टा लगता था—तर्कनाओं की शरण लिया करते थे। गहनों से कुछ लाभ नहीं एक तो धातु अच्छी नहीं मिलती; उस पर सोनार रुपये के आठ-आठ आने कर देता है और सबसे बड़ी बात यह है कि घर में गहने रखना चोरों को नेवता देना है। घड़ी-भर शृंगार के लिए इतनी विपत्ति सिर पर लेना मूर्खों का काम है। बेचारी माया तर्क-शास्त्र न पढ़ी थी, इन युक्तियों के सामने निरुत्तर हो जाती थी। पड़ोसिनों को देख-देख कर उसका जी ललचा करता था, पर दुःख किससे कहे। यदि पण्डित जी ज्यादा मेहनत करने के योग्य होते तो यह मुश्किल आसान हो जाती। पर वे आलसी जीव थे, अधिकांश समय भोजन और विश्राम में व्यतीत किया करते थे। पत्नी जी की कटूक्तियां सुननी मंजूर थीं, लेकिन निद्रा की मात्रा में कमी न कर सकते थे।

एक दिन पण्डित जी पाठशाला से आये तो देखा कि माया के गले में सोने का हार विराज रहा है। हार की चमक से उसकी मुख-ज्योति चमक उठी थी।

उन्होंने उसे कभी इतनी सुन्दर न समझा था। पूछा—यह हार किसका है?

माया बोली—पड़ोस में जो बाबूजी रहते हैं उन्हीं की स्त्री का है। आज उनसे मिलने गयी थी, यह हार देखा, बहुत पसन्द आया। तुम्हें दिखाने के लिए पहन कर चली आई। बस, ऐसा ही एक हार मुझे बनवा दो।

पण्डित—दूसरे की चीज नाहक मांग लायी। कहीं चोरी हो जाए तो हार तो बनवाना ही पड़े, ऊपर से बदनामी भी हो।

माया—मैं तो ऐसा ही हार लूंगी। 20 तोले का है।

पण्डित—फिर वही जिद।

माया—जब सभी पहनती हैं तो मैं ही क्यों न पहनूं?

पण्डित—सब कुएं में गिर पड़ें तो तुम भी कुएं में गिर पड़ोगी। सोचो तो, इस वक्त इस हार के बनवाने में 600 रुपये लगेंगे। अगर 1 रु० प्रति सैंकड़ा भी ब्याज

रख लिया जाय तो 5 वर्ष में 600 रु० के लगभग 1000 रु० हो जायेंगे। लेकिन 5 वर्ष में तुम्हारा हार मुश्किल से 300 रु० का रह जायेगा। इतना बड़ा नुकसान उठाकर हार पहनने से क्या सुख? यह हार वापस कर दो, भोजन करो और आराम से पड़ी रहो। यह कहते हुए पण्डित जी बाहर चले गये।

रात को एकाएक माया ने शोर मचाकर कहा—चोर! चोर! हाय, घर में चोर! मुझे घसीटे लिए जाते हैं।

पण्डित जी हकबका कर उठे और बोले—कहां, कहां? दौड़ो, दौड़ो।

माया—मेरी कोठरी में गया है। मैंने उसकी परछाईं देखी।

पण्डित—लालटेन लाओ, जरा मेरी लकड़ी उठा लेना।

माया—मुझसे तो मारे डर के उठा नहीं जाता।

कई आदमी बाहर से बोले—कहां हैं पण्डित जी, कोई सेंध पड़ी है क्या?

माया—नहीं, नहीं, खपरैल पर से उतरे हैं। मेरी नींद खुली तो कोई मेरे ऊपर झुका हुआ था। हाय रे! यह तो हार ही ले गया! पहने-पहने सो गई थी। मुए ने गले से निकाल लिया। हाय भगवान्!

पण्डित—तुमने हार उतार क्यों न दिया था?

माया—मैं क्या जानती थी कि आज ही यह मुसीबत सिर पड़ने वाली है, हाय भगवान्!

पण्डित—अब हाय-हाय करने से क्या होगा? अपने कर्मों को रोओ। इसीलिए कहा करता था कि सब घड़ी बराबर नहीं जाती, न जाने कब क्या हो जाए। अब आयी समझ में मेरी बात! देखो, और कुछ तो न ले गया?

पड़ोसी लालटेन लिए आ पहुंचे। घर में कोना-कोना देखा।

करियां देखीं, छत पर चढ़ कर देखा, अगवाड़े-पिछवाड़े देखा, शौच गृह में झांका, कहीं चोर का पता न था।

एक पड़ोसी—किसी जानकार आदमी का काम है।

दूसरा पड़ोसी—बिना घर के भेदिये के कभी चोरी नहीं होती। और कुछ तो नहीं ले गया?

माया—और तो कुछ नहीं गया। बरतन सब पड़े हुए हैं। सन्दूक भी बन्द पड़े हुए हैं। निगोड़े को ले ही जाना था तो मेरी चीजें ले जाता। परायी चीज ठहरी। भगवान्, उन्हें कौन मुंह दिखाऊंगी।

पण्डित—अब गहने का मजा मिल गया न?

माया—हाय, भगवान्, यह अपजस बदा था।

पण्डित—कितना समझा के हार गया, तुम न मानीं, न मानीं। बात की बात में 600 रु० निकल गए! अब देखूं भगवान् कैसे लाज रखते हैं।

माया—अभागे मेरे घर का एक-एक तिनका चुन ले जाते तो मुझे इतना दुःख न होता। अभी बेचारी ने नया ही बनवाया था।

पण्डित—खूब मालूम है, 20 तोले का था?

माया—20 ही तोले का तो कहती थी।

पण्डित—बधिया बैठ गई और क्या?

माया—कह दूंगी घर में चोरी हो गयी। क्या जान लेगी? अब उनके लिए कोई चोरी थोड़े ही करने जाएगा!

पण्डित—तुम्हारे घर से चीज गयी, तुम्हें देनी पड़ेगी। उन्हें इससे क्या प्रयोजन कि चोर ले गया या तुमने उठाकर रख लिया। पतियायेंगी ही नहीं।

माया—तो इतने रुपये कहां से आयेंगे?

पण्डित—कहीं न कहीं से तो आयेंगे ही, नहीं तो लाज कैसे रहेगी; मगर की तुमने बड़ी भूल।

माया—भगवान् से मंगनी की चीज भी न देखी गयी। मुझे काल ने घेरा था, नहीं तो घड़ी भर गले में डाल लेने से ऐसा कौन-सा बड़ा सुख मिल गया? मैं हूं ही अभागिनी।

पण्डित—अब पछताने और अपने को कोसने से क्या फायदा? चुप हो के बैठो, पड़ोसिन से कह देना, घबराओ नहीं, तुम्हारी चीज जब तक लौटा न देंगे, तब तक हमें चैन न आयेगा।

2

पण्डित बालकराम को अब नित्य ही चिंता रहने लगी कि किसी तरह हार बने। यों अगर टाट उलट देते तो कोई बात न थी। पड़ोसिन को सन्तोष ही करना पड़ता, ब्राह्मण से डांड कौन लेता; किन्तु पण्डित जी ब्राह्मणत्व के गौरव को इतने सस्ते दामों न बेचना चाहते थे। आलस्य छोड़कर धनोपार्जन में दत्तचित्त हो गये।

छः महीने तक उन्होंने दिन को दिन और रात को रात नहीं जाना। दोपहर को सोना छोड़ दिया, रात को भी बहुत देर तक जागते। पहले केवल एक पाठशाला में पढ़ाया करते थे। इसके सिवा वह ब्राह्मण के लिए खुले हुए एक सौ एक व्यवसायों में सभी को निंदनीय समझते थे। अब पाठशाला से आकर संध्या समय एक जगह

'भगवत्' की कथा कहने जाते, वहां से लौट कर 11-12 बजे रात तक जन्म कुंडलियां, वर्ष-फल आदि बनाया करते। प्रातःकाल मन्दिर में 'दुर्गा जी का पाठ' करते। माया पण्डित जी का अध्यवसाय देखकर कभी-कभी पछताती कि कहां से मैंने यह विपत्ति सिर पर ली। कहीं बीमार पड़ जायें तो लेने के देने पड़ें। उनका शरीर क्षीण होते देख कर उसे अब यह चिन्ता व्यथित करने लगी। यहां तक कि पांच महीने गुजर गये।

एक दिन संध्या समय वह दिया-बत्ती करने जा रही थी कि पण्डित जी आये, जेब से पुड़िया निकाल कर उसके सामने फेंक दी और बोले—लो, आज तुम्हारे ऋण से मुक्त हो गया।

माया ने पुड़िया खोली तो उसमें सोने का हार था, उसकी चमक-दमक, उसकी सुन्दर बनावट देखकर उसके अन्तःस्थल में गुदगुदी-सी होने लगी। मुख पर आनन्द की आभा दौड़ गई। उसने कातर नेत्रों से देखकर पूछा—खुश हो कर दे रहे हो या नाराज हो कर?

पण्डित—इससे क्या मतलब? ऋण तो चुकाना ही पड़ेगा, चाहे खुशी हो या नाखुशी।

माया—यह ऋण नहीं है।

पण्डित—और क्या है! बदला सही।

माया—बदला भी नहीं है।

पण्डित—फिर क्या है।

माया—तुम्हारी...निशानी?

पण्डित—तो क्या ऋण के लिए कोई दूसरा हार बनवाना पड़ेगा?

माया—नहीं-नहीं, वह हार चोरी नहीं गया था। मैंने झूठ-मूठ शोर मचाया था।

पण्डित—सच?

माया—हां, सच कहती हूं।

पण्डित—मेरी कसम?

माया—तुम्हारे चरण छूकर कहती हूं।

पण्डित—तो तुमने मुझसे कौशल किया था?

माया—हां?

पण्डित—तुम्हें मालूम है, तुम्हारे कौशल का मुझे क्या मूल्य देना पड़ा।

माया—क्या 600 रु० से ऊपर?

पण्डित—बहुत ऊपर? इसके लिए मुझे अपने आत्मस्वातंत्र्य को बलिदान करना पड़ा।

स्वर्ग की देवी

भाग्य की बात! शादी-विवाह में आदमी का क्या अख्तियार। जिससे ईश्वर ने, या उनके नायबों—ब्राह्मणों—ने तय कर दी, उससे हो गयी। बाबू भारतदास ने लीला के लिए सुयोग्य वर खोजने में कोई बात उठा नहीं रखी। लेकिन जैसा घर-वर चाहते थे, वैसा न पा सके। वह लड़की को सुखी देखना चाहते थे, जैसा हर एक पिता का धर्म है; किंतु इसके लिए उनकी समझ में सम्पत्ति ही सबसे जरूरी चीज थी। चरित्र या शिक्षा का स्थान गौण था। चरित्र तो किसी के माथे पर लिखा नहीं रहता और शिक्षा का आजकल के जमाने में मूल्य ही क्या? हां, सम्पत्ति के साथ शिक्षा भी हो तो क्या पूछना! ऐसा घर उन्होंने बहुत ढूंढ़ा, पर न मिला। ऐसे घर हैं ही कितने जहां दोनों पदार्थ मिलें? दो-चार मिले भी तो अपनी बिरादरी के न थे। बिरादरी भी मिली, तो जायजा न मिला; जायजा भी मिला तो शर्तें तय न हो सकीं। इस तरह मजबूर होकर भारतदास को लीला का विवाह लाला सन्तसरन के लड़के सीतासरन से करना पड़ा। अपने बाप का इकलौता बेटा था, थोड़ी-बहुत शिक्षा भी पायी थी, बातचीत सलीके से करता था, मामले-मुकदमे समझता था और जरा दिल का रंगीला भी था। सबसे बड़ी बात यह थी कि रूपवान, बलिष्ठ, प्रसन्न-मुख, साहसी आदमी था; मगर विचार वही बाबा आदम के जमाने के थे। पुरानी जितनी बातें हैं, सब अच्छी; नयी जितनी बातें हैं, सब खराब। जायदाद के विषय में जमींदार साहब नये-नये दफों का व्यवहार करते थे, वहां अपना कोई अख्तियार न था; लेकिन सामाजिक प्रथाओं के कट्टर पक्षपाती थे। सीतासरन अपने बाप को जो करते या कहते देखता वही खुद भी कहता था। उसमें खुद सोचने की शक्ति ही न थी। बुद्धि की मंदता बहुधा सामाजिक अनुदारता के रूप में प्रकट होती है।

2

लीला ने जिस दिन घर में पांव रखा उसी दिन उसकी परीक्षा शुरू हुई। वे सभी काम, जिनकी उसके घर में तारीफ होती थी यहां वर्जित थे।

उसे बचपन से ताजी हवा पर जान देना सिखाया गया था, यहां उसके सामने मुंह खोलना भी पाप था। बचपन से सिखाया गया था रोशनी ही जीवन है, यहां रोशनी के दर्शन भी दुर्लभ थे। घर पर अहिंसा, क्षमा और दया ईश्वरीय गुण बताये गये थे, यहां इनका नाम लेने की भी स्वाधीनता न थी। संतसरन बड़े तीखे, गुस्सेवर आदमी थे, नाक पर मक्खी न बैठने देते। धूर्तता और छल-कपट से ही उन्होंने जायदाद पैदा की थी और उसी को सफल जीवन का मंत्र समझते थे। उनकी पत्नी उनसे भी दो अंगुल ऊंची थीं। मजाल क्या कि बहू अपनी अंधेरी कोठरी के द्वार पर खड़ी हो जाय, या कभी छत पर टहल सके। प्रलय आ जाता, आसमान सिर पर उठा लेतीं। उन्हें बकने का मर्ज था। दाल में नमक का जरा तेज हो जाना उन्हें दिन-भर बकने के लिए काफी बहाना था। मोटी-ताजी महिला थीं, छींट का घाघरेदार लहंगा पहने, पानदान बगल में रखे, गहनों से लदी हुई, सारे दिन बरोठे में माची पर बैठी रहती थी। क्या मजाल कि घर में उनकी इच्छा के विरुद्ध एक पत्ता भी हिल जाय! बहू की नयी-नयी आदतें देख-देख जला करती थीं। अब काहे को आबरू रहेगी। मुंडेर पर खड़ी हो कर झांकती है। मेरी लड़की ऐसी दीदा-दिलेर होती तो गला घोंट देती। न-जाने इसके देश में कौन लोग बसते हैं! गहनें नहीं पहनती। जब देखो नंगी-बुच्ची बनी बैठी रहती है। यह भी कोई अच्छे लच्छन हैं। लीला के पीछे सीतासरन पर भी फटकार पड़ती। तुझे भी चांदनी में सोना अच्छा लगता है, क्यों? तू भी अपने को मर्द कहेगा? यह मर्द कैसा कि औरत उसके कहने में न रहे। दिन-भर घर में घुसा रहता है। मुंह में जबान नहीं है? समझाता क्यों नहीं?

सीतासरन कहता—अम्मां, जब कोई मेरे समझाने से माने तब तो?

मां—मानेगी क्यों नहीं, तू मर्द है कि नहीं? मर्द वह चाहिए कि कड़ी निगाह से देखे तो औरत कांप उठे।

सीतासरन—तुम तो समझाती ही रहती हो।

मां—मेरी उसे क्या परवा? समझती होगी, बुढ़िया चार दिन में मर जायगी, तब मैं मालकिन हो ही जाऊंगी।

सीतासरन—तो मैं भी तो उसकी बातों का जवाब नहीं दे पाता। देखती नहीं हो कितनी दुर्बल हो गयी है। वह रंग ही नहीं रहा। उस कोठरी में पड़े-पड़े उसकी दशा बिगड़ती जाती है।

बेटे के मुंह से ऐसी बातें सुन माता आग हो जाती और सारे दिन जलती; कभी भाग्य को कोसती, कभी समय को।

सीतासरन माता के सामने तो ऐसी बातें करता; लेकिन लीला के सामने जाते ही उसकी मति बदल जाती थी। वह वही बातें करता जो लीला को अच्छी लगतीं। यहां तक कि दोनों वृद्धा की हंसी उड़ाते। लीला को इस में और कोई सुख न था। वह सारे दिन कुढ़ती रहती। कभी चूल्हे के सामने न बैठी थी; पर यहां पसेरियों आटा थेपना पड़ता, मजूरों और टहलुओं के लिए भी रोटियां पकानी पड़तीं। कभी-कभी वह चूल्हे के सामने बैठी घंटों रोती। यह बात न थी कि यह लोग कोई महाराज-रसोइया न रख सकते हों; पर घर की पुरानी प्रथा यही थी कि बहू खाना पकाये और उस प्रथा का निभाना जरूरी था। सीतासरन को देख कर लीला का संतप्त हृदय एक क्षण के लिए शान्त हो जाता था।

गर्मी के दिन थे और सन्ध्या का समय। बाहर हवा चलती, भीतर देह फुकती थी। लीला कोठरी में बैठी एक किताब देख रही थी कि सीतासरन ने आकर कहा—यहां तो बड़ी गर्मी है, बाहर बैठो।

लीला—यह गर्मी उन तानों से अच्छी है जो अभी सुनने पड़ेंगे।

सीतासरन—आज अगर बोलीं तो मैं भी बिगड़ जाऊंगा।

लील—तब तो मेरा घर में रहना भी मुश्किल हो जायगा।

सीतासरन—बला से अलग ही रहेंगे!

लीला—मैं तो मर भी जाऊं तो भी अलग न रहूं। वह जो कुछ कहती-सुनती हैं, अपनी समझ से मेरे भले ही के लिए कहती-सुनती हैं। उन्हें मुझसे कुछ दुश्मनी थोड़े ही है। हां, हमें उनकी बातें अच्छी न लगें, यह दूसरी बात है। उन्होंने खुद वह सब कष्ट झेले हैं, जो वह मुझे झेलवाना चाहती हैं। उनके स्वास्थ्य पर उन कष्टों का जरा भी असर नहीं पड़ा। वह इस 65 वर्ष की उम्र में मुझसे कहीं टांठी हैं। फिर उन्हें कैसे मालूम हो कि इन कष्टों से स्वास्थ्य बिगड़ सकता है।

सीतासरन ने उसके मुरझाये हुए मुख की ओर करुण नेत्रों से देख कर कहा—तुम्हें इस घर में आ कर बहुत दुःख सहना पड़ा। यह घर तुम्हारे योग्य न था। तुमने पूर्व-जन्म में जरूर कोई पाप किया होगा।

लीला ने पति के हाथों से खेलते हुए कहा—यहां न आती तो तुम्हारा प्रेम कैसे पाती?

3

पांच साल गुजर गये। लीला दो बच्चों की मां हो गयी। एक लड़का था, दूसरी लड़की। लड़के का नाम जानकीसरन रखा गया और लड़की का नाम कामिनी। दोनों बच्चे घर को गुलजार किये रहते थे। लड़की दादा से हिली थी, लड़का दादी से। दोनों शोख और शरीर थे। गाली दे बैठना, मुंह चिढ़ा देना तो उनके लिए मामूली बात थी। दिन-भर खाते और आये-दिन बीमार पड़े रहते। लीला ने खुद सभी कष्ट सह लिये थे पर बच्चों में बुरी आदतों का पड़ना उसे बहुत बुरा मालूम होता था; किन्तु उसकी कौन सुनता था। बच्चों की माता होकर उसकी अब गणना ही न रही थी। जो कुछ थे बच्चे थे, वह कुछ न थी। उसे किसी बच्चे को डांटने का भी अधिकार न था, सास फाड़ खाती थी।

सबसे बड़ी आपत्ति यह थी कि उसका स्वास्थ्य अब और भी खराब हो गया था। प्रसव-काल में उसे वे भी अत्याचार सहने पड़े जो अज्ञान, मूर्खता और अंध-विश्वास ने सौर की रक्षा के लिए गढ़ रखे हैं। उस काल-कोठरी में, जहां न हवा का गुजर था, न प्रकाश का, न सफाई का, चारों ओर दुर्गन्ध, और सील और गन्दगी भरी हुई थी, उसका कोमल शरीर सूख गया। एक बार जो कसर रह गयी वह दूसरी बार पूरी हो गयी। चेहरा पीला पड़ गया, आंखें धंस गयीं। ऐसा मालूम होता, बदन में खून ही नहीं रहा। सूरत ही बदल गयी।

गर्मियों के दिन थे। एक तरफ आम पके, दूसरी तरफ खरबूजे। इन दोनों फलों की ऐसी अच्छी फसल पहले कभी न हुई थी अबकी इनमें इतनी मिठास न-जाने कहां से आ गयी थी कि कितना ही खाओ मन न भरे। संतसरन के इलाके से आम और खरबूजे के टोकरे भरे चले आते थे। सारा घर खूब उछल-उछल खाता था। बाबू साहब पुरानी हड्डी के आदमी थे। सबेरे एक सैंकड़े आमों का नाश्ता करते, फिर पसेरी-भर खरबूजे चट कर जाते। मालकिन उनसे पीछे रहने वाली न थीं। उन्होंने तो एक वक्त का भोजन ही बंद कर दिया। अनाज सड़ने वाली चीज नहीं। आज नहीं कल खर्च हो जायगा। आम और खरबूजे तो एक दिन भी नहीं ठहर सकते। शुदनी थी और क्या। यों ही हर साल दोनों चीजों की रेल-पेल होती थी; पर किसी को कभी कोई शिकायत न होती थी। कभी पेट में गिरानी मालूम हुई तो हड़ की फंकी मार ली। एक दिन बाबू संतसरन के पेट में मीठा-मीठा दर्द होने लगा। आपने उसकी परवा न की। आम खाने बैठ गये। सैंकड़ा पूरा करके उठे ही थे कि कै हुई। गिर पड़े। फिर तो तिल-तिल पर कै और

दस्त होने लगे। हैजा हो गया। शहर के डाक्टर बुलाये गये, लेकिन आने के पहले ही बाबू साहब चल बसे थे। रोना-पीटना मच गया। संध्या होते-होते लाश घर से निकली। लोग दाह-क्रिया करके आधी रात को लौटे तो मालकिन को भी कै और दस्त हो रहे थे। फिर दौड़-धूप शुरू हुई; लेकिन सूर्य निकलते-निकलते वह भी सिधार गयीं। स्त्री-पुरुष जीवनपर्यंत एक दिन के लिए भी अलग न हुए थे। संसार से भी साथ ही साथ गये, सूर्यास्त के समय पति ने प्रस्थान किया, सूर्योदय के समय पत्नी ने।

लेकिन मुसीबत का अभी अंत न हुआ था। लीला तो संस्कार की तैयारियों में लगी थी; मकान की सफाई की तरफ किसी ने ध्यान न दिया। तीसरे दिन दोनों बच्चे दादा-दादी के लिए रोते-रोते बैठक में जा पहुंचे। वहां एक आले पर खरबूजा कटा हुआ पड़ा था; दो-तीन कलमी आम भी रखे थे। इन पर मक्खियां भिनक रही थीं। जानकी ने एक तिपाई पर चढ़ कर दोनो चीजें उतार लीं और दोनों ने मिलकर खायीं। शाम होते-होते दोनों को हैजा हो गया और दोनों मां-बाप को रोता छोड़ चल बसे। घर में अंधेरा हो गया। तीन दिन पहले जहां चारों तरफ चहल-पहल थी, वहां अब सन्नाटा छाया हुआ था, किसी के रोने की आवाज भी सुनायी न देती थी। रोता ही कौन? ले-दे के कुल दो प्राणी रह गये थे। और उन्हें रोने की सुधि न थी।

4

लीला का स्वास्थ्य पहले भी कुछ अच्छा न था, अब तो वह और भी बेजान हो गयी। उठने-बैठने की शक्ति भी न रही। हरदम खोयी-सी रहती, न कपड़े-लत्ते की सुधि थी, न खाने-पीने की। उसे न घर से वास्ता था, न बाहर से। जहां बैठती, वहीं बैठी रह जाती। महीनों कपड़े न बदलती, सिर में तेल न डालती। बच्चे ही उसके प्राणों के आधार थे। जब वही न रहे तो मरना और जीना बराबर था। रात-दिन यही मनाया करती कि भगवान् यहां से ले चलो। सुख-दुःख सब भुगत चुकी। अब सुख की लालसा नहीं है; लेकिन बुलाने से मौत किसी को आयी है?

सीतासरन भी पहले तो बहुत रोया-धोया; यहां तक कि घर छोड़कर भागा जाता था; लेकिन ज्यों-ज्यों दिन गुजरते थे बच्चों का शोक उसके दिल से मिटता था; संतान का दुःख तो कुछ माता ही को होता है। धीरे-धीरे उसका जी संभल

गया। पहले की भांति मित्रों के साथ हंसी-दिल्लगी होने लगी। यारों ने और भी चंग पर चढ़ाया। अब घर का मालिक था, जो चाहे कर सकता था, कोई उसका हाथ रोकने वाला न था। सैर-सपाटे करने लगा। कहां तो लीला को रोते देख उसकी आंखें सजल हो जाती थीं, कहां अब उसे उदास और शोक-मग्न देखकर झुंझला उठता। जिंदगी रोने ही के लिए तो नहीं है। ईश्वर ने लड़के दिये थे, ईश्वर ही ने छीन लिये। क्या लड़कों के पीछे प्राण दे देना होगा? लीला यह बातें सुन कर भौंचक रह जाती। पिता के मुंह से ऐसे शब्द निकल सकते हैं। संसार में ऐसे प्राणी भी हैं।

होली के दिन थे। मर्दाने में गाना-बजाना हो रहा था। मित्रों की दावत का भी सामान किया गया था। अंदर लीला जमीन पर पड़ी हुई रो रही थी। त्योहारों के दिन उसे रोते ही कटते थे। आज बच्चे होते तो अच्छे-अच्छे कपड़े पहने कैसे उछलते-फिरते! वही न रहे तो कहां की तीज और कहां के त्योहार।

सहसा सीतासरन ने आकर कहा—क्या दिन-भर रोती ही रहोगी? जरा कपड़े तो बदल डालो, आदमी बन जाओ। यह क्या तुमने अपनी गत बना रखी है?

लीला—तुम जाओ अपनी महफिल में बैठो, तुम्हें मेरी क्या फिक्र पड़ी है।

सीतासरन—क्या दुनिया में और किसी के लड़के नहीं मरते? तुम्हारे ही सिर यह मुसीबत आयी है?

लीला—यह बात कौन नहीं जानता। अपना-अपना दिल ही तो है। उस पर किसी का बस है?

सीतासरन—मेरे साथ भी तो तुम्हारा कुछ कर्तव्य है?

लीला ने कुतूहल से पति को देखा, मानो उसका आशय नहीं समझी। फिर मुंह फेर कर रोने लगी।

सीतासरन—मैं अब इस मनहूसत का अन्त कर देना चाहता हूं। अगर तुम्हारा अपने दिल पर काबू नहीं है तो मेरा भी अपने दिल पर काबू नहीं है। मैं अब जिंदगी-भर मातम नहीं मना सकता।

लीला—तुम रंग-राग मनाते हो, मैं तुम्हें मना तो नहीं करती! मैं रोती हूं तो क्यूं नहीं रोने देते।

सीतासरन—मेरा घर रोने के लिए नहीं है?

लीला—अच्छी बात है, तुम्हारे घर में न रोऊंगी।

5

लीला ने देखा, मेरे स्वामी मेरे हाथों से निकले जा रहे हैं। उन पर विषय का भूत सवार हो गया है और कोई समझाने वाला नहीं। वह अपने होश में नहीं हैं। मैं क्या करूं, अगर मैं चली जाती हूं तो थोड़े ही दिनों में सारा ही घर मिट्टी में मिल जाएगा और इनका वही हाल होगा जो स्वार्थी मित्रों के चंगुल में फंसे हुए नौजवान रईसों का होता है। कोई कुलटा घर में आ जाएगी और इनका सर्वनाश कर देगी। ईश्वर! मैं क्या करूं? अगर इन्हें कोई बीमारी हो जाती तो क्या मैं उस दशा में इन्हें छोड़कर चली जाती? कभी नहीं। मैं तन मन से इनकी सेवा-सुश्रूषा करती, ईश्वर से प्रार्थना करती, देवताओं की मनौतियां करती। माना इन्हें शारीरिक रोग नहीं है, लेकिन मानसिक रोग अवश्य है। आदमी रोने की जगह हंसे और हंसने की जगह रोये, उसके दीवाना होने में क्या संदेह है! मेरे चले जाने से इनका सर्वनाश हो जाएगा। इन्हें बचाना मेरा धर्म है।

हां, मुझे अपना शोक भूल जाना होगा। रोऊंगी, रोना तो तकदीर में लिखा ही है—रोऊंगी, लेकिन हंस-हंस कर। अपने भाग्य से लड़ूंगी। जो जाते रहे उनके नाम को रोने के सिवा और कर ही क्या सकती हूं, लेकिन जो है उसे न जाने दूंगी। आ, ऐ टूटे हुए हृदय! आज तेरे टुकड़ों को जमा करके एक समाधि बनाऊं और अपने शोक को उसके हवाले कर दूं। ओ रोने वाली आंखों, आओ, मेरे आंसुओं को अपनी विहंसित छटा में छिपा लो। आओ, मेरे आभूषणों, मैंने बहुत दिनों तक तुम्हारा अपमान किया है, मेरा अपराध क्षमा करो। तुम मेरे भले दिनों के साक्षी हो, तुमने मेरे साथ बहुत विहार किए हैं, अब इस संकट में मेरा साथ दो; मगर देखो दगा न करना; मेरे भेदों को छिपाए रखना।

लीला सारी रात बैठी अपने मन से यही बातें करती रही। उधर मर्दाने में धमा-चौकड़ी मची हुई थी। सीतासरन मजे में चूर कभी गाता था, कभी तालियां बजाता था। उसके मित्र लोग भी उसी रंग में रंगे हुए थे। मालूम होता था, इनके लिए भोग-विलास के सिवा और कोई काम नहीं है।

पिछले पहर को महफिल में सन्नाटा हो गया। हू-हा की आवाजें बंद हो गयीं। लीला ने सोचा, क्या लोग कहीं चले गए, या सो गए? एकाएक सन्नाटा क्यों छा गया। जाकर दहलीज में खड़ी हो गयी और बैठक में झांककर देखा, सारी देह में एक ज्वाला-सी दौड़ गयी। मित्र लोग विदा हो गये थे। समाजियों का पता न था। केवल एक रमणी मसनद पर लेटी हुई थी और सीतासरन सामने झुका हुआ उससे

बहुत धीरे-धीरे बातें कर रहा था। दोनों के चेहरों और आंखों से उनके मन के भाव साफ झलक रहे थे। एक की आंखों में अनुराग था, दूसरी की आंखों में कटाक्ष! एक भोला-भाला हृदय एक मायाविनी रमणी के हाथों लुटा जाता था। लीला की सम्पत्ति को उसकी आंखों के सामने एक छलिनी चुराये जाती थी। लीला को ऐसा क्रोध आया कि इसी समय चलकर इस कुलटा को आड़े हाथों लूं, ऐसा दुत्कारूं वह भी याद करे, खड़े-खड़े निकाल दूं। वह पत्नी भाव जो बहुत दिनों से सो रहा था, जाग उठा और उसे विकल करने लगा। पर उसने जब्त किया। वेग में दौड़ती हुई तृष्णाएं अकस्मात् न रोकी जा सकती थीं। वह उलटे पांव भीतर लौट आयी और मन को शांत करके सोचने लगी—वह रूप-रंग में, हाव-भाव में, नखरे-तिल्ले में उस दुष्टा की बराबरी नहीं कर सकती। बिलकुल चांद का टुकड़ा है, अंग-अंग में स्फूर्ति भरी हुई है, पोर-पोर में मद छलक रहा है। उसकी आंखों में कितनी तृष्णा है। तृष्णा नहीं, बल्कि ज्वाला! लीला उसी वक्त आइने के सामने गयी। आज कई महीनों के बाद उसने आइने में अपनी सूरत देखी। उस मुख से एक आह निकल गयी। शोक ने उसकी कायापलट कर दी थी। उस रमणी के सामने वह ऐसी लगती थी जैसे गुलाब के सामने जूही का फूल।

6

सीतासरन का खुमार शाम को टूटा। आंखें खुली तो सामने लीला को खड़ी मुस्कराते देखा। उसकी अनोखी छवि आंखों में समा गई। ऐसे खुश हुए मानो बहुत दिनों के वियोग के बाद उससे भेंट हुई हो। उसे क्या मालूम था कि यह रूप भरने के लिए लीला ने कितने आंसू बहाये हैं; केशों में यह फूल गूंथने के पहले आंखों में कितने मोती पिरोये हैं। उन्होंने एक नवीन प्रेमोत्साह से उठकर उसे गले लगा लिया और मुस्कराकर बोले—आज तो तुमने बड़े-बड़े शस्त्र सजा रखे हैं, कहां भागूं?

लीला ने अपने हृदय की ओर उंगली दिखाकर कहा—यहां आ बैठो। बहुत भागे फिरते हो, अब तुम्हें बांधकर रखूंगी। बाग की बहार का आनंद तो उठा चुके, अब इस अंधेरी कोठरी को भी देख लो।

सीतासरन ने लज्जित होकर कहा—उसे अंधेरी कोठरी मत कहो लीला! वह प्रेम का मानसरोवर है!

इतने में बाहर से किसी मित्र के आने की खबर आयी। सीताराम चलने लगे तो लीला ने उनका हाथ पकड़कर कहा—मैं न जाने दूंगी।

सीतासरन—अभी आता हूं।

लीला—मुझे डर लगता है कहीं तुम चले न जाओ।

सीतासरन बाहर आए तो मित्र महाशय बोले—आज दिन भर सोते हो क्या? बहुत खुश नजर आते हो। इस वक्त तो वहां चलने की ठहरी थी न? तुम्हारी राह देख रही हैं।

सीतासरन—चलने को तो तैयार हूं, लेकिन लीला जाने नहीं देती।

मित्र—निरे गाउदी ही रहे। आ गए फिर बीवी के पंजे में! फिर किस बिरते पर गरमाये थे?

सीतासरन—लीला ने घर से निकाल दिया था, तब आश्रय ढूंढ़ता-फिरता था। अब उसने द्वार खोल दिए और खड़ी बुला रही है।

मित्र—अजी, यहां वह आनंद कहां? घर को लाख सजाओ तो क्या बाग हो जाएगा?

सीतासरन—भई, घर बाग नहीं हो सकता, पर स्वर्ग हो सकता है। मुझे इस वक्त अपनी क्षुद्रता पर जितनी लज्जा आ रही है, वह मैं ही जानता हूं। जिस संतान शोक में उसने अपने शरीर को घुला डाला और अपने रूप-लावण्य को मिटा दिया उसी शोक को केवल मेरा एक इशारा पाकर उसने भुला दिया। ऐसा भुला दिया मानो कभी शोक हुआ ही नहीं! मैं जानता हूं वह बड़े से बड़े कष्ट सह सकती है। मेरी रक्षा उसके लिए आवश्यक है। जब अपनी उदासीनता के कारण उसने मेरी दशा बिगड़ते देखी तो अपना सारा शोक भूल गयी। आज मैंने उसे अपने आभूषण पहनकर मुस्कराते हुए देखा तो मेरी आत्मा पुलकित हो उठी। मुझे ऐसा मालूम हो रहा है कि वह स्वर्ग की देवी है और केवल मुझ जैसे दुर्बल प्राणी की रक्षा करने के लिए भेजी गयी है। मैंने उसे जो कठोर शब्द कहे, वे अगर अपनी सारी सम्पत्ति बेचकर भी मिल सकते, तो लौटा लेता। लीला वास्तव में स्वर्ग की देवी है!

आधार

सारे गांव में मथुरा का-सा गठीला जवान न था। कोई बीस बरस की उमर थी। मसें भीग रही थीं। गउएं चराता, दूध पीता, कसरत करता, कुश्ती लड़ता था और सारे दिन बांसुरी बजाता हाट में विचरता था। ब्याह हो गया था, पर अभी कोई बाल-बच्चा न था। घर में कई हल की खेती थी, कई छोटे-बड़े भाई थे। वे सब मिल-चुलकर खेती-बारी करते थे। मथुरा पर सारे घर को गर्व था, जब उसे जांघिये-लंगोटे, नाल या मुग्दर के लिए रुपये-पैसे की जरूरत पड़ती तो तुरन्त दे दिये जाते थे। सारे घर की यही अभिलाषा थी कि मथुरा पहलवान हो जाए और अखाड़े में अपने सवाये को पछाड़े। इस लाड़-प्यार से मथुरा जरा टर्रा हो गया था। गायें किसी के खेत में पड़ी हैं और आप अखाड़े में दंड लगा रहा है। कोई उलाहना देता तो उसकी त्योरियां बदल जातीं। गरज कर कहता, जो मन में आए कर लो, मथुरा तो अखाड़ा छोड़कर हांकने न जायेंगे; पर उसका डील-डौल देखकर किसी को उससे उलझने की हिम्मत न पड़ती। लोग ग़म खा जाते थे।

गर्मियों के दिन थे, ताल-तलैया सूखी पड़ी थीं। जोरों की लू चलने लगी थी। गांव में कहीं से एक सांड आ निकला और गउओं के साथ हो लिया। सारे दिन तो गउओं के साथ रहता, रात को बस्ती में घुस आता और खूटों से बंधे बैलों को सींगों से मारता। कभी किसी की गीली दीवार को सींगों से खोद डालता, कभी घर का कूड़ा सींगों से उड़ाता। कई किसानों ने साग-भाजी लगा रखी थीं, सारे दिन सींचते-सींचते मरते थे। यह सांड रात को उन हरे-भरे खेतों में पहुंच जाता और खेत का खेत तबाह कर देता। लोग उसे डंडों से मारते, गांव के बाहर भगा आते, लेकिन जरा देर में फिर गायों में पहुंच जाता। किसी की अक्ल काम न करती थी कि इस संकट को कैसे टाला जाय। मथुरा का घर गांव के बीच में था, इसलिए उसके खेतों को सांड से कोई हानि न पहुंचती थी। गांव में उपद्रव मचा हुआ था और मथुरा को जरा भी चिन्ता न थी।

आखिर जब धैर्य का अन्तिम बन्धन टूट गया तो एक दिन लोगों ने जाकर मथुरा को घेरा और बोले—भाई, कहो तो गांव में रहें, कहो तो निकल जाएं। जब खेती ही न बचेगी तो रहकर क्या करेंगे? तुम्हारी गायों के पीछे हमारा सत्यानाश हुआ जाता है, और तुम अपने रंग में मस्त हो। अगर भगवान ने तुम्हें बल दिया है तो इससे दूसरे की रक्षा करनी चाहिए, यह नहीं कि सबको पीस कर पी जाओ। सांड तुम्हारी गायों के कारण आता है और उसे भगाना तुम्हारा काम है; लेकिन तुम कानों में तेल डाले बैठे हो, मानो तुमसे कुछ मतलब ही नहीं।

मथुरा को उनकी दशा पर दया आयी। बलवान मनुष्य प्रायः दयालु होता है। बोला—अच्छा जाओ, हम आज सांड को भगा देंगे।

एक आदमी ने कहा—दूर तक भगाना, नहीं तो फिर लौट आयेगा।

मथुरा ने लाठी कंधे पर रखते हुए उत्तर दिया—अब लौटकर न आयेगा।

2

चिलचिलाती दोपहरी थी। मथुरा सांड को भगाये लिए जाता था। दोनों पसीनों से तर थे। सांड बार-बार गांव की ओर घूमने की चेष्टा करता, लेकिन मथुरा उसका इरादा ताड़ कर दूर ही से उसकी राह छेंक लेता। सांड क्रोध से उन्मत्त हो कर कभी-कभी पीछे मुड़कर मथुरा पर तोड़ करना चाहता लेकिन उस समय मथुरा सामना बचाकर बगल से ताबड़-तोड़ इतनी लाठियां जमाता कि सांड को फिर भागना पड़ता। कभी दोनों अरहर के खेतों में दौड़ते, कभी झाड़ियों में। अरहर की खूंटियों से मथुरा के पांव लहू-लुहान हो रहे थे, झाड़ियों में धोती फट गई थी; पर उसे इस समय सांड का पीछा करने के सिवा और कोई सुध न थी। गांव पर गांव आते थे और निकल जाते थे। मथुरा ने निश्चय कर लिया कि इसे नदी-पार भगाये बिना दम न लूंगा। उसका कंठ सूख गया था और आंखें लाल हो गयी थीं, रोम-रोम से चिनगारियां-सी निकल रही थीं, दम उखड़ गया था; लेकिन वह एक क्षण के लिए भी दम न लेता था। दो-ढाई घंटों के बाद जाकर नदी नजर आयी। यहीं हार-जीत का फैसला होने वाला था, यहीं से दोनों खिलाड़ियों को अपने दांव-पेंच के जौहर दिखाने थे। सांड सोचता था, अगर नदी में उतरा तो यह मार ही डालेगा; एक बार जान लड़ा कर लौटने की कोशिश करनी चाहिए। मथुरा सोचता था, अगर वह लौट पड़ा तो इतनी मेहनत व्यर्थ ही जाएगी और गांव के लोग मेरी हंसी उड़ायेंगे। दोनों अपने-अपने घात में थे। सांड ने बहुत चाहा कि

तेज दौड़ कर आगे निकल जाऊं और वहां से पीछे को फिरूं, पर मथुरा ने उसे मुड़ने का मौका न दिया। उसकी जान इस वक्त सुई की नोक पर थी, एक हाथ भी चूका और प्राण भी गए, जरा पैर फिसला और फिर उठना नसीब न होगा। आखिर मनुष्य ने पशु पर विजय पायी और सांड को नदी में घुसने के सिवा और कोई उपाय न सूझा। मथुरा भी उसके पीछे नदी में पैठ गया और इतने डंडे लगाये कि उसकी लाठी टूट गयी।

3

अब मथुरा को जोरों की प्यास लगी। उसने नदी में मुंह लगा दिया और इस तरह हौंक-हौंक कर पीने लगा मानो सारी नदी पी जाएगा। उसे अपने जीवन में कभी पानी इतना अच्छा न लगा था और न कभी उसने इतना पानी पिया था। मालूम नहीं, पांच सेर पी गया या दस सेर लेकिन पानी गरम था, प्यास न बुझी; जरा देर में फिर नदी में मुंह लगा दिया और इतना पानी पिया कि पेट में सांस लेने की जगह भी न रही। तब गीली धोती कंधे पर डालकर घर की ओर चल दिया।

लेकिन दस ही पांच पग चला होगा कि पेट में मीठा-मीठा दर्द होने लगा। उसने सोचा, दौड़ कर पानी पीने से ऐसा दर्द अकसर हो जाता है, जरा देर में दूर हो जायेगा। लेकिन दर्द बढ़ने लगा और मथुरा का आगे जाना कठिन हो गया। वह एक पेड़ के नीचे बैठ गया और दर्द से बेचैन हो कर जमीन पर लोटने लगा। कभी पेट को दबाता, कभी खड़ा हो जाता, कभी बैठ जाता, पर दर्द बढ़ता ही जाता था। अन्त में उसने जोर-जोर से कराहना और रोना शुरू किया; पर वहां कौन बैठा था जो, उसकी खबर लेता। दूर तक कोई गांव नहीं, न आदमी न आदमजात। बेचारा दोपहरी के सन्नाटे में तड़प-तड़प कर मर गया। हम कड़े-से-कड़ा घाव सह सकते हैं, लेकिन जरा सा-भी व्यतिक्रम नहीं सह सकते। वही देव का-सा जवान जो कोसों तक सांड को भगाता चला आया था, तत्वों के विरोध का एक वार भी न सह सका। कौन जानता था कि यह दौड उसके लिए मौत की दौड़ होगी! कौन जानता था कि मौत ही सांड का रूप धर कर उसे यों नचा रही है। कौन जानता था कि जल जिसके बिना उसके प्राण ओठों पर आ रहे थे, उसके लिए विष का काम करेगा।

संध्या समय उसके घरवाले उसे ढूंढते हुए आये। देखा तो वह अनंत विश्राम में मग्न था।

4

एक महीना गुजर गया। गांववाले अपने काम-धंधे में लगे। घरवालों ने रो-धो कर सब्र किया; पर अभागिनी विधवा के आंसू कैसे पुंछते। वह हरदम रोती रहती। आंखें चाहें बन्द भी हो जातीं, पर हृदय नित्य रोता रहता था। इस घर में अब कैसे निर्वाह होगा? किस आधार पर जिऊंगी? अपने लिए जीना या तो महात्माओं को आता है या लम्पटों ही को। अनूपा को यह कला क्या मालूम? उसके लिए तो जीवन का एक आधार चाहिए था, जिसे वह अपना सर्वस्व समझे, जिसके लिए वह जिये, जिस पर वह घमंड करे। घरवालों को यह गवारा न था कि वह कोई दूसरा घर करे। इसमें बदनामी थी। इसके सिवा ऐसी सुशील, घर के कामों में ऐसी कुशल, लेन-देन के मामले में इतनी चतुर और रंग रूप की ऐसी सराहनीय स्त्री का किसी दूसरे के घर पड़ जाना ही उन्हें असह्य था। उधर अनूपा के मैकेवाले एक जगह बातचीत पक्की कर रहे थे। जब सब बातें तय हो गयीं, तो एक दिन अनूपा का भाई उसे विदा कराने आ पहुंचा।

अब तो घर में खलबली मची। इधर कहा गया, हम विदा न करेंगे। भाई ने कहा, हम बिना विदा कराये मानेंगे नहीं। गांव के आदमी जमा हो गये, पंचायत होने लगी। यह निश्चय हुआ कि अनूपा पर छोड़ दिया जाय। उसका जी चाहे चली जाय, जी चाहे रहे। यहां वालों को विश्वास था कि अनूपा इतनी जल्द दूसरा घर करने पर राजी न होगी, दो-चार बार ऐसा कह भी चुकी थी। लेकिन उस वक्त जो पूछा गया तो वह जाने को तैयार थी। आखिर उसकी विदाई का सामान होने लगा। डोली आ गई। गांव-भर की स्त्रियां उसे देखने आयीं। अनूपा उठ कर अपनी सास के पैरों में गिर पड़ी और हाथ जोड़ कर बोली—अम्मा, कहा-सुना माफ करना। जी में तो था कि इसी घर में पड़ी रहूं, पर भगवान् को मंजूर नहीं है।

यह कहते-कहते उसकी जबान बन्द हो गई।

सास करुणा से विह्वल हो उठी। बोली—बेटी, जहां जाओ वहां सुखी रहो। हमारे भाग्य ही फूट गये नहीं तो क्यों तुम्हें इस घर से जाना पड़ता। भगवान् का दिया और सब-कुछ है, पर उन्होंने जो नहीं दिया उसमें अपना क्या बस! आज तुम्हारा देवर सयाना होता तो बिगड़ी बात बन जाती। तुम्हारे मन में बैठे तो इसी को अपना समझो : पालो-पोसो बड़ा हो जायेगा तो सगाई कर दूंगी।

यह कह कर उसने अपने सबसे छोटे लड़के वासुदेव से पूछा—क्यों रे! भौजाई से शादी करेगा?

वासुदेव की उम्र पांच साल से अधिक न थी। अबकी उसका ब्याह होने वाला था। बातचीत हो चुकी थी। बोला—तब तो दूसरे के घर न जायगी न?

मां—नहीं, जब तेरे साथ ब्याह हो जायगा तो क्यों जायगी?

वासुदेव—तब मैं करूंगा।

मां—अच्छा, उससे पूछ, तुझसे ब्याह करेगी।

वासुदेव—अनूपा की गोद में जा बैठा और शरमाता हुआ बोला—हमसे ब्याह करोगी?

यह कह कर वह हंसने लगा; लेकिन अनूपा की आंखें डबडबा गयीं, वासुदेव को छाती से लगाती हुई बोली—अम्मा, दिल से कहती हो?

सास—भगवान् जानते हैं!

अनूपा—आज से यह मेरे हो गये?

सास—हां, सारा गांव देख रहा है।

अनूपा—तो भैया से कहला भेजो, घर जायें, मैं उनके साथ न जाऊंगी।

अनूपा को जीवन के लिए किसी आधार की जरूरत थी। वह आधार मिल गया। सेवा मनुष्य की स्वाभाविक वृत्ति है। सेवा ही उस के जीवन का आधार है।

अनूपा ने वासुदेव को पालना-पोषणा शुरू किया। उबटन और तेल लगाती, दूध-रोटी मल-मल के खिलाती। आप तालाब नहाने जाती तो उसे भी नहलाती। खेत में जाती तो उसे भी साथ ले जाती। थोड़े ही दिनों में उससे हिल-मिल गया कि एक क्षण भी उसे न छोड़ता। मां को भूल गया। कुछ खाने को जी चाहता तो अनूपा से मांगता, खेल में मार खाता तो रोता हुआ अनूपा के पास आता। अनूपा ही उसे सुलाती, अनूपा ही जगाती, बीमार हो तो अनूपा ही गोद में लेकर बदलू वैद्य के घर जाती, और दवायें पिलाती।

गांव के स्त्री-पुरुष उसकी यह प्रेम तपस्या देखते और दांतों उंगली दबाते। पहले बिरले ही किसी को उस पर विश्वास था। लोग समझते थे, साल-दो-साल में इसका जी ऊब जाएगा और किसी तरफ का रास्ता लेगी; इस दुधमुंहे बालक के नाम पर कब तक बैठी रहेगी; लेकिन यह सारी आशंकाएं निर्मूल निकलीं। अनूपा को किसी ने अपने व्रत से विचलित होते न देखा। जिस हृदय में सेवा का स्रोत बह रहा हो—स्वाधीन सेवा का—उसमें वासनाओं के लिए कहां स्थान? वासना का वार निर्मम, आशाहीन, आधारहीन प्राणियों पर ही होता है। चोर की अंधेरे ही में चलती है, उजाले में नहीं।

वासुदेव को भी कसरत का शौक था। उसकी शक्ल-सूरत मथुरा से मिलती-जुलती थी, डील-डौल भी वैसा ही था। उसने फिर अखाड़ा जगाया और उसकी बांसुरी की तानें फिर खेतों में गूंजने लगीं।

इस भांति 13 बरस गुजर गये। वासुदेव और अनूपा में सगाई की तैयारी होने लगीं।

5

लेकिन अब अनूपा वह अनूपा न थी, जिसने 14 वर्ष पहले वासुदेव को पतिभाव से देखा था, अब उस भाव का स्थान मातृभाव ने ले लिया था। इधर कुछ दिनों से वह एक गहरे सोच में डूबी हुई रहती थी। सगाई के दिन ज्यों-ज्यों निकट आते थे, उसका दिल बैठा जाता था। अपने जीवन में इतने बड़े परिवर्तन की कल्पना ही से उसका कलेजा दहल उठता था। जिसे बालक की भांति पाला-पोसा, उसे पति बनाते हुए लज्जा से उसका मुख लाल हो जाता था।

द्वार पर नगाड़ा बज रहा था। बिरादरी के लोग जमा थे। घर में गाना हो रहा था। आज सगाई की तिथि थी :

सहसा अनूपा ने जा कर सास से कहा—अम्मां मैं तो लाज के मारे मरी जा रही हूं।

सास ने भौंचक्की हो कर पूछा—क्यों बेटी, क्या है?

अनूपा—मैं सगाई न करूंगी।

सास—कैसी बात करती है बेटी? सारी तैयारी हो गयी। लोग सुनेंगे तो क्या कहेंगे?

अनूपा—जो चाहें कहें, जिनके नाम पर 14 बरस बैठी रही उसी के नाम पर अब भी बैठी रहूंगी। मैंने समझा था मरद के बिना औरत से रहा न जाता होगा। मेरी तो भगवान ने इज़्ज़त आबरू निबाह दी। जब नयी उम्र के दिन कट गये तो अब कौन चिन्ता है! वासुदेव की सगाई कोई लड़की खोजकर कर दो। जैसे अब तक उसे पाला, उसी तरह अब उसके बाल-बच्चों को पालूंगी।

एक आंच की कसर

सारे नगर में महाशय यशोदानन्द का बखान हो रहा था। नगर ही में नहीं, समस्त प्रांत में उनकी कीर्ति की जाती थी, समाचार पत्रों में टिप्पणियां हो रही थीं, मित्रों से प्रशंसापूर्ण पत्रों का तांता लगा हुआ था। समाज-सेवा इसको कहते हैं! उन्नत विचार के लोग ऐसा ही करते हैं। महाशय जी ने शिक्षित समुदाय का मुख उज्ज्वल कर दिया। अब कौन यह कहने का साहस कर सकता है कि हमारे नेता केवल बात के धनी हैं, काम के धनी नहीं हैं! महाशय जी चाहते तो अपने पुत्र के लिए उन्हें कम-से-कम बीस हजार रुपये दहेज में मिलते, उस पर खुशामद घाते में! मगर लाला साहब ने सिद्धांत के सामने धन की रत्ती बराबर परवा न की और अपने पुत्र का विवाह बिना एक पाई दहेज लिए स्वीकार किया। वाह! वाह! हिम्मत हो तो ऐसी हो, सिद्धांत-प्रेम हो तो ऐसा हो, आदर्श-पालन हो तो ऐसा हो। वाह रे सच्चे वीर, अपनी माता के सच्चे सपूत, तूने वह कर दिखाया जो कभी किसी ने न किया था। हम बड़े गर्व से तेरे सामने मस्तक नवाते हैं।

महाशय यशोदानन्द के दो पुत्र थे। बड़ा लड़का पढ़-लिख कर फाजिल हो चुका था। उसी का विवाह हो रहा था और जैसा हम देख चुके हैं, बिना कुछ दहेज लिये।

आज का तिलक था। शाहजहांपुर के महाशय स्वामीदयाल तिलक ले कर आने वाले थे। शहर के गणमान्य सज्जनों को निमन्त्रण दे दिये गये थे। वे लोग जमा हो गये थे। महफिल सजी हुई थी। एक प्रवीण सितारिया अपना कौशल दिखा कर लोगों को मुग्ध कर रहा था। दावत का सामान भी तैयार था? मित्रगण यशोदानन्द को बधाइयां दे रहे थे।

एक महाशय बोले—तुमने तो कमाल कर दिया!

दूसरे—कमाल! यह कहिए कि झण्डे गाड़ दिये। अब तक जिसे देखा मंच पर व्याख्यान झाड़ते ही देखा। जब काम करने का अवसर आता था तो लोग दुम

दबा लेते थे।

तीसरे—कैसे-कैसे बहाने गढ़े जाते हैं—साहब हमें तो दहेज से सख्त नफरत है। यह मेरे सिद्धांत के विरुद्ध है, पर करूं क्या, बच्चे की अम्मीजान नहीं मानतीं। कोई अपने बाप पर फेंकता है, कोई और किसी खुर्राट पर।

चौथे—अजी, कितने तो ऐसे बेहया हैं जो साफ-साफ कह देते हैं कि हमने लड़के की शिक्षा-दीक्षा में जितना खर्च किया है, वह हमें मिलना चाहिए। मानो उन्होंने यह रुपये किसी बैंक में जमा किये थे।

पांचवे—खूब समझ रहा हूं, आप लोग मुझ पर छींटे उड़ा रहे हैं। इसमें लड़के वालों का ही सारा दोष है या लड़की वालों का भी कुछ है।

पहले—लड़की वाले का क्या दोष है सिवा इसके कि वह लड़की का बाप है।

दूसरे—सारा दोष ईश्वर का जिसने लड़कियां पैदा कीं। क्यों?

पांचवे—मैं यह नहीं कहता। न सारा दोष लड़की वाले का है, न सारा दोष लड़के वालों का। दोनों ही दोषी हैं। अगर लड़की वाला कुछ न दे तो उसे यह शिकायत करने का तो कोई अधिकार नहीं है कि डाल क्यों नहीं लाये, सुन्दर जोड़े क्यों नहीं लाये, बाजे-गाजे पर धूमधाम के साथ क्यों नहीं आये? बताइए!

चौथे—हां, आपका यह प्रश्न गौर करने के लायक है। मेरी समझ में तो ऐसी दशा में लड़के के पिता से यह शिकायत न होनी चाहिए।

पांचवे—तो यों कहिए कि दहेज की प्रथा के साथ ही डाल, गहने और जोड़ों की प्रथा भी त्याज्य है। केवल दहेज को मिटाने का प्रयत्न करना व्यर्थ है।

यशोदानन्द—यह भी lame excuse[1] है। मैंने दहेज नहीं लिया है, लेकिन क्या डाल-गहने न ले जाऊंगा।

पहले—महाशय, आपकी बात निराली है। आप अपनी गिनती हम दुनिया वालों के साथ क्यों करते हैं? आपका स्थान तो देवताओं के साथ है।

दूसरा—20 हजार की रकम छोड़ दी? क्या बात है।

1—थोथी दलील

यशोदानन्द—मेरा तो यह निश्चय है कि हमें सदैव principles[1] पर स्थिर रहना चाहिए। principle[2] के सामने money[3] की कोई value[4] नहीं है। दहेज की कुप्रथा पर मैंने खुद कोई व्याख्यान नहीं दिया, शायद कोई नोट तक नहीं लिखा। हां, conference[5] में इस प्रस्ताव को second[6] कर चुका हूं और इसलिए मैं अपने को उस प्रस्ताव से बंधा हुआ पाता हूं। मैं उसे तोड़ना भी चाहूं तो आत्मा न तोड़ने देगी। मैं सत्य कहता हूं, यह रुपये ले लूं तो मुझे इतनी मानसिक वेदना होगी कि शायद मैं इस आघात से बच ही न सकूं।

पांचवें—अब की conference आपको सभापति न बनाये तो उसका घोर अन्याय है।

यशोदानन्द—मैंने अपनी duty[7] कर दी, उसका recognition[8] हो या न हो, मुझे इसकी परवा नहीं।

इतने में खबर हुई कि महाशय स्वामीदयाल आ पहुंचे। लोग उनका अभिवादन करने को तैयार हुए, उन्हें मसनद पर ला बिठाया और तिलक का संस्कार आरम्भ हो गया। स्वामीदयाल ने एक ढाक के पत्तल पर नारियल, सुपारी, चावल पान आदि वस्तुएं वर के सामने रखीं। ब्राह्मणों ने मंत्र पढ़े, हवन हुआ और वर के माथे पर तिलक लगा दिया गया। तुरन्त घर की स्त्रियों ने मंगलाचरण गाना शुरू किया। यहां महफिल में महाशय यशोदानंद ने एक चौकी पर खड़े होकर दहेज की कुप्रथा पर व्याख्यान देना शुरू किया। व्याख्यान पहले से लिखकर तैयार कर लिया गया था। उन्होंने दहेज की ऐतिहासिक व्याख्या की थी।

पूर्वकाल में दहेज का नाम भी न था। महाशयो! कोई जानता ही न था कि दहेज या ठहरौनी किस चिड़िया का नाम है। सत्य मानिए, कोई जानता ही न था कि ठहरौनी है क्या चीज, पशु या पक्षी, आसमान में या जमीन में, खाने में या पीने में। बादशाही जमाने में इस प्रथा की बुनियाद पड़ी। हमारे युवक सेनाओं में सम्मिलित होने लगे। यह वीर लोग थे, सेनाओं में जाना गर्व समझते थे। माताएं अपने दुलारों को अपने हाथ से शस्त्रों से सजा कर रणक्षेत्र में भेजती थीं। इस भांति युवकों की संख्या कम होने लगी और लड़कों का मोल-तोल शुरू हुआ। आज यह नौबत आ गयी है कि मेरी इस तुच्छ-महातुच्छ सेवा पर पत्रों में टिप्पणियां हो रही हैं मानो मैंने कोई असाधारण काम किया है। मैं कहता हूं; अगर आप संसार में जीवित रहना

1—सिद्धांतों। 2—सिद्धांत। 3—धन। 4—मूल्य।
5—सभा। 6—अनुमोदन। 7—कर्तव्य। 8—कदर।

चाहते हैं तो इस प्रथा का तुरन्त अन्त कीजिए।

एक महाशय ने शंका की—क्या इसका अन्त किये बिना हम सब मर जायेंगे?

यशोदानन्द—अगर ऐसा होता तो क्या पूछना था, लोगों को दंड मिल जाता और वास्तव में ऐसा होना चाहिए। यह ईश्वर का अत्याचार है कि ऐसे लोभी, धन पर गिरने वाले, बुर्दा-फरोश, अपनी संतान का विक्रय करने वाले नराधम जीवित हैं और सुखी हैं। समाज उनका तिरस्कार नहीं करता। मगर वह सब बुर्दा-फरोश हैं—इत्यादि।

व्याख्यान बहुत लम्बा और हास्य से भरा हुआ था। लोगों ने खूब वाह-वाह की। अपना वक्तव्य समाप्त करने के बाद उन्होंने अपने छोटे लड़के परमानन्द को, जिसकी अवस्था कोई 7 वर्ष की थी, मंच पर खड़ा किया। उसे उन्होंने एक छोटा-सा व्याख्यान लिखकर दे रखा था। दिखाना चाहते थे कि इस कुल के छोटे बालक भी कितने कुशाग्र-बुद्धि हैं। सभा-समाजों में बालकों से व्याख्यान दिलाने की प्रथा है ही, किसी को कुतूहल न हुआ। बालक बड़ा सुन्दर, होनहार, हंसमुख था। मुस्कराता हुआ मंच पर आया और जेब से एक कागज निकाल कर बड़े गर्व के साथ उच्च स्वर में पढ़ने लगा—

प्रिय बंधुवर,

नमस्कार!

आपके पत्र से विदित होता है कि आपको मुझ पर विश्वास नहीं है। मैं ईश्वर को साक्षी करके निवेदन करता हूं कि निर्दिष्ट धन आपकी सेवा में इतनी गुप्त रीति से पहुंचेगा कि किसी को लेशमात्र भी सन्देह न होगा। हां, केवल एक जिज्ञासा करने की धृष्टता करता हूं। इस व्यापार को गुप्त रखने से आपको जो सम्मान और प्रतिष्ठा-लाभ होगा और मेरे निकटवर्ती में मेरी जो निंदा की जाएगी, उसके उपलक्ष्य में मेरे साथ क्या रिआयत होगी? मेरा विनीत अनुरोध है कि 25 में से 5 निकालकर मेरे साथ न्याय किया जाय...।

महाशय यशोदानन्द घर में मेहमानों के लिए भोजन परसने का आदेश करने गये थे। निकले तो यह वाक्य उनके कानों में पड़ा—25 में से 5 निकालकर मेरे साथ न्याय कीजिए।' चेहरा फक हो गया, झपट कर लड़के के पास गये, कागज उसके हाथ से छीन लिया और बोले—नालायक, यह क्या पढ़ रहा

है, यह तो किसी मुवक्किल का खत है जो उसने अपने मुकदमे के बारे में लिखा था। यह तू कहां से उठा लाया, शैतान, जा वह कागज ला, जो तुझे लिखकर दिया गया था।

एक महाशय—पढ़ने दीजिए, इस तहरीर में जो लुत्फ है, वह किसी दूसरी तकरीर में न होगा।

दूसरे—जादू वह जो सिर पर चढ़ के बोले!

तीसरे—अब जलसा बरखास्त कीजिए। मैं तो चला।

चौथे—यहां भी चलतू हुए।

यशोदानन्द—बैठिए-बैठिए, पत्तल लगाये जा रहे हैं।

पहले—बेटा परमानन्द, जरा यहां तो आना, तुमने यह कागज कहां पाया?

परमानन्द—बाबू जी ही ने तो लिखकर अपने मेज के अन्दर रख दिया था। मुझसे कहा था कि इसे पढ़ना। अब नाहक मुझसे खफा हो रहे हैं।

यशोदानन्द—वह यह कागज था कि सुअर! मैंने तो मेज के ऊपर ही रख दिया था। तूने ड्राअर में से क्यों यह कागज निकाला?

परमानन्द—मुझे मेज पर नहीं मिला।

यशोदानन्द—तो मुझसे क्यों नहीं कहा, ड्राअर क्यों खोला? देखो, आज ऐसी खबर लेता हूं कि तुम भी याद करोगे।

पहले—यह आकाशवाणी है।

दूसरे—इस को लीडरी कहते हैं कि अपना उल्लू सीधा करो और नेकनाम भी बनो।

तीसरे—शरम आनी चाहिए। यह त्याग से मिलता है, धोखेधड़ी से नहीं।

चौथे—मिल तो गया था पर एक आंच की कसर रह गयी।

पांचवें—ईश्वर पाखंडियों को यों ही दण्ड देता है।

यह कहते हुए लोग उठ खड़े हुए। यशोदानन्द समझ गये कि भंडा फूट गया, अब रंग न जमेगा। बार-बार परमानन्द को कुपित नेत्रों से देखते थे और डंडा तौलकर रह जाते थे। इस शैतान ने आज जीती-जितायी बाजी खो दी, मुंह में कालिख लग गयी, सिर नीचा हो गया। गोली मार देने का काम किया है।

उधर रास्ते में मित्र-वर्ग यों टिप्पणियां करते जा रहे थे—

एक—ईश्वर ने मुंह में कैसी कालिमा लगायी कि हयादार होगा तो अब सूरत न दिखाएगा।

दूसरा—ऐसे-ऐसे धनी, मानी, विद्वान लोग ऐसे पतित हो सकते हैं। मुझे तो यही आश्चर्य है। लेना है तो खुले खजाने लो, कौन तुम्हारा हाथ पकड़ता है; यह क्या कि माल भी चुपके-चुपके उड़ाओ और यश भी कमाओ!

तीसरा—मक्कार का मुंह काला!

चौथा—यशोदानन्द पर दया आ रही है। बेचारे ने इतनी धूर्तता की, उस पर भी कलई खुल ही गयी। बस एक आंच की कसर रह गई।

माता का हृदय

माधवी की आंखों में सारा संसार अंधेरा हो रहा था। कोई अपना मददगार न दिखायी देता था। कहीं आशा की झलक न थी। उस निर्धन घर में वह अकेली पड़ी रोती थी और कोई आंसू पोंछने वाला न था। उसके पति को मरे हुए 22 वर्ष हो गये थे। घर में कोई सम्पत्ति न थी। उसने न-जाने किन तकलीफों से अपने बच्चे को पाल-पोस कर बड़ा किया था। वही जवान बेटा आज उसकी गोद से छीन लिया गया था और छीनने वाले कौन थे? अगर मृत्यु ने छीना होता तो वह सब्र कर लेती। मौत से किसी को द्वेष नहीं होता। मगर स्वार्थियों के हाथों यह अत्याचार असह्य हो रहा था। इस घोर संताप की दशा में उसका जी रह-रह कर इतना विफल हो जाता कि इसी समय चलूं और उस अत्याचारी से इसका बदला लूं जिसने उस पर यह निष्ठुर आघात किया है। मारूं या मर जाऊं। दोनों ही में संतोष हो जाएगा।

कितना सुन्दर, कितना होनहार बालक था! यही उसके पति की निशानी, उसके जीवन का आधार उसकी उम्र भर की कमाई थी। वही लड़का इस वक्त जेल में पड़ा न जाने क्या-क्या तकलीफें झेल रहा होगा! और उसका अपराध क्या था? कुछ नहीं। सारा मुहल्ला उस पर जान देता था। विद्यालय के अध्यापक उस पर जान देते थे। अपने-बेगाने सभी तो उसे प्यार करते थे। कभी उसकी कोई शिकायत सुनने ही में नहीं आयी। ऐसे बालक की माता होने पर अन्य माताएं उसे बधाई देती थीं। कैसा सज्जन, कैसा उदार, कैसा परमार्थी! खुद भूखों सो रहे मगर क्या मजाल कि द्वार पर आने वाले अतिथि को रूखा जवाब दे। ऐसा बालक क्या इस योग्य था कि जेल में जाता! उसका अपराध यही था, वह कभी-कभी सुनने वालों को अपने दुखी भाइयों का दुखड़ा सुनाया करता था। अत्याचार से पीड़ित प्राणियों की मदद के लिए हमेशा तैयार रहता था। क्या यही उसका अपराध था? दूसरों की सेवा करना भी अपराध है? किसी अतिथि को आश्रय देना भी अपराध है?

इस युवक का नाम आत्मानंद था। दुर्भाग्यवश उसमें वे सभी सद्गुण थे जो जेल का द्वार खोल देते हैं। वह निर्भीक था, स्पष्टवादी था, साहसी था, स्वदेश-प्रेमी था, निःस्वार्थ था, कर्तव्यपरायण था। जेल जाने के लिए इन्हीं गुणों की जरूरत है। स्वाधीन प्राणियों के लिए वे गुण स्वर्ग का द्वार खोल देते हैं, पराधीनों के लिए नरक के! आत्मानंद के सेवा-कार्य ने, उसकी वक्तृताओं ने और उसके राजनीतिक लेखों ने उसे सरकारी कर्मचारियों की नजरों में चढ़ा दिया था। सारा पुलिस-विभाग नीचे से ऊपर तक उससे सतर्क रहता था, सबकी निगाहें उस पर लगी रहती थीं। आखिर जिले में एक भयंकर डाके ने उन्हें इच्छित अवसर प्रदान कर दिया।

आत्मानंद के घर की तलाशी हुई, कुछ पत्र और लेख मिले, जिन्हें पुलिस ने डाके का बीजक सिद्ध किया। लगभग 20 युवकों की एक टोली फांस ली गयी। आत्मानंद इसका मुखिया ठहराया गया। शहादतें हुईं। इस बेकारी और गिरानी के जमाने में आत्मा से ज्यादा सस्ती और कौन वस्तु हो सकती है। बेचने को और किसी के पास रह ही क्या गया है। नाममात्र का प्रलोभन देकर अच्छी-से-अच्छी शहादतें मिल सकती हैं, और पुलिस के हाथ तो निकृष्ट-से-निकृष्ट गवाहियां भी देववाणी का महत्व प्राप्त कर लेती हैं। शहादतें मिल गयीं, महीने-भर तक मुकदमा चला, मुकदमा क्या चला एक स्वांग चलता रहा और सारे अभियुक्तों को सजाएं दे दी गयीं। आत्मानंद को सबसे कठोर दंड मिला 8 वर्ष का कठिन कारावास। माधवी रोज कचहरी जाती; एक कोने में बैठी सारी कार्रवाई देखा करती।

मानवी चरित्र कितना दुर्बल, कितना निर्दय, कितना नीच है, इसका उसे तब तक अनुमान भी न हुआ था। जब आत्मानंद को सजा सुना दी गयी और वह माता को प्रणाम करके सिपाहियों के साथ चला तो माधवी मूर्छित होकर जमीन पर गिर पड़ी। दो-चार दयालु सज्जनों ने उसे एक तांगे पर बैठाकर घर तक पहुंचाया। जब से वह होश में आयी है उसके हृदय में शूल-सा उठ रहा है। किसी तरह धैर्य नहीं होता। उस घोर आत्म-वेदना की दशा में अब अपने जीवन का एक लक्ष्य दिखायी देता है और वह इस अत्याचार का बदला है।

अब तक पुत्र उसके जीवन का आधार था। अब शत्रुओं से बदला लेना ही उसके जीवन का आधार होगा। जीवन में उसके लिए कोई आशा न थी। इस अत्याचार का बदला लेकर वह अपना जन्म सफल समझेगी। इस अभागे नर-पिशाच बागची ने जिस तरह उसे रक्त के आंसू रुलाये हैं उसी भांति यह

भी उसे रुलायेगी। नारी-हृदय कोमल है, लेकिन केवल अनुकूल दशा में; जिस दशा में पुरुष दूसरों को दबाता है, स्त्री शील और विनय की देवी हो जाती है। लेकिन जिसके हाथों में अपना सर्वनाश हो गया हो उसके प्रति स्त्री की पुरुष से कम घृणा और क्रोध नहीं होता। अंतर इतना ही है कि पुरुष शस्त्रों से काम लेता है, स्त्री कौशल से।

रात भीगती जाती थी और माधवी उठने का नाम न लेती थी। उसका दुःख प्रतिकार के आवेश में विलीन होता जाता था। यहां तक कि इसके सिवा उसे और किसी बात की याद ही न रही। उसने सोचा, कैसे यह काम होगा? कभी घर से नहीं निकली। वैधव्य के 22 साल इसी घर में कट गये; लेकिन अब निकलूंगी। 'जबरदस्ती निकलूंगी, भिखारिन बनूंगी, टहलनी बनूंगी, झूठ बोलूंगी, सब कुकर्म करूंगी। सत्कर्म के लिए संसार में स्थान नहीं। ईश्वर ने निराश होकर कदाचित् इसकी ओर से मुंह फेर लिया है। जभी तो यहां ऐसे-ऐसे अत्याचार होते हैं। और पापियों को दंड नहीं मिलता। अब इन्हीं हाथों से उसे दंड दूंगी।

2

संध्या का समय था। लखनऊ के एक सजे हुए बंगले में मित्रों की महफिल जमी हुई थी। गाना-बजाना हो रहा था। एक तरफ आतशबाजियां रखी हुई थीं। दूसरे कमरे में मेजों पर खाना चुना जा रहा था। चारों तरफ पुलिस के कर्मचारी नजर आते थे। वह पुलिस के सुपरिंटेंडेंट मिस्टर बागची का बंगला है। कई दिन हुए उन्होंने एक मार्के का मुकदमा जीता था। अफसरों ने खुश होकर उनकी तरक्की कर दी थी। और उसी की खुशी में यह उत्सव मनाया जा रहा था। यहां आये दिन ऐसे उत्सव होते रहते थे। मुफ्त के गवैये मिल जाते थे, मुफ्त की आतशबाजी; फल और मेवे और मिठाइयां आधे दामों पर बाजार से आ जाती थीं और चट दावत हो जाती थी। दूसरों के जहां सौ लगते, वहां इनका दस से काम चल जाता था। दौड़-धूप करने को सिपाहियों की फौज थी ही। और यह मार्के का मुकदमा क्या था? वह जिसमें निरपराध युवकों को बनावटी शहादत से जेल में ठूस दिया गया था।

गाना समाप्त होने पर लोग भोजन करने बैठे। बेगार के मजदूर और पल्लेदार जो बाजार से दावत और सजावट के सामान लाये थे, रोते या दिल में गालियां देते चले गये थे; पर एक बुढ़िया अभी तक द्वार पर बैठी हुई थी।

और अन्य मजदूरों की तरह वह भुनभुना कर काम न करती थी। हुक्म पाते ही खुश-दिल मजदूर की तरह दौड़-दौड़ कर हुक्म बजा लाती थी। यह माधवी थी, जो इस समय मजूरनी का वेष धारण करके अपना घातक संकल्प पूरा करने आयी थी।

मेहमान चले गये। महफिल उठ गयी। दावत का सामान समेट दिया गया। चारों ओर सन्नाटा छा गया; लेकिन माधवी अभी तक वहीं बैठी थी।

सहसा मिस्टर बागची ने पूछा—बुड्ढी तू यहां क्यों बैठी है? तुझे कुछ खाने को मिल गया?

माधवी—हां हजूर, मिल गया।

बागची—तो जाती क्यों नहीं?

माधवी—कहां जाऊं सरकार, मेरा कोई घर-द्वार थोड़े ही है। हुकुम हो तो यहीं पड़ी रहूं। पाव-भर आटे की परवस्ती हो जाय हुजूर।

बागची—नौकरी करेगी?

माधवी—क्यों न करूंगी सरकार, यही तो चाहती हूं।

बागची—लड़का खिला सकती है?

माधवी—हां हजूर, वह मेरे मन का काम है।

बागची—अच्छी बात है। तू आज ही से रह। जा, घर में देख, जो काम बतायें, वह कर।

3

एक महीना गुजर गया। माधवी इतना तन-मन से काम करती है कि सारा घर उससे खुश है। बहू जी का मिजाज बहुत ही चिड़चिड़ा है। वह दिन-भर खाट पर पड़ी रहती है और बात-बात पर नौकरों पर झल्लाया करती है। लेकिन माधवी उनकी घुड़कियों को भी सहर्ष सह लेती है। अब तक मुश्किल से कोई दाई एक सप्ताह से अधिक ठहरी थी। माधवी का कलेजा है कि जली-कटी सुनकर भी मुख पर मैल नहीं आने देती।

मिस्टर बागची के कई लड़के हो चुके थे, पर यही सबसे छोटा बच्चा बच रहा था। बच्चे पैदा तो हृष्ट-पुष्ट होते, किन्तु जन्म लेते ही उन्हें एक-न-एक रोग लग जाता था ओर कोई दो-चार महीने, कोई साल-भर जी कर चल देता था। मां-बाप दोनों इस शिशु पर प्राण देते थे। उसे जरा जुकाम भी हो तो दोनो विकल हो जाते।

स्त्री-पुरुष दोनो शिक्षित थे, पर बच्चे की रक्षा के लिए टोना-टोटका, दुआता-बीच, जंतर-मंतर एक से भी उन्हें इनकार न था।

माधवी से यह बालक इतना हिल गया कि एक क्षण के लिए भी उसकी गोद से न उतरता। वह कहीं एक क्षण के लिए चली जाती तो रो-रो कर दुनिया सिर पर उठा लेता। वह सुलाती तो सोता, वह दूध पिलाती तो पीता, वह खिलाती तो खेलता, उसी को वह अपनी माता समझता। माधवी के सिवा उसके लिए संसार में कोई अपना न था। बाप को तो वह दिन-भर में केवल दो-चार बार देखता और समझता यह कोई परदेशी आदमी है। मां आलस्य और कमजोरी के मारे गोद में लेकर टहल न सकती थी। उसे वह अपनी रक्षा का भार संभालने के योग्य न समझता था, और नौकर-चाकर उसे गोद में लेते तो इतनी बेदर्दी से कि उसके कोमल अंगों में पीड़ा होने लगती थी। कोई उसे ऊपर उछाल देता था, यहां तक कि अबोध शिशु का कलेजा मुंह को आ जाता था। उन सबों से वह डरता था। केवल माधवी थी जो उसके स्वभाव को समझती थी। वह जानती थी कि कब क्या करने से बालक प्रसन्न होगा। इसीलिए बालक को भी उससे प्रेम था।

माधवी ने समझा था, यहां कंचन बरसता होगा; लेकिन उसे देखकर कितना विस्मय हुआ कि बड़ी मुश्किल से महीने का खर्च पूरा पड़ता है। नौकरों से एक-एक पैसे का हिसाब लिया जाता था और बहुधा आवश्यक वस्तुएं भी टाल दी जाती थीं। एक दिन माधवी ने कहा—बच्चे के लिए कोई तेज गाड़ी क्यों नहीं मंगवा देतीं। गोद में उसकी बाढ़ मारी जाती है।

मिसेज बागजी ने कुंठित होकर कहा—कहां से मंगवा दूं? कम-से-कम 50-60 रुपये में आयेगी। इतने रुपये कहां हैं?

माधवी—मालकिन, आप भी ऐसा कहती हैं!

मिसेज बागची—झूठ नहीं कहती। बाबू जी की पहली स्त्री से पांच लड़कियां और हैं। सब इस समय इलाहाबाद के एक स्कूल में पढ़ रही हैं। बड़ी की उम्र 15-16 वर्ष से कम न होगी। आधा वेतन तो उधर ही चला जाता है। फिर उनकी शादी की भी तो फिक्र है। पांचों के विवाह में कम-से-कम 25 हजार लगेंगे। इतने रुपये कहां से आयेंगे। मैं चिंता के मारे मरी जाती हूं। मुझे कोई दूसरी बीमारी नहीं है केवल चिंता का रोग है।

माधवी—घूस भी तो मिलती है।

मिसेज बागची—बढी. ऐसी कमाई में बरकत नहीं होती। यही क्यों सच पूछो तो इसी घूस ने हमारी यह दुर्गति कर रखी है। क्या जानें औरों को कैसे हजम होती है। यहां तो जब ऐसे रुपये आते हैं तो कोई-न-कोई नुकसान भी अवश्य हो जाता है। एक आता है तो दो लेकर जाता है। बार-बार मना करती हूं, हराम की कौड़ी घर में न लाया करो, लेकिन मेरी कौन सुनता है।

बात यह थी कि माधवी को बालक से स्नेह होता जाता था। उसके अमंगल की कल्पना भी वह न कर सकती थी। वह अब उसी की नींद सोती और उसी की नींद जागती थी। अपने सर्वनाश की बात याद करके एक क्षण के लिए बागची पर क्रोध तो हो आता था और घाव फिर हरा हो जाता था; पर मन पर कुत्सित भावों का आधिपत्य न था। घाव भर रहा था, केवल ठेस लगने से दर्द हो जाता था। उसमें स्वयं टीस या जलन न थी। इस परिवार पर अब उसे दया आती थी। सोचती, बेचारे यह छीन-झपट न करें तो कैसे गुजर हो। लड़कियों का विवाह कहां से करेंगे! स्त्री को जब देखो बीमार ही रहती है। उन पर बाबू जी को एक बोतल शराब भी रोज चाहिए। यह लोग स्वयं अभागे हैं। जिसके घर में 5-5 क्वांरी कन्याएं हों, बालक हो-हो कर मर जाते हों, घरनी सदा बीमार रहती हो, स्वामी शराब का लती हो, उस पर तो यों ही ईश्वर का कोप है। इनसे तो मैं अभागिनी ही अच्छी!

4

दुर्बल बालकों के लिए बरसात बुरी बला है। कभी खांसी है, कभी ज्वर, कभी दस्त। जब हवा में ही शीत भरी हो तो कोई कहां तक बचाये। माधवी एक दिन अपने घर चली गयी थी। बच्चा रोने लगा तो मां ने एक नौकर को दिया, इसे बाहर बहला ला। नौकर ने बाहर ले जाकर हरी-हरी घास पर बैठा दिया। पानी बरस कर निकल गया था। भूमि गीली हो रही थी। कहीं-कहीं पानी भी जमा हो गया था। बालक को पानी में छपके लगाने से ज्यादा प्यारा और कौन खेल हो सकता है। खूब प्रेम से उमंग-उमंग कर पानी में लोटने लगा। नौकर बैठा और आदमियों के साथ गप-शप करता रहा। इस तरह घंटों गुजर गये बच्चे ने खूब सर्दी खायी। घर आया तो उसकी नाक बह रही थी। रात को माधवी ने आकर देखा तो बच्चा खांस रहा था। आधी रात के करीब उसके गले से खुरखुर की आवाज निकलने लगी। माधवी का कलेजा सन से हो गया। स्वामिनी को जगाकर

बोली—देखो तो बच्चे को क्या हो गया है। क्या सर्दी-वर्दी तो नहीं लग गयी। हां, सर्दी ही तो मालूम होती है।

स्वामिनी हकबका कर उठ बैठी और बालक की खुरखुराहट सुनी तो पांव तले जमीन निकल गयी। यह भयंकर आवाज उसने कई बार सुनी थी और उसे खूब पहचानती थी। व्यग्र होकर बोली—जरा आग जलाओ। थोड़ा-सा तंग आ गयी। आज कहार जरा देर के लिए बाहर ले गया था, उसी ने सर्दी में छोड़ दिया होगा।

सारी रात दोनों बालक को सेंकती रहीं। किसी तरह सवेरा हुआ। मिस्टर बागची को खबर मिली तो सीधे डाक्टर के यहां दौड़े। खैरियत इतनी थी कि जल्द एहतियात की गयी। तीन दिन में अच्छा हो गया; लेकिन इतना दुर्बल हो गया था कि उसे देखकर डर लगता था। सच पूछो तो माधवी की तपस्या ने बालक को बचाया। माता सोती, पिता सो जाता, किंतु माधवी की आंखों में नींद न थी। खाना-पीना तक भूल गयी। देवताओं की मनौतियां करती थी, बच्चे की बलाएं लेती थी, बिल्कुल पागल हो गयी थी, यह वही माधवी है जो अपने सर्वनाश का बदला लेने आयी थी। अपकार की जगह उपकार कर रही थी। विष पिलाने आयी थी, सुधा पिला रही थी। मनुष्य में देवता कितना प्रबल है!

प्रातःकाल का समय था। मिस्टर बागची शिशु के झूले के पास बैठे हुए थे। स्त्री के सिर में पीड़ा हो रही थी। वहीं चारपाई पर लेटी हुई थी और माधवी समीप बैठी बच्चे के लिए दूध गरम कर रही थी। सहसा बागची ने कहा—बूढ़ी, हम जब तक जियेंगे तुम्हारा यश गायेंगे। तुमने बच्चे को जिला लिया।

स्त्री—यह देवी बनकर हमारा कष्ट निवारण करने के लिए आ गयी। यह न होती तो न जाने क्या होता। बूढ़ी, तुमसे मेरी एक विनती है। यों तो मरना-जीना प्रारब्ध के हाथ है, लेकिन अपना-अपना पौरा भी बड़ी चीज है। मैं अभागिनी हूं। अबकी तम्हारे ही पण्य-प्रताप से बच्चा संभल गया। मुझे डर लग रहा है कि ईश्वर इसे हमारे हाथ से छीन न ले। सच कहती हूं बूढ़ी, मुझे इसको गोद में लेते डर लगता है। इसे तुम आज से अपना बच्चा समझो। तुम्हारा होकर शायद बच जाय। हम अभागे हैं, हमारा होकर इस पर नित्य कोई-न-कोई संकट आता रहेगा। आज से तुम इसकी माता हो जाओ। तुम इसे अपने घर ले जाओ। जहां चाहे ले जाओ, तुम्हारी गोद में देकर मुझे फिर कोई चिंता न रहेगी। वास्तव में तुम्हीं इसकी माता हो, मैं तो राक्षसी हूं।

माधवी—बहू जी, भगवान् सब कुशल करेंगे, क्यों जी इतना छोटा करती हो?

मिस्टर बागची—नहीं-नहीं बूढ़ी माता, इसमें कोई हरज नहीं है। मैं मस्तिष्क से तो इन बातों को ढकोसला ही समझता हूं; लेकिन हृदय से इन्हें दूर नहीं कर सकता। मुझे स्वयं मेरी माता जी ने एक धोबिन के हाथ बेच दिया था। मेरे तीन भाई मर चुके थे। मैं जो बच गया तो मां-बाप ने समझा बेचने से ही इसकी जान बच गयी। तुम इस शिशु को पालो-पोसो। इसे अपना पुत्र समझो। खर्च हम बराबर देते रहेंगे। इसकी कोई चिंता मत करना। कभी-कभी जब हमारा जी चाहेगा, आकर देख लिया करेंगे। हमें विश्वास है कि तुम इसकी रक्षा हम लोगों से कहीं अच्छी तरह कर सकती हो। मैं कुकर्मी हूं। जिस पेशे में हूं, उसमें कुकर्म किये बगैर काम नहीं चल सकता। झूठी शहादतें बनानी ही पड़ती हैं, निरपराधों को फंसाना ही पड़ता है। आत्मा इतनी दुर्बल हो गयी है कि प्रलोभन में पड़ ही जाता हूं। जानता हूं कि बुराई का फल बुरा ही होता है; पर परिस्थिति से मजबूर हूं। अगर न करूं तो आज नालायक बनाकर निकाल दिया जाऊं। अंग्रेज हजारों भूलें करें, कोई नहीं पूछता। हिंदुस्तानी एक भूल भी कर बैठे तो सारे अफसर उसके सिर हो जाते हैं। हिंदुस्तानियों को तो कोई बड़ा पद न मिले, वही अच्छा। पद पाकर तो उनकी आत्मा का पतन हो जाता है। उनको हिंदुस्तानियत का दोष मिटाने के लिए कितनी ही ऐसी बातें करनी पड़ती हैं जिनका अंग्रेज के दिल में कभी ख्याल ही नहीं पैदा हो सकता। तो बोलो, स्वीकार करती हो?

माधवी गद्गद् होकर बोली—बाबू जी, आपकी इच्छा है तो मुझसे भी जो कुछ बन पड़ेगा, आपकी सेवा कर दूंगी। भगवान् बालक को अमर करें, मेरी तो उनसे यही विनती है।

माधवी को ऐसा मालूम हो रहा था कि स्वर्ग के द्वार सामने खुले हैं और स्वर्ग की देवियां अंचल फैला-फैला कर आशीर्वाद दे रही हैं, मानो उसके अंतस्तल में प्रकाश की लहरें-सी उठ रही हैं। स्नेहमय सेवा में कितनी शांति थी।

बालक अभी तक चादर ओढ़े सो रहा था। माधवी ने दूध गरम हो जाने पर उसे झूले पर से उठाया, तो चिल्ला पड़ी। बालक की देह ठंडी हो गयी थी और मुंह पर वह पीलापन आ गया था जिसे देखकर कलेजा हिल जाता है, कंठ से आह निकल आती है और आंखों से आंसू बहने लगते हैं। जिसने इसे एक बार देखा है

फिर कभी नहीं भूल सकता। माधवी ने शिशु को गोद से चिपटा लिया, हालांकि नीचे उतार देना चाहिए था।

कुहराम मच गया। मां बच्चे को गले से लगाये रोती थी; पर उसे जमीन पर न सुलाती थी। क्या बातें हो रही थीं और क्या हो गया। मौत को धोखा देने में आनंद आता है। वह उस वक्त कभी नहीं आती जब लोग उसकी राह देखते होते हैं। रोगी जब संभल जाता है, जब वह पथ्य लेने लगता है, उठने-बैठने लगता है, घर-भर खुशियां मनाने लगता है, सबको विश्वास हो जाता है कि संकट टल गया, उस वक्त घात में बैठी हुई मौत सिर पर आ जाती है। यही उसकी निठुर लीला है।

आशाओं के बाग लगाने में हम कितने कुशल हैं। यहां हम रक्त के बीज बोकर सुधा के फल खाते हैं। अग्नि से पौधों को सींचकर शीतल छांह में बैठते हैं। हां, मंद बुद्धि।

दिन-भर मातम होता रहा; बाप रोता था, मां तड़पती थी और माधवी बारी-बारी से दोनों को समझाती थी। यदि अपने प्राण देकर वह बालक को जिला सकती तो इस समय अपना धन्य भाग समझती। वह अहित का संकल्प करके यहां आयी थी और आज जब उसकी मनोकामना पूरी हो गयी और उसे खुशी से फूला न समाना चाहिए था, उसे उससे कहीं घोर पीड़ा हो रही थी जो अपने पुत्र की जेल-यात्रा में हुई थी। रुलाने आयी थी और खुद रोती जा रही थी। माता का हृदय दया का आगार है। उसे जलाओ तो उसमें दया की ही सुगंध निकलती है, पीसो तो दया का ही रस निकलता है। वह देवी है। विपत्ति की क्रूर लीलाएं भी उस स्वच्छ निर्मल स्रोत को मलिन नहीं कर सकतीं।

परीक्षा

नादिरशाह की सेना में दिल्ली के कत्लेआम कर रखा है। गलियों में खुन की नदियां बह रही हैं। चारों तरफ हाहाकार मचा हुआ है। बाजार बंद है। दिल्ली के लोग घरों के द्वार बंद किये जान की खैर मना रहे हैं। किसी की जान सलामत नहीं है। कहीं घरों में आग लगी हुई है, कहीं बाजार लुट रहा है; कोई किसी की फरियाद नहीं सुनता। रईसों की बेगमें महलों से निकाली जा रही हैं और उनकी बेहुरमती की जाती है। ईरानी सिपाहियों की रक्त पिपासा किसी तरह नहीं बुझती। मानव हृदय की क्रूरता, कठोरता और पैशाचिकता अपना विकरालतम रूप धारण किये हुए है। इसी समय नादिरशाह ने बादशाही महल में प्रवेश किया।

दिल्ली उन दिनों भोग-विलास की केंद्र बनी हुई थी। सजावट और तकल्लुफ के सामानों से रईसों के भवन भरे रहते थे। स्त्रियों को बनाव-सिंगार के सिवा कोई काम न था। पुरुषों को सुख-भोग के सिवा और कोई चिंता न थी। राजनीति का स्थान शेरो-शायरी ने ले लिया था। समस्त प्रान्तों से धन खिंच-खिंच कर दिल्ली आता था। और पानी की भांति बहाया जाता था। वेश्याओं की चांदी थी। कहीं तीतरों के जोड़ होते थे, कहीं बटेरों और बुलबुलों की पालियां ठनती थीं। सारा नगर विलास-निद्रा में मग्न था। नादिरशाह शाही महल में पहुंचा तो वहां का सामान देखकर उसकी आंखें खुल गयीं। उसका जन्म दरिद्र-घर में हुआ था। उसका समस्त जीवन रणभूमि में ही कटा था। भोग-विलास का उसे चसका न लगा था। कहां रण-क्षेत्र के कष्ट और कहां यह सुख-साम्राज्य। जिधर आंख उठती थी, उधर से हटने का नाम न लेती थी।

संध्या हो गयी थी। नादिरशाह अपने सरदारों के साथ महल की सैर करता और अपनी पसंद की चीजों को बटोरता हुआ दीवाने-खास में आकर कारचोबी मसनद पर बैठ गया, सरदारों को वहां से चले जाने का हुक्म दे दिया, अपने सब हथियार खोलकर रख दिये और महल के दारोगा को बुलाकर हुक्म दिया—मैं

शाही बेगमों का नाच देखना चाहता हूं। तुम इसी वक्त उनको सुंदर वस्त्राभूषणों से सजाकर मेरे सामने लाओ। खबरदार, जरा भी देर न हो! मैं कोई उज्र या इनकार नहीं सुन सकता।

2

दारोगा ने यह नादिरशाही हुक्म सुना तो होश उड़ गये। वह महिलाएं जिन पर सूर्य की दृष्टि भी नहीं पड़ी कैसे इस मजलिस में आयेंगी! नाचने का तो कहना ही क्या! शाही बेगमों का इतना अपमान कभी न हुआ था। हा नरपिशाच! दिल्ली को खून से रंग कर भी तेरा चित्त शांत नहीं हुआ। मगर नादिरशाह के सम्मुख एक शब्द भी जबान से निकालना अग्नि के मुख में कूदना था। सिर झुकाकर आदाब बजा लाया और आकर रनिवास में सब बेगमों को नादिरशाही हुक्म सुना दिया; उसके साथ ही यह इत्तला भी दे दी कि जरा भी ताम्मुल न हो, नादिरशाह कोई उज्र या हीला न सुनेगा! शाही खानदान पर इतनी बड़ी विपत्ति कभी नहीं पड़ी; पर इस समय विजयी बादशाह की आज्ञा को शिरोधार्य करने के सिवा प्राण-रक्षा का अन्य कोई उपाय नहीं था।

बेगमों ने यह आज्ञा सुनी तो हतबुद्धि-सी हो गयीं। सारे रनिवास में मातम-सा छा गया। वह चहल-पहल गायब हो गयी। सैंकड़ों हृदयों से इस अत्याचारी के प्रति एक शाप निकल गया। किसी ने आकाश की ओर सहायता-याचक लोचनों से देखा, किसी ने खुदा और रसूल का सुमिरन किया; पर ऐसी एक महिला भी न थी जिसकी निगाह कटार या तलवार की तरफ गयी हो। यद्यपि इनमें कितनी ही बेगमों की नसों में राजपूतानियों का रक्त प्रवाहित हो रहा था; पर इंद्रियलिप्सा ने 'जौहर' की पुरानी आग ठंडी कर दी थी। सुख-भोग की लालसा आत्म-सम्मान का सर्वनाश कर देती है। आपस में सलाह करके मर्यादा की रक्षा का कोई उपाय सोचने की मुहलत न थी। एक-एक पल भाग्य का निर्णय कर रहा था। हताश होकर सभी ललनाओं ने पापी के सम्मुख जाने का निश्चय किया। आंखों से आंसू जारी थे, दिलों से आहें निकल रही थीं; पर रत्न-जटित आभूषण पहने जा रहे थे, अश्रु-सिंचित नेत्रों में सुरमा लगाया जा रहा था और शोक-व्यथित हृदयों पर सुगंध का लेप किया जा रहा था। कोई केश गूंथती थी, कोई मांगों में मोतियां पिरोती थी। एक भी ऐसे पक्के इरादे की स्त्री न थी, जो ईश्वर पर अथवा अपनी टेक पर, इस आज्ञा का उल्लंघन करने का साहस कर सके।

एक घंटा भी न गुजरने पाया था कि बेगमात पूरे-के-पूरे, आभूषणों से जगमगातीं, अपने मुख की कांति से बेले और गुलाब की कलियों को लजातीं, सुगंध की लपटें उड़ाती, छमछम करती हुईं दीवाने-खास में आकर नादिरशाह के सामने खड़ी हो गयीं।

3

नादिरशाह ने एक बार कनखियों से परियों के इस दल को देखा और तब मसनद की टेक लगाकर लेट गया। अपनी तलवार और कटार सामने रख दी। एक क्षण में उसकी आंखें झपकने लगीं। उसने एक अंगडाई ली और करवट बदल ली। जरा देर में उसके खर्राटों की आवाजें सुनायी देने लगीं। ऐसा जान पड़ा कि गहरी निद्रा में मग्न हो गया है। आध घंटे तक वह पड़ा सोता रहा और बेगमें ज्यों-की-त्यों सिर नीचा किये दीवार के चित्रों की भांति खड़ी रहीं। उनमें दो-एक महिलाएं जो ढीठ थीं, घूंघट की ओट से नादिरशाह को देख भी रही थीं और आपस में दबी जबान में कानाफूसी कर रही थीं—कैसा भयंकर स्वरूप है! कितनी रणोन्मत्त आंखें हैं! कितना भारी शरीर है! आदमी काहे को है, देव है।

सहसा नादिरशाह की आंखें खुल गयीं। परियों का दल पूर्ववत् खड़ा था। उसे जागते देखकर बेगमों ने सिर नीचे कर लिये और अंग समेट कर भेड़ों की भांति एक दूसरे से मिल गयीं। सबके दिल धड़क रहे थे कि अब यह जालिम नाचने-गाने को कहेगा, तब कैसे क्या होगा! खुदा इस जालिम से समझे! मगर नाचा तो न जायेगा। चाहे जान ही क्यों न जाय। इससे ज्यादा जिल्लत अब न सही जायगी।

सहसा नादिरशाह कठोर शब्दों में बोला—ऐ खुदा की बंदियो, मैंने तुम्हारा इम्तहान लेने के लिए बुलाया था और अफसोस के साथ कहना पड़ता है कि तुम्हारी निसबत मेरा जो गुमान था, वह हर्फ-ब-हर्फ सच निकला। जब किसी कौम की औरतों में गैरत नहीं रहती तो वह कौम मुरदा हो जाती है।

देखना चाहता था कि तुम लोगों में अभी कुछ गैरत बाकी है या नहीं। इसलिए मैंने तुम्हें यहां बुलाया था। मैं तुम्हारी बेहुरमती नहीं करना चाहता था। मैं इतना ऐश का बंदा नहीं हूं, वरना आज भेड़ों के गल्ले चराता होता। न इतना हवसपरस्त हूं, वरना आज फारस में सरोद और सितार की तानें सुनता होता, जिसका मजा मैं हिंदुस्तानी गाने से कहीं ज्यादा उठा सकता हूं। मुझे सिर्फ तुम्हारा

इम्तहान लेना था। मुझे यह देखकर सच्चा मलाल हो रहा है कि तुममें गैरत का जौहर बाकी न रहा। क्या यह मुमकिन न था कि तुम मेरे हुक्म को पैरों तले कुचल देतीं? जब तुम यहां आ गयीं तो मैंने तुम्हें एक और मौका दिया। मैंने नींद का बहाना किया। क्या यह मुमकिन न था कि तुममें से कोई खुदा की बंदी इस कटार को उठाकर मेरे जिगर में चुभा देती। मैं कलामेपाक की कसम खाकर कहता हूं कि तुममें से किसी को कटार पर हाथ रखते देखकर मुझे बेहद खुशी होती, मैं उन नाजुक हाथों के सामने गरदन झुका देता! पर अफसोस है कि आज तैमूरी खानदान की एक बेटी भी यहां ऐसी नहीं निकली जो अपनी हुरमत बिगाड़ने पर हाथ उठाती! अब यह सल्तनत जिंदा नहीं रह सकती। इसकी हस्ती के दिन गिने हुए हैं। इसका निशान बहुत जल्द दुनिया से मिट जाएगा। तुम लोग जाओ और हो सके तो अब भी सल्तनत को बचाओ वरना इसी तरह हवस की गुलामी करते हुए दुनिया से रुखसत हो जाओगी।

तेंतर

आखिर वही हुआ जिसकी आशंका थी; जिसकी चिंता में घर के सभी लोग और विशेषतः प्रसूता पड़ी हुई थी। तीन पुत्रों के पश्चात् कन्या का जन्म हुआ। माता सौर में सूख गयी, पिता बाहर आंगन में सूख गये, और पिता की वृद्ध माता सौर द्वार पर सूख गयीं। अनर्थ, महाअनर्थ भगवान् ही कुशल करें तो हो? यह पुत्री नहीं राक्षसी है। इस अभागिनी को इसी घर में आना था! आना था तो कुछ दिन पहले क्यों न आयी। भगवान् सातवें शत्रु के घर भी तेंतर का जन्म न दें:

पिता का नाम था पंडित दामोदरदत्त। शिक्षित आदमी थे। शिक्षा-विभाग ही में नौकर भी थे; मगर इस संस्कार को कैसे मिटा देते, जो परम्परा से हृदय में जमा हुआ था, कि तीसरे बेटे की पीठ पर होने वाली कन्या अभागिनी होती है, या पिता को लेती है या माता को, या अपने को। उनकी वृद्धा माता लगी नवजात कन्या को पानी पी-पी कर कोसने, कलमुही है, कलमुही! न जाने क्या करने आयी है यहां। किसी बांझ के घर जाती तो उसके दिन फिर जाते!

दामोदरदत्त दिल में तो घबराये हुए थे, पर माता को समझाने लगे—अम्मा तेंतर-बेंतर कुछ नहीं, भगवान् की इच्छा होती है, वही होता है। ईश्वर चाहेंगे तो सब कुशल ही होगा; गानेवालियों को बुला लो, नहीं लोग कहेंगे, तीन बेटे हुए तो कैसे फूली फिरती थी, एक बेटी हो गयी तो घर में कुहराम मच गया।

माता—अरे बेटा, तुम क्या जानो इन बातों को, मेरे सिर तो बीत चुकी है, प्राण नहों में समाया हुआ है। तेंतर ही के जन्म से तुम्हारे दादा का देहांत हुआ। तभी से तेंतर का नाम सुनते ही मेरा कलेजा कांप उठता है।

दामोदर—इस कष्ट के निवारण का भी कोई उपाय होगा?

माता—उपाय बताने को तो बहुत हैं, पंडित जी से पूछो तो कोई-न-कोई उपाय बता देंगे; पर इससे कुछ होता नहीं। मैंने कौन-से अनुष्ठान नहीं किये, पर पंडित जी की तो मुट्ठियां गरम हुईं, यहां जो सिर पर पड़ना था, वह पड़ ही गया।

अब टके के पंडित रह गये हैं, जजमान मरे या जिये उनकी बला से, उनकी दक्षिणा मिलनी चाहिए। (धीरे से) लड़की दुबली-पतली भी नहीं है। तीनों लड़कों से हृष्ट-पुष्ट है। बड़ी-बड़ी आंखें हैं, पतले-पतले लाल-लाल ओंठ हैं, जैसे गुलाब की पत्ती। गोरा-चिट्टा रंग है, लम्बी-सी नाक। कलमुही नहलाते समय रोयी भी नहीं, टुकुरटुकुर ताकती रही, यह सब लच्छन कुछ अच्छे थोड़े ही हैं।

दामोदरदत्त के तीनों लड़के सांवले थे, कुछ विशेष रूपवान भी न थे। लड़की के रूप का बखान सुनकर उनका चित्त कुछ प्रसन्न हुआ। बोले—अम्मा जी, तुम भगवान् का नाम लेकर गानेवालियों को बुला भेजो, गाना-बजाना होने दो। भाग्य में जो कुछ है, वह तो होगा ही।

माता—जी तो हुलसता नहीं, करूं क्या?

दामोदर—गाना न होने से कष्ट का निवारण तो होगा नहीं, कि हो जायगा? अगर इतने सस्ते जान छूटे तो न कराओ गाना।

माता—बुलाये लेती हूं बेटा, जो कुछ होना था वह तो हो गया। इतने में दाई ने सौर में से पुकार कर कहा—बहूजी कहती हैं गानावाना कराने का काम नहीं है।

माता—भला उनसे कहो चुप बैठी रहें, बाहर निकलकर मनमानी करेंगी, बारह ही दिन हैं बहुत दिन नहीं हैं; बहुत इतराती फिरती थीं—यह न करूंगी, वह न करूंगी, देवी क्या है, देवता क्या है, मरदों की बातें सुनकर वही रट लगाने लगी थीं, तो अब चुपके से बैठती क्यों नहीं। मैं तो तेंतर को अशुभ नहीं मानतीं, और सब बातों में मेमों की बराबरी करती हैं तो इस बात में भी करें।

यह कहकर माता जी ने नाइन को भेजा कि जाकर गानेवालियों को बुला ला, पड़ोस में भी कहती जाना।

सवेरा होते ही बड़ा लड़का सो कर उठा और आंखें मलता हुआ जाकर दादी से पूछने लगा—बड़ी अम्मा, कल अम्मा को क्या हुआ?

माता—लड़की तो हुई है।

बालक खुशी से उछलकर बोला—ओ-हो-हो पैजनियां पहन-पहन कर छुन-छुन चलेगी, जरा मुझे दिखा दो दादी जी!

माता—अरे क्या सौर में जायगा, पागल हो गया है क्या?

लड़के की उत्सुकता न मानी। सौर के द्वार पर जाकर खड़ा हो गया और बोला—अम्मा जरा बच्ची को मुझे दिखा दो।

दाई ने कहा—बच्ची अभी सोती है।

बालक—जरा दिखा दो, गोद में लेकर।

दाई ने कन्या उसे दिखा दी तो वहां से दौड़ता हुआ अपने छोटे भाइयों के पास पहुंचा और उन्हें जगा-जगा कर खुशखबरी सुनायी।

एक बोला—नन्ही-सी होगी।

बड़ा—बिलकुल नन्ही-सी! जैसी बड़ी गुड़िया! ऐसी गोरी है कि क्या किसी साहब की लड़की होगी। यह लड़की मैं लूंगा।

सबसे छोटा बोला—अमको बी दिका दो।

तीनों मिलकर लड़की को देखने आये और वहां से बगलें बजाते उछलते-कूदते बाहर आये।

बड़ा—देखा कैसी है!

मंझला—कैसे आंखें बंद किये पड़ी थी।

छोटा—इसे हमें तो देना।

बड़ा—खूब द्वार पर बारात आयेगी, हाथी, घोड़े, बाजे आतशबाजी। मंझला और छोटा ऐसे मग्न हो रहे थे मानो वह मनोहर दृश्य आंखों के सामने है, उनके सरल नेत्र मनोल्लास से चमक रहे थे।

मंझला बोला—फुलवारियां भी होंगी।

छोटा—अम बी पूल लेंगे!

2

छट्ठी भी हुई, बरही भी हुई, गाना-बजाना, खाना-खिलाना-देना-दिलाना सब-कुछ हुआ; पर रस्म पूरी करने के लिए, दिल से नहीं, खुशी से नहीं। लड़की दिन-दिन दुर्बल और अस्वस्थ होती जाती थी। मां उसे दोनों वक्त अफीम खिला देती और बालिका दिन और रात को नशे में बेहोश पड़ी रहती। जरा भी नशा उतरता तो भूख से विकल होकर रोने लगती! मां कुछ ऊपरी दूध पिलाकर अफीम खिला देती। आश्चर्य की बात तो यह थी कि अब की उसकी छाती में दूध नहीं उतरा। यों भी उसे दूध देर से उतरता था; पर लड़कों की बेर उसे नाना प्रकार की दूधवर्द्धक औषधियां खिलायी जाती, बार-बार शिशु को छाती से लगाया जाता, यहां तक कि दूध उतर ही आता था; पर अब की यह आयोजनाएं न की गयीं। फूल-सी बच्ची कुम्हलाती जाती थी। मां तो कभी उसकी ओर ताकती

भी न थी। हां, नाइन कभी चुटकियां बजाकर चुमकारती तो शिशु के मुख पर ऐसी दयनीय, ऐसी करुण वेदना अंकित दिखायी देती कि वह आंखें पोंछती हुई चली जाती थी। बहू से कुछ कहने-सुनने का साहस न पड़ता। बड़ा लड़का सिद्ध बार-बार कहता—अम्मा, बच्ची को दो तो बाहर से खेला लाऊं। पर मां उसे झिड़क देती थी।

तीन-चार महीने हो गये। दामोदरदत्त रात को पानी पीने उठे तो देखा कि बालिका जाग रही है। सामने ताख पर मीठे तेल का दीपक जल रहा था, लड़की टकटकी बांधे उसी दीपक की ओर देखती थी, और अपना अंगूठा चूसने में मग्न थी। चुभ-चुभ की आवाज आ रही थी। उसका मुख मुरझाया हुआ था, पर वह न रोती थी न हाथ-पैर फेंकती थी, बस अंगूठा पीने में ऐसी मग्न थी मानो उसमें सुधा-रस भरा हुआ है। वह माता के स्तनों की ओर मुंह भी नहीं फेरती थी, मानो उसका उन पर कोई अधिकार है नहीं, उसके लिए वहां कोई आशा नहीं। बाबू साहब को उस पर दया आयी। इस बेचारी का मेरे घर जन्म लेने में क्या दोष है? मुझ पर या इसकी माता पर कुछ भी पड़े, उसमें इसका क्या अपराध हैं? हम कितनी निर्दयता कर रहे हैं कि कुछ कल्पित अनिष्ट के कारण इसका इतना तिरस्कार कर रहे हैं। मानो कि कुछ अमंगल हो भी जाय तो क्या उसके भय से इसके प्राण ले लिये जायेंगे। अगर अपराधी है तो मेरा प्रारब्ध है। इस नन्हें-से बच्चे के प्रति हमारी कठोरता क्या ईश्वर को अच्छी लगती होगी? उन्होंने उसे गोद में उठा लिया और उसका मुख चूमने लगे। लड़की को कदाचित् पहली बार सच्चे स्नेह का ज्ञान हुआ। वह हाथ-पैर उछाल कर 'गू-गू' करने लगी और दीपक की ओर हाथ फैलाने लगी। उसे जीवन-ज्योति-सी मिल गयी।

प्रातःकाल दामोदरदत्त ने लड़की को गोद में उठा लिया और बाहर लाये। स्त्री ने बार-बार कहा—उसे पड़ी रहने दो। ऐसी कौन-सी बड़ी सुन्दर है, अभागिन रात-दिन तो प्राण खाती रहती है, मर भी नहीं जाती कि जान छूट जाय; किंतु दामोदरदत्त ने न माना। उसे बाहर लाये और अपने बच्चों के साथ बैठकर खेलाने लगे। उनके मकान के सामने थोड़ी-सी जमीन पड़ी हुई थी। पड़ोस के किसी आदमी की एक बकरी उसमें आकर चरा करती थी। इस समय भी वह चर रही थी। बाबू साहब ने बड़े लड़के से कहा—सिद्धू जरा उस बकरी को पकड़ो, तो इसे दूध पिलायें, शायद भूखी है बेचारी! देखो, तुम्हारी नन्ही-सी बहन है न? इसे रोज हवा में खेलाया करो।

सिद्धू को दिल्लगी हाथ आयी। उसका छोटा भाई भी दौड़ा। दोनों ने घेर कर बकरी को पकड़ा और उसका कान पकड़े हुए सामने लाये। पिता ने शिशु का मुंह बकरी के थन में लगा दिया। लड़की चुबलाने लगी और एक क्षण में दूध की धार उसके मुंह में जाने लगी, मानो टिमटिमाते दीपक में तेल पड़ जाये। लड़की का मुंह खिल उठा। आज शायद पहली बार उसकी क्षुधा तृप्त हुई थी। वह पिता की गोद में हुमक-हुमक कर खेलने लगी। लड़कों ने भी उसे खूब नचाया-कुदाया।

उस दिन से सिद्धू को मनोरंजन का एक नया विषय मिल गया। बालकों को बच्चों से बहुत प्रेम होता है। अगर किसी घोंसले में चिड़िया का बच्चा देख पायें तो बार-बार वहां जायेंगे। देखेंगे कि माता बच्चे को कैसे दाना चुगाती है। बच्चा कैसे चोंच खोलता है, कैसे दाना लेते समय परों को फड़फडा कर चें-चें करता है। आपस में बड़े गम्भीर भाव से उसकी चरचा करेंगे, अपने अन्य साथियों को ले जाकर उसे दिखायेंगे। सिद्ध ताक में लगा देता, कभी दिन में दो-दो तीन-तीन बार पिलाता। बकरी को भूसी चोकर खिलाकार ऐसा परचा लिया कि वह स्वयं चोकर के लोभ से चली आती और दूध देकर चली जाती। इस भांति कोई एक महीना गुजर गया, लड़की हृष्ट-पुष्ट हो गयी, मुख पुष्प के समान विकसित हो गया। आंखें जग उठीं, शिशुकाल की सरल आभा मन को हरने लगी।

माता उसको देख-देख कर चकित होती थी। किसी से कुछ कह तो न सकती; पर दिल में आशंका होती थी कि अब यह मरने की नहीं, हमीं लोगों के सिर जायेगी। कदाचित् ईश्वर इसकी रक्षा कर रहे हैं, जभी तो दिन-दिन निखरती आती है नहीं, अब तक ईश्वर के घर पहुंच गयी होती।

3

मगर दादी माता से कहीं ज्यादा चिंतित थीं। उसे भ्रम होने लगा कि वह बच्चे को खूब दूध पिला रही है, सांप को पाल रही है। शिशु की ओर आंख उठाकर भी न देखती। यहां तक कि एक दिन कह बैठी—लड़की का बड़ा छोह करती हो? हां भाई, मां हो कि नहीं, तुम न छोह करोगी तो करेगा कौन?

'अम्मा जी, ईश्वर जानते हैं जो मैं इसे दूध पिलाती होऊं?

'अरे तो मैं मना थोड़े ही करती हूं, मुझे क्या गरज पड़ी है कि मुफ्त में अपने ऊपर पाप लूं, कुछ मेरे सिर तो जायेगी नहीं।'

'अब आपको विश्वास ही न आये तो क्या करें?'

'मुझे पागल समझती हो, वह हवा पी-पी कर ऐसी हो रही है?'

'भगवान् जाने अम्मा, मुझे तो अचरज होता है।'

बहू ने बहुत निर्दोषिता जतायी; किंतु वृद्धा सास को विश्वास न आया। उसने समझा, वह मेरी शंका को निर्मूल समझती है, मानो मुझे इस बच्ची से कोई बैर है। उसके मन में यह भाव अंकुरित होने लगा कि इसे कुछ हो जाये तब यह समझे कि मैं झूठ नहीं कहती थी। वह जिन प्राणियों को अपने प्राणों से भी प्रिय समझती थी, उन्हीं लोगों की अमंगल कामना करने लगी, केवल इसलिए कि मेरी शंकाएं सत्य हो जायं। वह यह तो नहीं चाहती थी कि कोई मर जाय; पर इतना अवश्य चाहती थी कि किसी के बहाने से मैं चेता दूं कि देखा, तुमने मेरा कहा न माना, यह उसी का फल है। उधर सास की ओर से ज्यों-ज्यों यह द्वेष-भाव प्रकट होता था, बहू का कन्या के प्रति स्नेह बढ़ता था। ईश्वर से मनाती रहती थी कि किसी भांति एक साल कुशल से कट जाता तो इनसे पूछती। कुछ लड़की का भोला-भाला चेहरा, कुछ अपने पति का प्रेम-वात्सल्य देखकर भी उसे प्रोत्साहन मिलता था। विचित्र दशा हो रही थी, न दिल खोलकर प्यार ही कर सकती थी, न सम्पूर्ण रीति से निर्दय होते ही बनता था। न हंसते बनता था न रोते।

इस भांति दो महीने और गुजर गये और कोई अनिष्ट न हुआ। तब तो वृद्धा सास के पेट में चूहे दौड़ने लगे। बहू को दो-चार दिन ज्वर भी नहीं आ जाता कि मेरी शंका की मर्यादा रह जाये। पुत्र भी किसी दिन पैरगाड़ी पर से नहीं गिर पड़ता, न बहू के मैके ही से किसी के स्वर्गवास की सुनावनी आती है। एक दिन दामोदरदत्त ने खुले तौर पर कह भी दिया कि अम्मा, यह सब ढकोसला है, तेंतर लड़कियां क्या दुनिया में होती ही नहीं, तो सब के सब मां-बाप मर ही जाते हैं? अंत में उसने अपनी शंकाओं को यथार्थ सिद्ध करने की एक तरकीब सोच निकाली। एक दिन दामोदरदत्त स्कूल से आये तो देखा कि अम्मा जी खाट पर अचेत पड़ी हुई हैं, स्त्री अंगीठी में आग रखे उनकी छाती सेंक रही है और कोठरी के द्वार और खिड़कियां बंद हैं। घबरा कर कहा—अम्मा जी, क्या दशा है?

स्त्री—दोपहर ही से कलेजे में एक शूल उठ रहा है, बेचारी बहुत तड़प रही हैं।

दामोदर—मैं जाकर डॉक्टर साहब को बुला लाऊं न? देर करने से शायद रोग बढ़ जाय। अम्मा जी, अम्मा जी कैसी तबियत है?

माता ने आंखें खोलीं और कराहते हुए बोली—बेटा तुम आ गये? अब न

बचूंगी, हाय भगवान्, अब न बचूंगी। जैसे कोई कलेजे में बरछी चुभा रहा हो। ऐसी पीड़ा कभी न हुई थी। इतनी उम्र बीत गयी, ऐसी पीड़ा कभी न हुई।

स्त्री—यह कलमुही छोकरी न जाने किस मनहूस घड़ी में पैदा हुई।

सास—बेटा, सब भगवान करते हैं, यह बेचारी क्या जाने! देखो मैं मर जाऊं तो उसे कष्ट मत देना। अच्छा हुआ मेरे सिर आयी। किसी के सिर तो जाती ही, मेरे ही सिर सही। हाय भगवान, अब न बचूंगी।

दामोदर—जाकर डॉक्टर बुला लाऊं? अभ्भी लौटा आता हूं।

माता जी को केवल अपनी बात की मर्यादा निभानी थी, रुपये न खर्च कराने थे, बोली—नहीं बेटा, डॉक्टर के पास जाकर क्या करोगे? अरे, वह कोई ईश्वर है। डॉक्टर अमृत पिला देगा, दस-बीस वह भी ले जायेगा! डॉक्टर-वैद्य से कुछ न होगा। बेटा, तुम कपड़े उतारो, मेरे पास बैठकर भागवत पढ़ो। अब न बचूंगी, हाय राम!

दामोदर—तेंतर बुरी चीज है। मैं समझता था कि ढकोसला है।

स्त्री—इसी से मैं उसे कभी नहीं लगाती थी।

माता—बेटा, बच्चों को आराम से रखना, भगवान् तुम लोगों को सुखी रखे। अच्छा हुआ मेरे ही सिर गयी, तुम लोगों के सामने मेरा परलोक हो जायेगा। कहीं किसी दूसरे के सिर जाती तो क्या होता राम! भगवान् ने मेरी विनती सुन ली। हाय! हाय!!

दामोदरदत्त को निश्चय हो गया कि अब अम्मा न बचेंगी। बड़ा दुःख हुआ। उनके मन की बात होती तो वह मां के बदले तेंतर को न स्वीकार करते। जिस जननी ने जन्म दिया, नाना प्रकार के कष्ट झेलकर उनका पालन-पोषण किया, अकाल वैधव्य को प्राप्त होकर भी उनकी शिक्षा का प्रबंध किया, उसके सामने एक दुधमुही बच्ची का क्या मूल्य था, जिसके हाथ का एक गिलास पानी भी वह न जानते थे। शोकातुर हो कपड़े उतारे और मां के सिरहाने बैठकर भागवत की कथा सुनाने लगे।

रात को बहू भोजन बनाने चली तो सास से बोली—अम्मा जी, तुम्हारे लिए थोड़ा-सा साबूदाना छोड़ दूं?

माता ने व्यंग्य करके कहा—बेटी, अन्न बिना न मारो, भला साबूदाना मुझसे खाया जायेगा; जाओ, थोड़ी पूरियां छान लो। पड़े-पड़े जो कुछ इच्छा होगी, खा लूंगी, कचौरियां भी बना लेना। मरती हूं तो भोजन को तरस-तरस क्यों मरूं। थोड़ी

मलाई भी मंगवा लेना, चौक की हो। फिर थोड़े खाने आऊंगी बेटी। थोड़े-से केले मंगवा लेना, कलेजे के दर्द में केले खाने से आराम होता है।

भोजन के समय पीड़ा शांत हो गयी; लेकिन आध घंटे के बाद फिर जोर से होने लगी। आधी रात के समय कहीं जाकर उनकी आंख लगी। एक सप्ताह तक उनकी यही दशा रही, दिन-भर पड़ी कराहा करतीं, बस भोजन के समय जरा वेदना कम हो जाती। दामोदरदत्त सिरहाने बैठे पंखा झलते और मातृवियोग के आगत शोक से रोते। घर की महरी ने मुहल्ले-भर में एक खबर फैला दी; पड़ोसिनें देखने आयीं, तो सारा इलजाम बालिका के सिर गया।

एक ने कहा—यह तो कहो बड़ी कुशल हुई कि बुढ़िया के सिर गयी; नहीं तो तेंतर मां-बाप दो में से एक को लेकर तभी शांत होती है। दैव न करे कि किसी के घर तेंतर का जन्म हो।

दूसरी बोली—मेरे तो तेंतर का नाम सुनते ही रोयें खड़े हो जाते हैं। भगवान् बांझ रखे पर तेंतर न दे।

एक सप्ताह के बाद वृद्धा का कष्ट निवारण हुआ, मरने में कोई कसर न थी, वह तो कहो पुरुखाओं का पुण्य-प्रताप था। ब्राह्मणों को गोदान दिया गया। दुर्गा-पाठ हुआ, तब कहीं जाके संकट कटा।

नैराश्य

बाज आदमी अपनी स्त्री से इसलिए नाराज रहते हैं कि उसके लड़कियां ही क्यों होती हैं, लड़के क्यों नहीं होते। जानते हैं कि इनमें स्त्री का दोष नहीं है, या है तो उतना ही जितना मेरा, फिर भी जब देखिए स्त्री से रूठे रहते हैं, उसे अभागिनी कहते हैं और सदैव उसका दिल दुखाया करते हैं। निरुपमा उन्हीं अभागिनी स्त्रियों में थी और घमंडीलाल त्रिपाठी उन्हीं अत्याचारी पुरुषों में। निरुपमा के तीन बेटियां लगातार हुई थी और वह सारे घर की निगाहों से गिर गयी थी। सास-ससुर की अप्रसन्नता की तो उसे विशेष चिंता न थी, वे पुराने जमाने के लोग थे, जब लड़कियां गरदन का बोझ और पूर्वजन्मों का पाप समझी जाती थीं। हां, उसे दुःख अपने पतिदेव की अप्रसन्नता का था जो पढ़े-लिखे आदमी होकर भी उसे जली-कटी सुनाते रहते थे। प्यार करना तो दूर रहा, निरुपमा से सीधे मुंह बात न करते, कई-कई दिनों तक घर ही में न आते और आते तो कुछ इस तरह खिंचे-तने हुए रहते कि निरुपमा थर-थर कांपती रहती थी, कहीं गरज न उठे। घर में धन का अभाव न था; पर निरुपमा को कभी यह साहस न होता था कि किसी सामान्य वस्तु की इच्छा भी प्रकट कर सके। वह समझती थी, मैं यथार्थ में अभागिनी हूं, नहीं तो भगवान् मेरी कोख में लड़कियां ही रचते। पति की एक मृदु मुस्कान के लिए, एक मीठी बात के लिए उसका हृदय तड़प कर रह जाता था। यहां तक कि वह अपनी लड़कियों को प्यार करते हुए सकुचाती थी कि लोग कहेंगे, पीतल की नथ पर इतना गुमान करती है। जब त्रिपाठी जी के घर में आने का समय होता तो किसी-न-किसी बहाने से वह लड़कियों को उनकी आंखों से दूर कर देती थी। सबसे बड़ी विपत्ति यह थी कि त्रिपाठी जी ने धमकी दी थी कि अब की कन्या हुई तो घर छोड़कर निकल जाऊंगा, इस नरक में क्षण-भर न ठहरूंगा। निरुपमा को यह चिंता और भी खाये जाती थी।

वह मंगल का व्रत रखती थी, रविवार, निर्जला एकादसी और न जाने

कितने व्रत करती थी। स्नान-पूजा तो नित्य का नियम था; पर किसी अनुष्ठान से मनोकामना न पूरी होती थी। नित्य अवहेलनाा, तिरस्कार, उपेक्षा, अपमान सहते-सहते उसका चित्त संसार से विरक्त होता जाता था। जहां कान एक मीठी बात के लिए, आंखें एक प्रेम-दृष्टि के लिए, हृदय एक आलिंगन के लिए तरस कर रह जाये, घर में अपनी कोई बात न पूछे, वहां जीवन से क्यों न अरुचि हो जाय?

एक दिन घोर निराशा की दशा में उसने अपनी बड़ी भावज को एक पत्र लिखा। एक-एक अक्षर से असह्य वेदना टपक रही थी। भावज ने उत्तर दिया—तुम्हारे भैया जल्द तुम्हें विदा कराने जायेंगे। यहां आजकल एक सच्चे महात्मा आये हुए हैं जिनका आशीर्वाद कभी निष्फल नहीं जाता। यहां कई संतानहीन स्त्रियां उनके आशीर्वाद से पुत्रवती हो गयीं। पूर्ण आशा है कि तुम्हें भी उनका आशीर्वाद कल्याणकारी होगा।

निरुपमा ने यह पत्र पति को दिखाया। त्रिपाठी जी उदासीन भाव से बोले—सृष्टि-रचना महात्माओं के हाथ का काम नहीं, ईश्वर का काम है।

निरुपमा—हां, लेकिन महात्माओं में भी तो कुछ सिद्धि होती है।

घमंडीलाल—हां होती है, पर ऐसे महात्माओं के दर्शन दुर्लभ हैं।

निरुपमा—मैं तो इस महात्मा के दर्शन करूंगी।

घमंडीलाल—चली जाना।

निरुपमा—जब बांझिनों के लड़के हुए तो मैं क्या उनसे भी गयी-गुजरी हूं।

घमंडीलाल—कह तो दिया भाई चली जाना। यह करके भी देख लो। मुझे तो ऐसा मालूम होता है, पुत्र का मुख देखना हमारे भाग्य में ही नहीं है।

2

कई दिन बाद निरुपमा अपने भाई के साथ मैके गयी। तीनों पुत्रियां भी साथ थीं। भाभी ने उन्हें प्रेम से गले लगाकर कहा, तुम्हारे घर के आदमी बड़े निर्दयी हैं। ऐसी गुलाब-फूलों की-सी लड़कियां पाकर भी तकदीर को रोते हैं। ये तुम्हें भारी हों तो मुझे दे दो। जब ननद और भावज भोजन करके लेटीं तो निरुपमा ने पूछा—वह महात्मा कहां रहते हैं?

भावज—ऐसी जल्दी क्या है, बता दूंगी।

निरुपमा—है नगीच ही न?

भावज—बहुत नगीच। जब कहोगी, उन्हें बला दूंगी।

निरुपमा—तो क्या तुम लोगों पर बहुत प्रसन्न हैं?

भावज—दोनों वक्त यहीं भोजन करते हैं। यहीं रहते हैं।

निरुपमा—जब घर ही में वैद्य तो मरिये क्यों? आज मुझे उनके दर्शन करा देना।

भावज—भेंट क्या दोगी?

निरुपमा—मैं किस लायक हूं?

भावज—अपनी सबसे छोटी लड़की दे देना।

निरुपमा—-चलो, गाली देती हो।

भावज—अच्छा यह न सही, एक बार उन्हें प्रेमालिंगन करने देना।

निरुपमा—भाभी, मुझसे ऐसी हंसी करोगी तो मैं चली जाऊंगी।

भावज—वह महात्मा बड़े रसिया हैं।

निरुपमा—तो चूल्हे में जायं। कोई दुष्ट होगा।

भावज—उनका आशीर्वाद तो इसी शर्त पर मिलेगा। वह और कोई भेंट स्वीकार ही नहीं करते।

निरुपमा—तुम तो यों बातें कर रही हो मानो उनकी प्रतिनिधि हो।

भावज—हां, वह यह सब विषय मेरे ही द्वारा तय किया करते हैं। मैं भेंट लेती हूं। मैं ही आशीर्वाद देती हूं, मैं ही उनके हितार्थ भोजन कर लेती हूं।

निरुपमा—तो यह कहो कि तुमने मुझे बुलाने के लिए यह हीला निकाला है।

भावज—नहीं, उनके साथ ही तुम्हें कुछ ऐसे गुर बता दूंगी जिससे तुम अपने घर आराम से रहो।

इसके बाद दोनों सखियों में कानाफूसी होने लगी। जब भावज चुप हुई तो निरुपमा बोली—और जो कहीं फिर कन्या ही हुई तो?

भावज—तो क्या? कुछ दिन तो शांति और सुख से जीवन कटेगा। यह दिन तो कोई लौटा न लेगा। पुत्र हुआ तो कहना ही क्या, पुत्री हुई तो फिर कोई नयी युक्ति निकाली जायेगी। तुम्हारे घर के जैसे अक्ल के दुश्मनों के साथ ऐसी ही चालें चलने से गुजारा है।

निरुपमा—मुझे तो संकोच मालूम होता है।

भावज—त्रिपाठी जी को दो-चार दिन में पत्र लिख देना कि महात्मा जी

के दर्शन हुए और उन्होंने मुझे वरदान दिया है। ईश्वर ने चाहा तो उसी दिन से तुम्हारी मान-प्रतिष्ठा होने लगी। घमंडी दौड़े हुए आयेंगे और तुम्हारे ऊपर प्राण निछावर करेंगे। कम-से-कम साल भर तो चैन की वंशी बजाना। इसके बाद देखी जायेगी।

निरुपमा—पति से कपट करूं तो पाप न लगेगा?

भावज—ऐसे स्वार्थियों से कपट करना पुण्य है।

3

तीन-चार महीने के बाद निरुपमा अपने घर आयी। घमंडीलाल उसे विदा कराने गये थे। सलहज ने महात्मा जी का रंग और भी चोखा कर दिया। बोली—ऐसा तो किसी को देखा नहीं कि इस महात्मा जी ने वरदान दिया हो और वह पूरा न हो गया हो। हां, जिसका भाग्य फूट जाये उसे कोई क्या कर सकता है।

घमंडीलाल प्रत्यक्ष तो वरदान और आशीर्वाद की उपेक्षा ही करते रहे, इन बातों पर विश्वास करना आजकल संकोचजनक मालूम होता है; पर उनके दिल पर असर जरूर हुआ।

निरुपमा की खातिरदारियां होनी शुरू हुईं। जब वह गर्भवती हुई तो सबके दिलों में नयी-नयी आशाएं हिलोरें लेने लगी। सास जो उठते गाली और बैठते व्यंग्य से बातें करती थी अब उसे पान की तरह फेरती—बेटी, तुम रहने दो, मैं ही रसोई बना लूंगी, तुम्हारा सिर दुखने लगेगा। कभी निरुपमा कलसे का पानी या चारपाई उठाने लगती तो सास दौड़ती—बहू, रहने दो, मैं आती हूं, तुम कोई भारी चीज मत उठाया करो। लड़कियों की बात और होती है, उन पर किसी बात का असर नहीं होता, लड़के तो गर्भ ही में मान करने लगते हैं। अब निरुपमा के लिए दूध का उठौना किया गया, जिससे बालक पुष्ट और गोरा हो। घमंडीलाल वस्त्राभूषणों पर उतारू हो गये। हर महीने एक-न-एक नयी चीज लाते। निरुपमा का जीवन इतना सुखमय कभी न था। उस समय भी नहीं जब नवेली वधू थी।

महीने गुजरने लगे। निरूपमा को अनुभूत लक्षणों से विदित होने लगा कि यह कन्या ही है; पर वह इस भेद को गुप्त रखती थी। सोचती, सावन की धूप है, इसका क्या भरोसा जितनी चीज धूप में सुखानी हो सुखा लो, फिर तो घटा छायेगी ही। बात-बात पर बिगड़ती। वह कभी इतनी मानशीला न थी। पर घर में कोई चूं तक न करता कि कहीं बहू का दिल न दुखे, नहीं बालक को कष्ट होगा।

कभी-कभी निरुपमा केवल घरवालों को जलाने के लिए अनुष्ठान करती, उसे उन्हें जलाने में मजा आता था। वह सोचती, तुम स्वार्थियों को जितना जलाऊं उतना अच्छा! तुम मेरा आदर इसलिए करते हो न कि मैं बच्चा जनूंगी जो तुम्हारे कुल का नाम चलायेगा। मैं कुछ नहीं हूं, बालक ही सब-कुछ है। मेरा अपना कोई महत्व नहीं, जो कुछ है वह बालक के नाते। यह मेरे पति हैं! पहले इन्हें मुझसे कितना प्रेम था, तब इतने संसार-लोलुप न हुए थे। अब इनका प्रेम केवल स्वार्थ का स्वांग है। मैं भी पशु हूं जिसे दूध के लिए चारा-पानी दिया जाता है। खैर, यही सही, इस वक्त तो तुम मेरे काबू में आये हो! जितने गहने बन सकें बनवा लूं, इन्हें तो छीन न लोगे।

इस तरह दस महीने पूरे हो गये। निरुपमा की दोनों ननदें ससुराल से बुलायी गयीं। बच्चे के लिए पहले ही सोने के गहने बनवा लिये गये, दूध के लिए एक सुन्दर दुधार गाय मोल ले ली गयी, घमंडीलाल उसे हवा खिलाने को एक छोटी-सी सेजगाड़ी लाये। जिस दिन निरूपमा को प्रसव-वेदना होने लगी, द्वार पर पंडित जी मुहूर्त देखने के लिए बुलाये गये। एक मीरशिकार बंदूक छोड़ने को बुलाया गया, गायनें मंगल-गान के लिए बटोर ली गयीं। घर से तिल-तिल कर खबर मंगायी जाती थी. क्या हुआ? लेडी डॉक्टर भी बुलायी गयीं। बाजे वाले हुक्म के इंतजार में बैठे थे। पामर भी अपनी सारंगी लिये 'जच्चा मान करे नंदलाल सों' की तान सुनाने को तैयार बैठा था। सारी तैयारियां; सारी आशाएं, सारा उत्साह, सारा समारोह एक ही शब्द पर अवलम्बित था। ज्यों-ज्यों देर होती थी लोगों में उत्सुकता बढ़ती जाती थी। घमंडीलाल अपने मनोभावों को छिपाने के लिए एक समाचार-पत्र देख रहे थे, मानो उन्हें लड़का या लड़की दोनों ही बराबर हैं। मगर उनके बूढ़े पिता जी इतने सावधान न थे। उनकी बाछें खिली जाती थीं, हंस-हंस कर सबसे बात कर रहे थे और पैसों की एक थैली को बार-बार उछालते थे।

मीरशिकार ने कहा—मालिक से अबकी पगड़ी दुपट्टा लूंगा।

पिताजी ने खिलकर कहा—अबे कितनी पगड़ियां लेगा? इतनी बेभाव की दूंगा कि सर के बाल गंजे हो जायेंगे।

पामर बोला—सरकार अब की कुछ जीविका लूं।

पिताजी खिलकर बोले—अबे कितनी खायेगा; खिला-खिला कर पेट फाड़ दूंगा।

सहसा महरी घर में से निकली। कुछ घबरायी-सी थी। वह अभी कुछ बोलने

भी न पायी थी कि मीरशिकार ने बन्दूक फैर कर ही तो दी। बन्दूक छूटनी थी कि रोशन चौकी की तान भी छिड़ गयी, पामर भी कमर कसकर नाचने को खड़ा हो गया।

महरी—अरे तुम सब के सब भंग खा गये हो गया?

मीरशिकार—क्या हुआ?

महरी—हुआ क्या लड़की ही तो फिर हुई है?

पिता जी—लड़की हुई है?

यह कहते-कहते वह कमर थामकर बैठ गये मानो वज्र गिर पड़ा। घमंडीलाल कमरे से निकल आये और बोले—जाकर लेडी डॉक्टर से तो पूछ। अच्छी तरह देख न ले। देखा सुना, चल खड़ी हुई।

महरी—बाबूजी, मैंने तो आंखों देखा है!

घंमडीलाल—कन्या ही है?

पिता—हमारी तकदीर ही ऐसी है बेटा! जाओ रे सब के सब! तुम सभी के भाग्य में कुछ पाना न लिखा था तो कहां से पाते। भाग जाओ। सैंकड़ों रुपये पर पानी फिर गया, सारी तैयारी मिट्टी में मिल गयी।

घमंडीलाल—इस महात्मा से पूछना चाहिए। मैं आज डाक से जरा बचा की खबर लेता हूं।

पिता—धूर्त है, धूर्त!

घमंडीलाल—मैं उनकी सारी धूर्तता निकाल दूंगा। मारे डंडों के खोपड़ी न तोड़ दूं तो कहिएगा। चांडाल कहीं का! उसके कारण मेरे सैंकड़ों रुपये पर पानी फिर गया। यह सेजगाड़ी, यह गाय, यह पलना, यह सोने के गहने किसके सिर पटकूं। ऐसे ही उसने कितनों ही को ठगा होगा। एक दफा बचा की मरम्मत हो जाती तो ठीक हो जाते।

पिता जी—बेटा, उसका दोष नहीं, अपने भाग्य का दोष है।

घमंडीलाल—उसने क्यों कहा ऐसा नहीं होगा। औरतों से इस पाखंड के लिए कितने ही रुपये ऐंठे होंगे। वह सब उन्हें उगलना पड़ेगा, नहीं तो पुलिस में रपट कर दूंगा। कानून में पाखंड का भी तो दंड है। मैं पहले ही चौंका था कि हो न हो पाखंडी है; लेकिन मेरी सलहज ने धोखा दिया, नहीं तो मैं ऐसे पाजियों के पंजे में कब आने वाला था। एक ही सुअर है।

पिताजी—बेटा सब्र करो। ईश्वर को जो कुछ मंजूर था, वह हुआ। लड़का-लड़की दोनों ही ईश्वर की देन हैं, जहां तीन हैं वहां एक और सही।

पिता और पुत्र में तो यह बातें होती रहीं। पामर, मीरशिकार आदि ने अपने-

अपने डंडे संभाले और अपनी राह चले। घर में मातम-सा छा गया, लेडी डॉक्टर भी विदा कर दी गयी, सौर में जच्चा और दाई के सिवा कोई न रहा। वृद्धा माता तो इतनी हताश हुई कि उसी वक्त अटवास-खटवास लेकर पड़ रहीं।

जब बच्चे की बरही हो गयी तो घमंडीलाल स्त्री के पास गये और सरोष भाव से बोले—फिर लड़की हो गयी!

निरुपमा—क्या करूं, मेरा क्या बस?

घमंडलीलाल—उस पापी धूर्त ने बड़ा चकमा दिया।

निरुपमा—अब क्या कहें, मेरे भाग्य ही में न होगा, नहीं तो वहां कितनी ही औरतें बाबाजी को रात-दिन घेरे रहती थीं। वह किसी से कुछ लेते तो कहती कि धूर्त हैं, कसम ले लो जो मैंने एक कौड़ी भी उन्हें दी हो।

घमंडीलाल—उसने लिया या न लिया, यहां तो दिवाला निकल गया। मालूम हो गया तकदीर में पुत्र नहीं लिखा है। कुल का नाम डूबना ही है तो क्या आज डूबा, क्या दस साल बाद डूबा। अब कहीं चला जाऊंगा, गृहस्थी में कौन-सा सुख रखा है।

वह बहुत देर तक खड़े-खड़े अपने भाग्य को रोते रहे; पर निरुपमा ने सिर तक न उठाया।

निरुपमा के सिर फिर वही विपत्ति आ पड़ी, फिर वही ताने, वही अपमान, वही अनादर, वही छीछालेदर, किसी को चिंता न रहती कि खाती-पीती है या नहीं, अच्छी है या बीमार, दुखी है या सुखी। घमंडीलाल यद्यपि कहीं न गये, पर निरूपमा को यही धमकी प्रायः नित्य ही मिलती रहती थी। कई महीने यों ही गुजर गये तो निरूपमा ने फिर भावज को लिखा कि तुमने और भी मुझे विपत्ति में डाल दिया। इससे तो पहले ही भली थी। अब तो कोई बात भी नहीं पूछता कि मरती है या जीती है। अगर यही दशा रही तो स्वामी जी चाहे संन्यास लें या न लें, लेकिन मैं संसार को अवश्य त्याग दूंगी।

4

भाभी यह पत्र पाकर परिस्थिति समझ गयी। अबकी उसने निरुपमा को बुलाया नहीं, जानती थी कि लोग विदा ही न करेंगे, पति को लेकर स्वयं आ पहुंची। उसका नाम सुकेशी था। बड़ी मिलनसार, चतुर, विनोदशील स्त्री थी। आते ही आते निरुपमा की गोद में कन्या देखी तो बोली—अरे यह क्या?

सास—भाग्य है और क्या?

सुकेशी—भाग्य कैसा? इसने महात्मा जी की बातें भुला दी होंगी। ऐसा तो हो ही नहीं सकता कि वह मुंह से जो कुछ कह दें, वह न हो। क्यों जी, तुमने मंगल का व्रत रखा?

निरुपमा—बराबर, एक व्रत भी न छोड़ा।

सुकेशी—पांच ब्राह्मणों को मंगल के दिन भोजन कराती रही?

निरुपमा—यह तो उन्होंने नहीं कहा था।

सुकेशी—तुम्हारा सिर, मुझे खूब याद है, मेरे सामने उन्होंने बहुत जोर देकर कहा था। तुमने सोचा होगा, ब्राह्मणों को भोजन कराने से क्या होता है। यह न समझा कि कोई अनुष्ठान सफल नहीं होता जब तक विधिवत् उसका पालन न किया जाये।

सास—इसने कभी इसकी चर्चा ही नहीं की; नहीं, पांच क्या दस ब्राह्मणों को जिमा देती। तुम्हारे धर्म से कुछ कमी नहीं है।

सुकेशी—कुछ नहीं, भूल हो गयी और क्या। रानी, बेटे का मुंह यों देखना नसीब नहीं होता। बड़े-बड़े जप-तप करने पड़ते हैं, तुम मंगल के व्रत ही से घबरा गयीं?

सास—अभागिनी है और क्या?

घमंडीलाल—ऐसी कौन-सी बड़ी बातें थीं, जो याद न रहीं? वह हम लोगों को जलाना चाहती है।

सास—वही तो कहूं कि महात्मा की बात कैसे निष्फल हुई। यहां सात बरसों तक 'तुलसी माई' को दिया चढ़ाया, जब जा के बच्चे का जन्म हुआ।

घमंडलीलाल—इन्होंने समझा था दाल-भात का कौर है!

सुकेशी—खैर, अब जो हुआ सो हुआ। कल मंगल है, फिर व्रत रखो और अब की सात ब्राह्मणों को जिमाओ, देखें, कैसे महात्मा जी की बात नहीं पूरी होती।

घमंडीलाल—व्यर्थ है, इनके किये कुछ न होगा।

सुकेशी—बाबूजी, आप विद्वान् समझदार होकर इतना दिल छोटा करते हैं। अभी आपकी उम्र ही क्या है। कितने पुत्र लीजिएगा? नाकों दम न हो जाये तो कहिएगा।

सास—बेटी, दुध-पूत से भी किसी का मन भरा है।

सुकेशी—ईश्वर ने चाहा तो आप लोगों का मन भर जायेगा। मेरा तो भर गया।

घमंडीलाल—सुनती हो महारानी, अबकी कोई गोलमोल मत करना। अपनी भाभी से सब ब्योरा अच्छी तरह पूछ लेना।

सुकेशी—आप निश्चिंत रहें, मैं याद करा दूंगी; क्या भोजन करना होगा, कैसे रहना होगा, कैसे स्नान करना होगा, यह सब लिखा दूंगी और अम्मा जी, आज से अठारह मास बाद आपसे कोई भारी इनाम लूंगी।

सुकेशी एक सप्ताह यहां रही और निरुपमा को खूब सिखा-पढ़ा कर चली गयी।

5

निरुपमा का एकबाल फिर चमका, घमंडीलाल अबकी इतने आश्वासित हुए कि भविष्य ने भूत को भुला दिया। निरुपमा फिर बांदी से रानी हुई, सास फिर उसे पान की भांति फेरने लगी, लोग उसका मुंह जोहने लगे।

दिन गुजरने लगे, निरुपमा कभी कहती अम्मां जी, आज मैंने स्वप्न देखा कि वृद्ध स्त्री ने आकर मुझे पुकारा और एक नारियल देकर बोली, 'यह तुम्हें दिये जाती हूं; कभी कहती, 'अम्मां जी, अबकी न जाने क्यों मेरे दिल में बड़ी-बड़ी उमंगें पैदा हो रही हैं, जी चाहता है खूब गाना सुनूं, नदी में खूब स्नान करूं, हरदम नशा-सा छाया रहता है।' सास सुनकर मुस्कराती और कहती—बहू, ये शुभ लक्षण हैं।

निरुपमा चुपके-चुपके माजूर मंगाकर खाती और अपने असल नेत्रों से ताकते हुए घमंडीलाल से पूछती—मेरी आंखें लाल हैं क्या?

घमंडीलाल खुश होकर कहते—मालूम होता है, नशा चढ़ा हुआ है। ये शुभ लक्षण हैं।

निरुपमा को सुगंधों से कभी इतना प्रेम न था, फूलों के गजरों पर अब वह जान देती थी।

घमंडीलाल अब नित्य सोते समय उसे महाभारत की वीर कथाएं पढ़कर सुनाते, कभी गुरू गोविंदसिंह की कीर्ति का वर्णन करते। अभिमन्यु की कथा से निरूपमा को बड़ा प्रेम था। पिता अपने आने वाले पुत्र को वीर-संस्कारों से परिपूरित कर देना चाहता था।

एक दिन निरुपमा ने पति से कहा—नाम क्या रखोगे?

घमंडीलाल—यह तो तुमने खूब सोचा। मुझे तो इसका ध्यान ही न रहा।

ऐसा नाम होना चाहिए जिससे शौर्य और तेज टपके। सोचो कोई नाम।

दोनों प्राणी नामों की व्याख्या करने लगे। जोरावरलाल से लेकर हरिश्चन्द्र तक सभी नाम गिनाये गये, पर उस असामान्य बालक के लिए कोई नाम न मिला। अंत में पति ने कहा तेगबहादुर कैसा नाम है।

निरुपमा—बस-बस, यही नाम मुझे पसन्द है?

घमंडी लाल—नाम तो बढ़िया है। तेगबहादुर की कीर्ति सुन ही चुकी हो। नाम का आदमी पर बड़ा असर होता है।

निरुपमा—नाम ही तो सब-कुछ है। दमड़ी, छकौड़ी, घुरहू, कतवारू, जिसके नाम देखे उसे भी 'यथा नाम तथा गुण' ही पाया। हमारे बच्चे का नाम होगा तेग-बहादुर।

6

प्रसव-काल आ पहुंचा। निरुपमा को मालूम था कि क्या होने वाली है; लेकिन बाहर मंगलाचरण का पूरा सामान था। अबकी किसी को लेशमात्र भी संदेह न था। नाच, गाने का प्रबंध भी किया गया था। एक शामियाना खड़ा किया गया था और मित्रगण उसमें बैठे खुश-गप्पियां कर रहे थे। हलवाई कड़ाह से पूरियां और मिठाइयां निकाल रहा था। कई बोरे अनाज के रखे हुए थे कि शुभ समाचार पाते ही भिक्षुकों को बांटे जायें। एक क्षण का भी विलम्ब न हो, इसलिए बोरों के मुंह खोल दिये गये थे।

लेकिन निरुपमा का दिल प्रतिक्षण बैठा जाता था। अब क्या होगा? तीन साल किसी तरह कौशल से कट गये और मजे में कट गये, लेकिन अब विपत्ति सिर पर मंडरा रही है। हाय! कितनी परवशता है! निरपराध होने पर भी यही दंड! अगर भगवान् की इच्छा है कि मेरे गर्भ से कोई पुत्र न जन्म ले तो मेरा क्या दोष! लेकिन कौन सुनता है। मैं ही अभागिनी हूं, मैं ही त्याज्य हूं, मैं ही कलमुंही हूं, इसीलिए न कि परवश हूं! क्या होगा? अभी एक क्षण में यह सारा आनंदोत्सव शोक में डूब जायेगा, मुझ पर बौछारें पड़ने लगेंगी, भीतर से बाहर तक मुझी को कोसेंगे, सास-ससुर का भय नहीं, लेकिन स्वामी जी शायद फिर मेरा मुंह न देखें, शायद निराश होकर घर-बार त्याग दें। चारों तरफ अमंगल ही अमंगल है। मैं अपने घर की, अपनी संतान की दुर्दशा देखने के लिए क्यों जीवित हूं। कौशल बहुत हो चुका, अब उससे कोई आशा नहीं। मेरे दिल में कैसे-कैसे अरमान थे। अपनी प्यारी बच्चियों का लालन-पालन करती, उन्हें

ब्याहती, उनके बच्चों को देखकर सुखी होती। पर आह! यह सब अरमान झाक में मिले जाते हैं। भगवान्! तुम्हीं अब इनके पिता हो, तुम्हीं इनके रक्षक हो। मैं तो अब जाती हूं।

लेडी डॉक्टर ने कहा—वेल! फिर लड़की है।

भीतर-बाहर कुहराम मच गया, पिट्ट पड़ गयी। घमंडीलाल ने कहा—जहन्नुम में जाये ऐसी जिंदगी, मौत भी नहीं आ जाती!

उनके पिता भी बोले—अभागिनी है, वज्र अभागिनी!

भिक्षुकों ने कहा—रोओ अपनी तकदीर को, हम कोई दूसरा द्वार देखते हैं।

अभी यह शोकाद्गार शांत न होने पाया था कि लेडी डॉक्टर ने कहा मां का हाल अच्छा नहीं है। वह अब नहीं बच सकती। उसका दिल बंद हो गया है।

दण्ड

संध्या का समय था। कचहरी उठ गयी थी। अहलकार और चपरासी जेबें खनखनाते घर जा रहे थे। मेहतर कूड़े टटोल रहा था कि शायह कहीं पैसे मिल जायें। कचहरी के बरामदों में सांडों ने वकीलों की जगह ले ली थी। पेड़ों के नीचे मुहर्रिरों की जगह कुत्ते बैठे नजर आते थे। इसी समय एक बूढ़ा आदमी, फटे-पुराने कपड़े पहने, लाठी टेकता हुआ, जंट साहब के बंगले पर पहुंचा और सायबान में खड़ा हो गया। जंट साहब का नाम था मिस्टर जी० सिनहा। अरदली ने दूर ही से ललकारा—कौन सायबान में खड़ा है? क्या चाहता है।

बूढ़ा—गरीब बाम्हन हूं भैया, साहब से भेंट होगी?

अरदली—साहब तुम जैसों से नहीं मिला करते।

बूढ़े ने लाठी पर अकड़ कर कहा—क्यों भाई, हम खड़े हैं या डाकू-चोर हैं कि हमारे मुंह में कुछ लगा हुआ है?

अरदली—भीख मांग कर मुकदमा लड़ने आये होंगे?

बूढ़ा—तो कोई पाप किया है? अगर घर बेचकर मुकदमा नहीं लड़ते तो कुछ बुरा करते हैं? यहां तो मुकदमा लड़ते-लड़ते उमर बीत गयी; लेकिन घर का पैसा नहीं खरचा। मियां की जूती मियां का सिर करते हैं। दस भलेमानसों से मांग कर एक को दे दिया। चलो छुट्टी हुई। गांव भर नाम से कांपता है। किसी ने जरा भी टिर-पिर की और मैंने अदालत में दावा दायर किया।

अरदली—किसी बड़े आदमी से पाला नहीं पड़ा अभी?

बूढ़ा—अजी, कितने ही बड़ों को बड़े घर भिजवा दिया, तुम हो किस फेर में। हाई-कोर्ट तक जाता हूं सीधा। कोई मेरे मुंह क्या आयेगा बेचारा! गांठ से तो कौड़ी जाती नहीं, फिर डरें क्यों? जिसकी चीज पर दांत लगाये, अपना करके छोड़ा। सीधे न दिया तो अदालत में घसीट लाये और रगेद-रगेद कर मारा, अपना क्या बिगड़ता है? तो साहब से इत्तला करते हो कि मैं ही पुकारूं?

अरदली ने देखा; यह आदमी यों टलनेवाला नहीं तो जाकर साहब से उसकी इत्तला की। साहब ने हुलिया पूछा और खुश होकर कहा—फौरन बुला लो।

अरदली—हजूर, बिलकुल फटेहाल है।

साहब—गुदड़ी ही में लाल होते हैं। जाकर भेज दो।

मिस्टर सिनहा अधेड़ आदमी थे, बहुत ही शांत, बहुत ही विचारशील। बातें बहुत कम करते थे। कठोरता और असभ्यता, जो शासन की अंग समझी जाती हैं, उनको छू भी नहीं गयी थी। न्याय और दया के देवता मालूम होते थे। डील-डौल देवों का-सा था और रंग आबनूस का-सा। आराम-कुर्सी पर लेटे हुए पेचवान पी रहे थे। बूढ़े ने जाकर सलाम किया।

सिनहा—तुम हो जगत पांडे! आओ बैठो। तुम्हारा मुकदमा तो बहुत ही कमजोर है। भले आदमी, जाल भी न करते बना?

जगत—ऐसा न कहें हजूर, गरीब आदमी हूं, मर जाऊंगा।

सिनहा—किसी वकील मुख्तार से सलाह भी न ले ली?

जगत—अब तो सरकार की सरन में आया हूं।

सिनहा—सरकार क्या मिसिल बदल देंगे; या नया कानून गढ़ेंगे? तुम गच्चा खा गये। मैं कभी कानून के बाहर नहीं जाता। जानते हो न अपील से कभी मेरी तजवीज रद्द नहीं होती?

जगत—बड़ा धरम होगा सरकार! (सिनहा के पैरों पर गिन्नियों की एक पोटली रखकर) बड़ा दुखी हूं सरकार!

सिनहा—(मुस्करा कर) यहां भी अपनी चालबाजी से नहीं चूकते? निकालो अभी और, ओस से प्यास नहीं बुझती। भला दहाई तो पूरा करो। .

जगत—बहुत तंग हूं दीनबंधु!

सिनहा—डालो-डालो कमर में हाथ। भला कुछ मेरे नाम की लाज तो रखो।

जगत—लुट जाऊंगा सरकार!

सिनहा—लुटें तुम्हारे दुश्मन, जो इलाका बेचकर लड़ते हैं। तुम्हारे जजमानों का भगवान भला करे, तुम्हें किस बात की कमी है।

मिस्टर सिनहा इस मामले में जरा भी रियायत न करते थे। जगत ने देखा कि यहां काइयांपन से काम न चलेगा तो चुपके से 5 गिन्नियां और निकालीं। लेकिन

उन्हें मिस्टर सिनहा के पैरों पर रखते समय उसकी आंखों से खून निकल आया। यह उसकी बरसों की कमाई थी। बरसों पेट काटकर,तन जलाकर, मन बांधकर, झूठी गवाहियां देकर उसने यह थाती संचय कर पायी थी। उसका हाथों से निकलना प्राण निकलने से कम दुखदायी न था।

जगत पांडे के चले जाने के बाद, कोई 9 बजे रात को, जंट साहब के बंगले पर एक तांगा आकर रुका और उस पर से पंडित सत्यदेव उतरे जो राजा साहब शिवपुर के मुख्तार थे।

मिस्टर सिनहा ने मुस्कराकर कहा—आप शायद अपने इलाके में गरीबों को न रहने देंगे। इतना जुल्म!

सत्यदेव—गरीब परवर, यह कहिए कि गरीबों के मारे अब इलाके में हमारा रहना मुश्किल हो रहा है। आप जानते हैं, सीधी उंगली से घी नहीं निकलता। जमींदार को कुछ-न-कुछ सख्ती करनी ही पड़ती है, मगर अब यह हाल है कि हमने जरा चूं भी की तो उन्हीं गरीबों की त्योरियां बदल जाती हैं। सब मुफ्त में जमीन जोतना चाहते हैं। लगान मांगिये तो फौजदारी का दावा करने को तैयार! अब इसी जगत पांडे को देखिए, गंगा कसम है हुजूर, सरासर झूठा दावा है। हुजूर से कोई बात छिपी तो रह नहीं सकती। अगर जगत पांडे यह मुकदमा जीत गया तो हमें बोरिया-बंधना छोड़कर भागना पड़ेगा। अब हुजूर ही बसाएं तो बस सकते हैं। राजा साहब ने हुजूर को सलाम कहा है और अर्ज की है कि इस मामले में जगत पांडे की ऐसी खबर लें कि वह भी याद करे।

मिस्टर सिनहा ने भवें सिकोड़ कर कहा—कानून मेरे घर तो नहीं बनता?

सत्यदेव—आपके हाथ में सब कुछ है।

यह कहकर गिन्नियों की एक गड्डी निकाल कर मेज पर रख दी। मिस्टर सिनहा ने गड्डी को आंखों से गिनकर कहा—इन्हें मेरी तरफ से राजा साहब को नजर कर दीजिएगा। आखिर आप कोई वकील तो करेंगे। उसे क्या दीजिएगा?

सत्यदेव—यह तो हुजूर के हाथ में है। जितनी ही पेशियां होंगी उतना ही खर्च भी बढ़ेगा।

सिनहा—मैं चाहूं तो महीनों लटका सकता हूं।

सत्यदेव—हां, इससे कौन इनकार कर सकता है।

सिनहा—पांच पेशियां भी हुयीं तो आपके कम से कम एक हजार उड़ जायेंगे। आप यहां उसका आधा पूरा कर दीजिए तो एक ही पेशी में वारा-न्यारा हो

जाए। आधी रकम बच जाय।

सत्यदेव ने 10 गिन्नियां और निकाल कर मेज पर रख दीं और घमंड के साथ बोले—हुक्म हो तो राजा साहब से कह दूं, आप इत्मीनान रखें, साहब की कृपादृष्टि हो गयी है।

मिस्टर सिनहा ने तीव्र स्वर में कहा 'जी नहीं, यह कहने की जरूरत नहीं। मैं किसी शर्त पर यह रकम नहीं ले रहा। मैं करूंगा वही जो कानून की मंशा होगी। कानून के खिलाफ जौ-भर भी नहीं जा सकता। यही मेरा उसूल है। आप लोग मेरी खातिर करते हैं, यह आपकी शराफत है। उसे अपना दुश्मन समझूंगा जो मेरा ईमान खरीदना चाहे। मैं जो कुछ लेता हूं, सच्चाई का इनाम समझ कर लेता हूं।'

2

जगत पांडे को पूरा विश्वास था कि मेरी जीत होगी, लेकिन तजबीज सुनी तो होश उड़ गये! दावा खारिज हो गया! उस पर खर्च की चपत अलग। मेरे साथ यह चाल! अगर लाला साहब को इसका मजा न चखा दिया, तो बाम्हन नहीं। हैं किस फेर में? सारा रोब भुला दूंगा। वहां गाढ़ी कमाई के रुपये हैं। कौन पचा सकता है? हाड़ फोड़-फोड़ कर निकलेंगे। द्वार पर सिर पटक-पटक कर मर जाऊंगा।

उसी दिन संध्या को जगत पांड़े ने मिस्टर सिनहा के बंगले के सामने आसन जमा दिया। वहां बरगद का घना वृक्ष था। मुकदमेवाले वहीं सत्तू, चबेना खाते और दोपहरी उसी की छांह में काटते थे। जगत पांड़े उनसे मिस्टर सिनहा की दिल खोलकर निंदा करता। न कुछ खाता न पीता, बस लोगों को अपनी रामकहानी सुनाया करता। जो सुनता वह जंट साहब को चार खोटी-खरी कहता—आदमी नहीं पिशाच है, इसे तो ऐसी जगह मारे जहां पानी न मिले। रुपये के रुपये लिए, ऊपर से खरचे समेत डिग्री कर दी! यही करना था तो रुपये काहे को निगले थे? यह है हमारे भाई-बंदों का हाल। यह अपने कहलाते हैं! इनसे तो अंग्रेज ही अच्छे। इस तरह की आलोचनाएं दिन-भर हुआ करतीं। जगत पांड़े के आस-पास आठों पहर जमघट लगा रहता।

इस तरह चार दिन बीत गये और मिस्टर सिनहा के कानों में भी बात पहुंची। अन्य रिश्वती कर्मचारियों की तरह वह भी हेकड़ आदमी थे। ऐसे निर्द्वंद्व रहते मानो उन्हें यह बीमारी छू तक नहीं गयी है। जब वह कानून से जौ-भर भी

न टलते थे तो उन पर रिश्वत का संदेह हो ही क्योंकर सकता था, और कोई करता भी तो उसकी मानता कौन! ऐसे चतुर खिलाड़ी के विरुद्ध कोई जाब्ते की कार्रवाई कैसे होती? मिस्टर सिनहा अपने अफसरों से भी खुशामद का व्यवहार न करते। इससे हुक्काम भी उनका बहुत आदर करते थे। मगर जगत पांड़े ने वह मंत्र मारा था जिसका उनके पास कोई उत्तर न था। ऐसे बांगड़ आदमी से आज तक उन्हें साबिका न पड़ा था। अपने नौकरों से पूछते—बुड्ढा क्या कर रहा है।नौकर लोग अपनापन जताने के लिए झूठ के पुल बांध देते—हुजूर, कहता था भूत बन कर लगूंगा, मेरी वेदी बने तो सही, जिस दिन मरूंगा उस दिन के सौ जगत पांड़े होंगे। मिस्टर सिनहा पक्के नास्तिक थे; लेकिन ये बातें सुन-सुनकर सशंक हो जाते, और उनकी पत्नी तो थर-थर कांपने लगतीं। वह नौकरों से बार-बार कहती उससे जाकर पूछो, क्या चाहता है। जितना रुपया चाहे ले ले, हमसे जो मांगे वह देंगे, बस यहां से चला जाय, लेकिन मिस्टर सिनहा आदमियों को इशारे से मना कर देते थे। उन्हें अभी तक आशा थी कि भूख-प्यास से व्याकुल होकर बुड्ढा चला जायगा। इससे अधिक भय यह था कि मैं जरा भी नरम पड़ा और नौकरों ने मुझे उल्लू बनाया।

छठे दिन मालूम हुआ कि जगत पांड़े अबोल हो गया है, उससे हिला तक नहीं जाता, चुपचाप पड़ा आकाश की ओर देख रहा है। शायद आज रात दम निकल जाय। मिस्टर सिनहा ने लंबी सांस ली और गहरी चिंता में डूब गये। पत्नी ने आंखों में आंसू भरकर आग्रहपूर्वक कहा—तुम्हें मेरे सिर की कसम, जाकर किसी तरह इस बला को टालो। बुड्ढा मर गया तो हम कहीं के न रहेंगे। अब रुपये का मुंह मत देखो। दो-चार हजार भी देने पड़ें तो देकर उसे मनाओ। तुमको जाते शर्म आती हो तो मैं चली जाऊं।

सिनहा—जाने का इरादा तो मैं कई दिन से कर रहा हूं; लेकिन जब देखता हूं वहां भीड़ लगी रहती है, इससे हिम्मत नहीं पड़ती। सब आदमियों के सामने तो मुझसे न जाया जायगा, चाहे कितनी ही बड़ी आफत क्यों न आ पड़े। तुम दो-चार हजार की कहती हो, मैं दस-पांच हजार देने को तैयार हूं। लेकिन वहां नहीं जा सकता। न जाने किस बुरी साइत से मैंने इसके रुपये लिए। जानता कि यह इतना फिसाद खड़ा करेगा तो फाटक में घुसने ही न देता। देखने में तो ऐसा सीधा मालूम होता था कि गऊ है। मैंने पहली बार आदमी पहचानने में धोखा खाया।

पत्नी—तो मैं ही चली जाऊं? शहर की तरफ से आऊंगी और सब आदमियों को हटाकर अकेले में बात करूंगी। किसी को खबर न होगी कि कौन है। इसमें तो कोई हरज नहीं है?

मिस्टर सिनहा ने संदिग्ध भाव से कहा—ताड़ने वाले ताड़ ही जायेंगे, चाहे तुम कितना ही छिपाओ।

पत्नी—ताड़ जायेंगे ताड़ जायें, अब किससे कहां तक डरूं। बदनामी अभी क्या कम हो रही है, जो और हो जायगी। सारी दुनिया जानती है कि तुमने रुपये लिए। यों ही कोई किसी पर प्राण नहीं देता। फिर अब व्यर्थ ऐंठ क्यों करो?

मिस्टर सिनहा अब मर्मवेदना को न दबा सके। बोले—प्रिये, यह व्यर्थ की ऐंठ नहीं है। चोर को अदालत में बेंत खाने से उतनी लज्जा नहीं आती, स्त्री को कलंक से उतनी लज्जा नहीं आती, जितनी किसी हाकिम को अपनी रिश्वत का परदा खुलने से आती है। वह जहर खा कर मर जायगा; पर संसार के सामने अपना परदा न खोलेगा। अपना सर्वनाश देख सकता है; पर यह अपमान नहीं सह सकता, जिंदा खाल खींचने, या कोल्हू में पेरे जाने के सिवा और कोई स्थिति नहीं है, जो उसे अपना अपराध स्वीकार करा सके। इसका तो मुझे जरा भी भय नहीं है कि ब्राह्मण भूत बनकर हमको सतायेगा, या हमें उनकी वेदी बनाकर पूजनी पड़ेगी, यह भी जानता हूं कि पाप का दंड भी बहुधा नहीं मिलता; लेकिन हिंदू होने के कारण संस्कारों की शंका कुछ-कुछ बनी हुई है। ब्रह्महत्या का कलंक सिर पर लेते हुए आत्मा कांपती है। बस, इतनी बात है। मैं आज रात को मौका देखकर जाऊंगा और इस संकट को काटने के लिए जो कुछ हो सकेगा, करूंगा। तिर जमा रखो।

3

आधी रात बीत चुकी थी। मिस्टर सिनहा घर से निकले और अकेले जगत पांड़े को मनाने चले। बरगद के नीचे बिलकुल सन्नाटा था। अन्धकार ऐसा था मानो निशादेवी यहीं शयन कर रही हों। जगत पांड़े की सांस जोर-जोर से चल रही थी मानो मौत जबरदस्ती घसीटे लिए जाती हो। मिस्टर सिनहा के रोएं खड़े हो गये। बुड्ढा कहीं मर तो नहीं रहा है? जेबी लालटेन निकाली और जगत के समीप जाकर बोले—पांड़े जी, कहो क्या हाल है?

जगत पांड़े ने आंखें खोलकर देखा और उठने की असफल चेष्टा करके बोला—मेरा हाल पूछते हो? देखते नहीं हो, मर रहा हूं?

सिनहा—तो इस तरह क्यों प्राण देते हो?

जगत—तुम्हारी यही इच्छा है तो मैं क्या करूं?

सिनहा—मेरी तो यही इच्छा नहीं। हां, तुम अलबत्ता मेरा सर्वनाश करने पर तुले हुए हो। आखिर मैंने तुम्हारे डेढ़ सौ रुपये ही तो लिए हैं। इतने ही रुपये के लिए तुम इतना बड़ा अनुष्ठान कर रहे हो!

जगत—डेढ़ सौ रुपये की बात नहीं है। जो तुमने मुझे मिट्टी में मिला दिया। मेरी डिग्री हो गयी होती तो मुझे दस बीघे जमीन मिल जाती और सारे इलाके में नाम हो जाता। तुमने मेरे डेढ़ सौ नहीं लिए, मेरे पांच हजार बिगाड़ दिये। पूरे पांच हजार; लेकिन यह घमंड न रहेगा, याद रखना। कहे देता हूं, सत्यानाश हो जायगा। इस अदालत में तुम्हारा राज्य है; लेकिन भगवान के दरबार में विप्रों ही का राज्य है। विप्र का धन लेकर कोई सुखी नहीं रह सकता।

मिस्टर सिनहा ने बहुत खेद और लज्जा प्रकट की, बहुत अनुनय-से काम लिया और अन्त में पूछा—सच बताओ पांड़े, कितने रुपये पा जाओ तो यह अनुष्ठान छोड़ दो।

जगत पांड़े अबकी जोर लगाकर उठ बैठे और बड़ी उत्सुकता से बोले—पांच हजार से कौड़ी कम न लूंगा।

सिनहा—पांच हजार तो बहुत होते हैं। इतना जुल्म न करो।

जगत—नहीं, इससे कम न लूंगा।

यह कहकर जगत पांड़े फिर लेट गया। उसने ये शब्द निश्चयात्मक भाव से कहे थे कि मिस्टर सिनहा को और कुछ कहने का साहस न हुआ। रुपये लाने घर चले; लेकिन घर पहुंचते-पहुंचते नीयत बदल गयी। डेढ़ सौ के बदले पांच हजार देते कलंक हुआ। मन में कहा—मरता है जाने दो, कहां की ब्रह्महत्या और कैसा पाप! यह सब पाखंड है। बदनामी न होगी? सरकारी मुलाजिम तो यों ही बदनाम होते हैं, यह कोई नई बात थोड़े ही है। बचा कैसे उठ बैठे थे। समझा होगा, उल्लू फंसा। अगर 6 दिन के उपवास करने से पांच हजार मिले तो मैं महीने में कम से कम पांच मरतबा यह अनुष्ठान करूं। पांच हजार नहीं, कोई मुझे एक ही हजार दे दे। यहां तो महीने भर नाक रगड़ता हूं तब जाके 600 रुपये के दर्शन होते हैं। नोच-खसोट से भी शायद ही किसी महीने में इससे ज्यादा मिलता हो। बैठा मेरी राह देख रहा होगा। लेना रुपये, मुंह मीठ हो जायगा।

वह चारपाई पर लेटना चाहते थे कि उनकी पत्नी जी आकर खड़ी हो गयीं।

उनके सिर के बाल खुले हुए थे। आंखें सहमी हुई, रह-रहकर कांप उठती थीं। मुंह से शब्द न निकलता था। बड़ी मुश्किल से बोलीं—आधी रात तो हो गई होगी? तुम जगत पांड़े के पास चले जाओ। मैंने अभी ऐसा बुरा सपना देखा है कि अभी तक कलेजा धड़क रहा है, जान संकट में पड़ी हुई है। जाके किसी तरह उसे टालो।

मिस्टर सिनहा—वहीं से तो चला आ रहा हूं। मुझे तुमसे ज्यादा फिक्र है। अभी आकर खड़ा ही हुआ था कि तुम आयी।

पत्नी—अच्छा! तो तुम गये थे! क्या बातें हुईं, राजी हुआ।

सिनहा—पांच हजार रुपये मांगता है!

पत्नी—पांच हजार!

सिनहा—कौड़ी कम नहीं कर सकता और मेरे पास इस वक्त एक हजार से ज्यादा न होंगे।

पत्नी ने एक क्षण सोचकर कहा—जितना मांगता है उतना ही दे दो, किसी तरह गला तो छूटे। तुम्हारे पास रुपये न हों तो मैं दे दूंगी। अभी से सपने दिखाई देने लगे हैं। मरा तो प्राण कैसे बचेंगे। बोलता-चालता है न?

मिस्टर सिनहा अगर आबनूस थे तो उनकी पत्नी चंदन; सिनहा उनके गुलाम थे, उनके इशारों पर चलते थे। पत्नी जी भी पति-शासन में कुशल थीं। सौंदर्य और अज्ञान में अपवाद है। सुंदरी कभी भोली नहीं होती। वह पुरुष के मर्मस्थल पर आसन जमाना जानती है!

सिनहा—तो लाओ देता आऊं; लेकिन आदमी बड़ा चग्घड़ है, कहीं रुपये लेकर सबको दिखाता फिरे तो?

पत्नी—इसको यहां से इसी वक्त भागना होगा।

सिनहा—तो निकालो दे ही दूं। जिंदगी में यह बात भी याद रहेगी।

पत्नी ने अविश्वास भाव से कहा—चलो, मैं भी चलती हूं। इस वक्त कौन देखता है?

पत्नी से अधिक पुरुष के चरित्र का ज्ञान और किसी को नहीं होता। मिस्टर सिनहा की मनोवृत्तियों को उनकी पत्नी जी खूब जानती थीं। कौन जाने रास्ते में रुपये कहीं छिपा दें, और कह दें दे आए। या कहने लगें, रुपये लेकर भी नहीं टलता तो मैं क्या करूं। जाकर संदूक से नोटों के पुलिंदे निकाले और उन्हें चादर में छिपा कर मिस्टर सिनहा के साथ चलीं। सिनहा के मुंह पर झाड़ू-सी फिरी

हुई थी। लालटेन लिए पछताते चले जाते थे। 5000 रु० निकले जाते हैं। फिर इतने रुपये कब मिलेंगे; कौन जानता है? इससे तो कहीं अच्छा था दुष्ट मर ही जाता। बला से बदनामी होती, कोई मेरी जेब से रुपये तो न छीन लेता। ईश्वर करे मर गया हो!

अभी तक दोनों आदमी फाटक ही तक आए थे कि देखा, जगत पांड़े लाठी टेकता चला आता है। उसका स्वरूप इतना डरावना था मानो श्मशान से कोई मुरदा भागा आता हो।

पत्नी जी बोलीं—महाराज, हम तो आ ही रहे थे, तुमने क्यों कष्ट किया? रुपये ले कर सीधे घर चले जाओगे न?

जगत—हां-हां, सीधा घर जाऊंगा। कहां हैं रुपये देखूं!

पत्नी जी ने नोटों का पुलिंदा बाहर निकाला और लालटेन दिखा कर बोलीं—गिन लो। 5000 रुपये हैं!

पांडे ने पुलिंदा लिया और बैठ कर उलट-पुलट कर देखने लगा। उसकी आंखें एक नये प्रकाश से चमकने लगीं। हाथों में नोटों को तौलता हुआ बोला—पूरे पांच हजार हैं?

पत्नी—पूरे गिन लो?

जगत—पांच हजार में दो टोकरी भर जायगी! (हाथों से बताकर) इतने सारे हुए पांच हजार!

सिनहा—क्या अब भी तुम्हें विश्वास नहीं आता?

जगत—हैं-हैं, पूरे हैं पूरे पांच हजार! तो अब जाऊं, भाग जाऊं?

यह कह कर वह पुलिंदा लिए कई कदम लड़खड़ाता हुआ चला, जैसे कोई शराबी, और तब धम से जमीन पर गिर पड़ा। मिस्टर सिनहा लपक कर उठाने दौड़े तो देखा उसकी आंखें पथरा गयी हैं और मुख पीला पड़ गया है। बोले—पांड़े, क्या कहीं चोट आ गयी?

पांड़े ने एक बार मुंह खोला जैसे मरी हुई चिड़िया सिर लटका चोंच खोल देती है। जीवन का अंतिम धागा भी टूट गया। ओंठ खुले हुए थे और नोटों का पुलिंदा छाती पर रखा हुआ था। इतने में पत्नी जी भी आ पहुंची और शव को देखकर चौंक पड़ीं!

पत्नी—इसे क्या हो गया?

सिनहा—मर गया और क्या हो गया?

पत्नी—(सिर पीट कर) मर गया! हाय भगवान्! अब कहां जाऊं?

यह कह कर बंगले की ओर बड़ी तेजी से चलीं। मिस्टर सिनहा ने भी नोटो का पुलिंदा शव की छाती पर से उठा लिया और चले।

पत्नी—ये रुपये अब क्या होंगे?

सिनहा—किसी धर्म-कार्य में दे दूंगा।

पत्नी—घर में मत रखना, खबरदार! हाय भगवान!

4

दूसरे दिन सारे शहर में खबर मशहूर हो गयी—जगत पांडे ने जंट साहब पर जान दे दी। उसका शव उठा तो हजारों आदमी साथ थे। मिस्टर सिनहा को खुल्लम-खुल्ला गालियां दी जा रही थीं।

संध्या समय मिस्टर सिनहा कचहरी से आ कर मन मार बैठे थे कि नौकरों ने आ कर कहा—सरकार, हमको छुट्टी दी जाय! हमारा हिसाब कर दीजिए। हमारी बिरादरी के लोग धमकाते हैं कि तुम जंट साहब की नौकरी करोगे तो हुक्का-पानी बंद हो जायगा।

सिनहा ने झल्ला कर कहा—कौन धमकाता है?

कहार—किसका नाम बताएं सरकार! सभी तो कह रहे हैं।

रसोइया—हुजूर, मुझे तो लोग धमकाते हैं कि मन्दिर में न घुसने पाओगे।

साईस—हुजूर, बिरादरी से बिगाड़ करके हम लोग कहां जाएंगे? हमारा आज से इस्तीफा है। हिसाब जब चाहे कर दीजिएगा।

मिस्टर सिनहा ने बहुत धमकाया फिर दिलासा देने लगे; लेकिन नौकरों ने एक न सुनी आध घण्टे के अन्दर सबों ने अपना-अपना रास्ता लिया। मिस्टर सिनहा दांत पीस कर रह गए; लेकिन हाकिमों का काम कब रुकता है? उन्होंने उसी वक्त कोतवाल को खबर कर दी और कई आदमी बेगार में पकड़ आए। काम चल निकला।

उसी दिन से मिस्टर सिनहा और हिंदू समाज में खींचतान शुरू हुई। धोबी ने कपड़े धोने बंद कर दिया। ग्वाले ने दूध लाने में आना-कानी की। नाई ने हजामत बनानी छोड़ी। इन विपत्तियों पर पत्नी जी का रोना-धोना और भी गजब था। इन्हें रोज भयंकर स्वप्न दिखाई देते। रात को एक कमरे से दूसरे में जाते प्राण निकलते थे। किसी को जरा सिर भी दुखता तो नहों में जान समा जाती। सबसे बड़ी मुसीबत यह थी कि अपने सम्बन्धियों ने भी आना-जाना छोड़ दिया।

एक दिन साले आए, मगर बिना पानी पिये चले गए। इसी तरह एक बहनोई का आगमन हुआ। उन्होंने पान तक न खाया। मिस्टर सिनहा बड़े धैर्य से यह सारा तिरस्कार सहते जाते थे। अब तक उनकी आर्थिक हानि न हुई थी। गरज के बावले झक मार कर आते ही थे और नजर-नजराना मिलता ही था। फिर विशेष चिंता का कोई कारण न था।

लेकिन बिरादरी से वैर करना पानी में रह कर मगर से वैर करने जैसे है। कोई-न-कोई ऐसा अवसर ही आ जाता है, जब हमको बिरादरी के सामने सिर झुकाना पड़ता है। मिस्टर सिनहा को भी साल के अन्दर ही ऐसा अवसर आ पड़ा। यह उनकी पुत्री का विवाह था। यही वह समस्या है जो बड़े-बड़े हेकड़ों का घमंड़ चूर कर देती है। आप किसी के आने-जाने की परवा न करें, हुक्का-पानी, भोज-भात, मेल-जोल किसी बात की परवा न करें; मगर लड़की का विवाह तो न टलने वाली बला है। उससे बचकर आप कहां जाएंगे! मिस्टर सिनहा को इस बात का दगदगा तो पहिले ही था कि त्रिवेणी के विवाह में बाधाएं पड़ेंगी; लेकिन उन्हें विश्वास था कि द्रव्य की अपार शक्ति इस मुश्किल को हल कर देगी। कुछ दिनों तक उन्होंने जान-बूझ कर टाला कि शायद इस आंधी का जोर कुछ कम हो जाय; लेकिन जब त्रिवेणी को सोलहवां साल समाप्त हो गया तो टाल-मटोल की गुंजाइश न रही। संदेशे भेजने लगे; लेकिन जहां संदेशिया जाता वहीं जवाब मिलता—हमें मंजूर नहीं। जिन घरों में साल-भर पहले उनका संदेशा पा कर लोग अपने भाग्य को सराहते, वहां से अब सूखा जवाब मिलता था—हमें मंजूर नहीं। मिस्टर सिनहा धन का लोभ देते, जमीन नजर करने को कहते, लड़के को विलायत भेज कर ऊंची शिक्षा दिलाने का प्रस्ताव करते किंतु उनकी सारी आयोजनाओं का एक ही जवाब मिलता था—हमें मंजूर नहीं। ऊंचे घरानों का यह हाल देखकर मिस्टर सिनहा उन घरानों में संदेश भेजने लगे, जिनके साथ पहले बैठकर भोजन करने में भी उन्हें संकोच होता था; लेकिन वहां भी वही जवाब मिला—हमें मंजूर नहीं। यहां तक कि कई जगह वे खुद दौड़-दौड़ कर गये। लोगों की मिन्नतें कीं, पर यही जवाब मिला—साहब, हमें मंजूर नहीं। शायद बहिष्कृत घरानों में उनका संदेश स्वीकार कर लिया जाता; पर मिस्टर सिनहा जान-बूझ कर मक्खी न निगलना चाहते थे। ऐसे लोगों से सम्बन्ध न करना चाहते थे जिनका बिरादरी में कोई स्थान न था। इस तरह एक वर्ष बीत गया।

मिसेज सिनहा चारपाई पर पड़ी कराह रही थीं, त्रिवेणी भोजन बना रही थी और मिस्टर सिनहा पत्नी के पास चिंता में डूबे बैठे हुए थे। उनके हाथ में एक खत

था, बार-बार उसे देखते और कुछ सोचने लगते थे। बड़ी देर के बाद रोगिणी ने आंखें खोलीं और बोलीं—अब न बचूंगी। पांड़े मेरी जान लेकर छोड़ेगा। हाथ में कैसा कागज है?

सिनहा—यशोदानंदन के पास से खत आया हैं। पाजी को यह खत लिखते हुए शर्म नहीं आती, मैंने इसकी नौकरी लगायी। इसकी शादी करवायी और आज उसका मिजाज इतना बढ़ गया है कि अपने छोटे भाई की शादी मेरी लड़की से करना पसंद नहीं करता। अभागे के भाग्य खुल जाते!

पत्नी—भगवान्, अब ले चलो। यह दुर्दशा नहीं देखी जाती। अंगूर खाने का जी चाहता है, मंगवाये हैं कि नहीं?

सिनाह—मैं जाकर खुद लेता आया था।

यह कहकर उन्होंने तश्तरी में अंगूर भरकर पत्नी के पास रख दिये। वह उठा-उठा कर खाने लगीं। जब तश्तरी खाली हो गयी तो बोलीं—अब किसके यहां संदेशा भेजोगे?

सिनहा—किसके यहां बताऊं! मेरी समझ में तो अब कोई ऐसा आदमी नहीं रह गया। ऐसी बिरादरी में रहने से तो यह हजार दरजा अच्छा है कि बिरादरी के बाहर रहूं। मैंने एक ब्राह्मण से रिश्वत ली। इससे मुझे इनकार नहीं। लेकिन कौन रिश्वत नहीं लेता? अपने गौं पर कोई नहीं चूकता। ब्राह्मण नहीं खुद ईश्वर ही क्यों न हों, रिश्वत खाने वाले उन्हें भी चूस लेंगे। रिश्वत देने वाला अगर कोई निराश होकर अपने प्राण देता है तो मेरा क्या अपराध! अगर कोई मेरे फैसले से नाराज होकर जहर खा ले तो मैं क्या कर सकता हूं। इस पर भी मैं प्रायश्चित करने को तैयार हूं। बिरादरी जो दंड दे, उसे स्वीकार करने को तैयार हूं। सब से कह चुका हूं मुझसे जो प्रायश्चित्त चाहो करा लो पर कोई नहीं सुनता। दंड अपराध के अनुकूल होना चाहिए, नहीं तो यह अन्याय है। अगर किसी मुसलमान का छुआ भोजन खाने के लिए बिरादरी मुझे काले पानी भेजना चाहे तो मैं उसे कभी न मानूंगा। फिर अपराध अगर है तो मेरा है। मेरी लड़की ने क्या अपराध किया है। मेरे अपराध के लिए लड़की को दंड देना सरासर न्याय-विरुद्ध है।

पत्नी—मगर करोगे क्या? और कोई पंचायत क्यों नहीं करते?

सिनहा—पंचायत में भी तो वही बिरादरी के मुखिया लोग ही होंगे, उनसे मुझे न्याय की आशा नहीं। वास्तव में इस तिरस्कार का कारण ईर्ष्या है। मुझे देखकर सब जलते हैं और इसी बहाने वे मुझे नीचा दिखाना चाहते हैं। मैं इन लोगों को खूब समझता हूं।

पत्नी—मन की लालसा मन में रह गयी। यह अरमान लिये संसार से जाना पड़ेगा। भगवान् की जैसी इच्छा। तुम्हारी बातों से मुझे डर लगता है कि मेरी बच्ची की न-जाने क्या दशा होगी। मगर तुमसे मेरी अंतिम विनय यही है कि बिरादरी से बाहर न जाना, नहीं तो परलोक में भी मेरी आत्मा को शांति न मिलेगी। यह शोक मेरी जान ले रहा है। हाय, बच्ची पर न-जाने क्या विपत्ति आने वाली है।

यह कहते मिसेज सिनहा की आंखों में आंसू बहने लगे। मिस्टर सिनहा ने उनको दिलासा देते हुए कहा—इसकी चिंता मत करो प्रिये, मेरा आशय केवल यह था कि ऐसे भाव मन में आया करते हैं। तुमसे सच कहता हूं, बिरादरी के अन्याय से कलेजा छलनी हो गया है।

पत्नी—बिरादरी को बुरा मत कहो। बिरादरी का डर न हो तो आदमी न जाने क्या-क्या उत्पात करे। बिरादरी को बुरा न कहो। (कलेजे पर हाथ रखकर) यहां बड़ा दर्द हो रहा है। यशोदानंद ने भी कोरा जवाब दे दिया। किसी करवट चैन नहीं आता। क्या करूं भगवान्।

सिनहा—डाक्टर को बुलाऊं?

पत्नी—तुम्हारा जी चाहे बुला लो, लेकिन मैं बचूंगी नहीं। जरा तिब्बो को बुला लो, प्यार कर लूं। जी डूबा जाता है। मेरी बच्ची! हाय मेरी बच्ची!!

धिक्कार

ईरान और यूनान में घोर संग्राम हो रहा था। ईरानी दिन-दिन बढ़ते जाते थे और यूनान के लिए संकट का सामना था। देश के सारे व्यवसाय बंद हो गये थे, हल की भुठिया पर हाथ रखने वाले किसान तलवार की मुठिया पकड़ने के लिए मजबूर हो गये, डंडी तौलने वाले भाले तौलते थे। सारा देश आत्म-रक्षा के लिए तैयार हो गया था। फिर भी शत्रु के कदम दिन-दिन आगे ही बढ़ते आते थे। जिस ईरान को यूनान कई बार कुचल चुका था, वही ईरान आज क्रोध के आवेग की भांति सिर पर चढ़ आता था। मर्द तो रणक्षेत्र में सिर कटा रहे थे और स्त्रियां दिन-दिन की निराशाजनक खबरें सुनकर सूखी जाती थीं। क्योंकर लाज की रक्षा होगी? प्राण का भय न था, सम्पत्ति का भय न था, भय था मर्यादा का। विजेता गर्व से मतवाले होकर यूनानी ललनाओं को घूरेंगे, उनके कोमल अंगों को स्पर्श करेंगे, उनको कैद कर ले जायेंगे! उस विपत्ति की कल्पना ही से इन लोगों के रोयें खड़े हो जाते थे।

आखिर जब हालत बहुत नाजुक हो गयी तो कितने ही स्त्री-पुरुष मिलकर डेल्फी के मंदिर में गये और प्रश्न किया—देवी, हमारे ऊपर देवताओं की यह वक्र-दृष्टि क्यों है? हमसे ऐसा कौन-सा अपराध हुआ है? क्या हमने नियमों का पालन नहीं किया, कुरबानियां नहीं की, व्रत नहीं रखे? फिर देवताओं ने क्यों हमारे सिरों से अपनी रक्षा का हाथ उठा लिया?

पुजारिन ने कहा—देवताओं की असीम कृपा भी देश को द्रोही के हाथ से नहीं बचा सकती। इस देश में अवश्य कोई-न-कोई द्रोही है। जब तक उसका वध न किया जायेगा, देश के सिर से यह संकट न टलेगा।

'देवी, वह द्रोही कौन है?'

'जिस घर से रात को गाने की ध्वनि आती हो, जिस घर से दिन को सुगंध की लपटें आती हों, जिस पुरुष की आंखों में मद की लाली झलकती हो, वही देश का द्रोही है।'

लोगों ने द्रोही का परिचय पाने के लिए और कितने ही प्रश्न किये; पर देवी ने कोई उत्तर न दिया।

2

यूनानियों ने द्रोही की तलाश करनी शुरू की। किसके घर में से रात को गाने की आवाजें आती हैं। सारे शहर में संध्या होते स्यापा-सा छा जाता था। अगर कहीं आवाजें सुनायी देती थीं तो रोने की; हंसी और गाने की आवाज कहीं न सुनायी देती थी।

दिन को सुगंध की लपटें किस घर से आती हैं? लोग जिधर जाते थे, उधर से दुर्गंध आती थी। गलियों में कूड़े के ढेर-के-ढेर पड़े थे, किसे इतनी फुरसत थी कि घर की सफाई करता, घर में सुगंध जलाता; धोबियों का अभाव था अधिकांश लड़ने के लिए चले गये थे, कपड़े तक न धुलते थे; इत्र-फुलेल कौन मलता!

किसकी आंखों में मद की लाली झलकती है? लाल आंखें दिखाई देती थीं; लेकिन यह मद की लाली न थी, यह आंसुओं की लाली थी। मदिरा की दुकानों पर खाक उड़ रही थी। इस जीवन और मृत्यु के संग्राम में विलास की किसे सूझती! लोगों ने सारा शहर छान मारा लेकिन एक भी आंख ऐसी नजर न आयी जो मद से लाल हो।

कई दिन गुजर गये। शहर में पल-पल पर रणक्षेत्र से भयानक खबरें आती थीं और लोगों के प्राण सूख जाते थे।

आधी रात का समय था। शहर में अंधकार छाया हुआ था, मानो श्मशान हो। किसी की सूरत न दिखाई देती थी। जिन नाट्यशालाओं में तिल रखने की जगह न मिलती थी, वहां सियार बोल रहे थे। जिन बाजारों में मनचले जवान अस्त्र-शस्त्र सजाये ऐंठते फिरते थे, वहां उल्लू बोल रहे थे। मंदिरों में न गाना होता था न बजाना। प्रासादों में अंधकार छाया हुआ था।

एक बूढ़ा यूनानी जिसका इकलौता लड़का लड़ाई के मैदान में था, घर से निकला और न-जाने किन विचारों की तरंग में देवी के मंदिर की ओर चला। रास्ते में कहीं प्रकाश न था, कदम-कदम पर ठोकरें खाता था; पर आगे बढ़ता चला जाता। उसने निश्चय कर लिया कि या तो आज देवी से विजय का वरदान लूंगा या उनके चरणों पर अपने को भेंट कर दूंगा।

3

सहसा वह चौंक पड़ा। देवी का मंदिर आ गया था। और उसके पीछे की ओर किसी घर से मधुर संगीत की ध्वनि आ रही थी। उसको आश्चर्य हुआ। इस निर्जन स्थान में कौन इस वक्त रंगरेलियां मना रहा है। उसके पैरों में पर लग गये, मंदिर के पिछवाड़े जा पहुंचा।

उसी घर से जिसमें मंदिर की पुजारिन रहती थी, गाने की आवाजें आती थीं! वृद्ध विस्मित होकर खिड़की के सामने खड़ा हो गया। चिराग तले अंधेरा! देवी के मंदिर के पिछवाड़े यह अंधेर?

बूढ़े ने द्वार झांका; एक सजे हुए कमरे में मोमबत्तियां झाड़ों में जल रही थीं, साफ-सुथरा फर्श बिछा था और एक आदमी मेज पर बैठा हुआ गा रहा था। मेज पर शराब की बोतल और प्यालियां रखी हुई थीं। दो गुलाम मेज के सामने हाथ में भोजन के थाल लिए खड़े थे, जिसमें से मनोहर सुगंध की लपटें आ रही थीं।

बूढ़े यूनानी ने चिल्लाकर कहा—यही देशद्रोही है, यही देशद्रोही है!

मंदिर की दीवारों ने दुहराया—द्रोही है!

बगीचे की तरफ से आवाज आयी—द्रोही है!

मंदिर की पुजारिन ने घर में से सिर निकालकर कहा—हां, द्रोही है!

यह देशद्रोही उसी पुजारिन का बेटा पासोनियस था। देश में रक्षा के जो उपाय सोचे जाते, शत्रुओं का दमन करने के लिए जो निश्चय किये जाते, उनकी सूचना यह ईरानियों को दे दिया करता था। सेनाओं की प्रत्येक गति की खबर ईरानियों को मिल जाती थी और उन प्रयत्नों को विफल बनाने के लिए वे पहले से तैयार हो जाते थे। यही कारण था कि यूनानियों को जान लड़ा देने पर भी विजय न होती थी। इसी कपट से कमाये हुये धन से वह भोग-विलास करता था। उस समय जब कि देश में घोर संकट पड़ा हुआ था, उसने अपने स्वदेश को अपनी वासनाओं के लिए बेच दिया। अपने विलास के सिवा और किसी बात की चिंता न थी, कोई मरे या जिये, देश रहे या जाये, उसकी बला से। केवल अपने कुटिल स्वार्थ के लिए देश की गरदन में गुलामी की बेड़ियां डलवाने पर तैयार था। पुजारिन अपने बेटे के दुराचरण से अनभिज्ञ थी। वह अपनी अंधेरी कोठरी से बहुत कम निकलती, वहीं बैठी जप-तप किया करती थी। परलोक-चिंतन में उसे इहलोक की खबर न थी, मनेन्द्रियों ने बाहर की चेतना को शून्य-सा कर दिया था। वह इस समय भी कोठरी के द्वार बंद किये, देवी से अपने देश के कल्याण

के लिए वन्दना कर रही थी कि सहसा उसके कानों में आवाज आयी—यही द्रोही है, यही द्रोही है!

उसने तुरंत द्वार खोलकर बाहर की ओर झांका, पासोनियस के कमरे से प्रकाश की रेखाएं निकल रही थीं और उन्हीं रेखाओं पर संगीत की लहरें नाच रही थीं। उसके पैर-तले से जमीन-सी निकल गयी, कलेजा धक्-से हो गया। ईश्वर! क्या मेरा बेटा देशद्रोही है?

आप-ही-आप, किसी अंतःप्रेरणा से पराभूत होकर वह चिल्ला उठी—हां, यही देशद्रोही है!

4

यूनानी स्त्री-पुरुषों के झुंड-के-झुंड उमड़ पड़े और पासोनियस के द्वार पर खड़े होकर चिल्लाने लगे—यही देशद्रोही है!

पासोनियस के कमरे की रोशनी ठंडी हो गयी, संगीत भी बंद था; लेकिन द्वार पर प्रतिक्षण नगरवासियों का समूह बढ़ता जाता था और रह-रह कर सहस्रों कंठों से ध्वनि निकलती थी—यही देशद्रोही है!

लोगों ने मशालें जलायीं और अपने लाठी-डंडे संभाल कर मकान में घुस पड़े। कोई कहता था—सिर उतार लो। कोई कहता था—देवी के चरणों पर बलिदान कर दो। कुछ लोग उसे कोठे से नीचे गिरा देने पर आग्रह कर रहे थे।

पासोनियस समझ गया कि अब मुसीबत की घड़ी सिर पर आ गयी। तुरंत जीने से उतरकर नीचे की ओर भागा। और कहीं शरण की आशा न देखकर देवी के मंदिर में जा घुसा।

अब क्या किया जाये? देवी की शरण जाने वाले को अभय-दान मिल जाता था। परम्परा से यही प्रथा थी? मंदिर में किसी की हत्या करना महापाप था।

लेकिन देशद्रोही को इतने सस्ते कौन छोड़ता? भांति-भांति के प्रस्ताव होने लगे—

'सूअर का हाथ पकड़कर बाहर खींच लो।'

'ऐसे देशद्रोही का वध करने के लिए देवी हमें क्षमा कर देंगी।'

'देवी, आप उसे क्यों नहीं निगल जाती?'

'पत्थरों से मारो, पत्थरों से; आप निकलकर भागेगा।'

'निकलता क्यों नहीं रे कायर! वहा क्या मुंह में कालिख लगाकर बैठा हुआ है?'

रात भर यही शोर मचा रहा और पासोनियस न निकला। आखिर यह निश्चय हुआ कि मंदिर की छत खोदकर फेंक दी जाये और पासोनियस दोपहर की धूप और रात की कड़ाके की सरदी में आप ही आप अकड़ जाये। बस फिर क्या था। आन की आन में लोगों ने मंदिर की छत और कलस ढा दिये।

अभागा पासोनियस दिन-भर तेज धूप में खड़ा रहा। उसे जोर की प्यास लगी; लेकिन पानी कहां? भूख लगी, पर खाना कहां? सारी जमीन तवे की भांति जलने लगी; लेकिन छांह कहां? इतना कष्ट उसे जीवन भर में न हुआ था। मछली की भांति तड़पता था और चिल्ला-चिल्ला कर लोगों को पुकारता था; मगर वहां कोई उसकी पुकार सुनने वाला न था। बार-बार कसमें खाता था कि अब फिर मुझसे ऐसा अपराध न होगा; लेकिन कोई उसके निकट न आता था। बार-बार चाहता था कि दीवार से टकरा कर प्राण दे दे; लेकिन यह आशा रोक देती थी कि शायद लोगों को मुझ पर दया आ जाये। वह पागलों की तरह जोर-जोर से कहने लगा—मुझे मार डालो, मार डालो, एक क्षण में प्राण ले लो, इस भांति जला-जला कर न मारो। ओ हत्यारो, तुमको जरा भी दया नहीं।

दिन बीता और रात—भयंकर रात—आयी। ऊपर तारागण चमक रहे थे मानो उसकी विपत्ति पर हंस रहे हों। ज्यों-ज्यों रात बीतती थी देवी विकराल रूप धारण करती जाती थी। कभी वह उसकी ओर मुंह खोलकर लपकती, कभी उसे जलती हुई आंखों से देखती। उधर क्षण-क्षण सरदी बढ़ती जाती थी, पासोनियस के हाथ-पांव अकड़ने लगे, कलेजा कांपने लगा। घुटनों में सिर रखकर बैठ गया और अपनी किस्मत को रोने लगा। कुरते को खींचकर कभी पैरों को छिपाता, कभी हाथों को, यहां तक कि इस खींचातानी में कुरता भी फट गया। आधी रात जाते-जाते बर्फ गिरने लगी। दोपहर को उसने सोचा गरमी ही सबसे कष्टदायक है। ठंड के सामने उसे गरमी की तकलीफ भूल गयी।

आखिर शरीर में गरमी लाने के लिए एक हिकमत सूझी। वह मंदिर में इधर-उधर दौड़ने लगा। लेकिन विलासी जीव था, जरा देर में हांफ कर गिर पड़ा।

5

प्रातःकाल लोगों ने किवाड़ खोले तो पासोनियस को भूमि पर पड़े देखा। मालूम होता था, उसका शरीर अकड़ गया है। बहुत चीखने-

चिल्लाने पर उसने आंखें खोलीं; पर जगह से हिल न सका। कितनी दयनीय दशा थी, किंतु किसी को उस पर दया न आयी। यूनान में देशद्रोह सबसे बड़ा अपराध था और द्रोही के लिए कहीं क्षमा न थी, कहीं दया न थी।

एक—अभी मरा है?

दूसरा—द्रोहियों को मौत नहीं आती!

तीसरा—पड़ा रहने दो, मर जायेगा!

चौथा—मक्र किये हुए है?

पांचवां—अपने किये की सजा पा चुका है, अब छोड़ देना चाहिए!

सहसा पासोनियस उठ बैठा और उद्दण्ड भाव से बोला—कौन कहता है कि इसे छोड़ देना चाहिए! नहीं, मुझे मत छोड़ना, वरना पछताओगे! मैं स्वार्थी दूं; विषय-भोगी हूं, मुझ पर भूलकर भी विश्वास न करना। आह! मेरे कारण तुम लोगों को क्या-क्या झेलना पड़ा, इसे सोचकर मेरा जी चाहता है कि अपनी इंद्रियों को जलाकर भस्म कर दूं। मैं अगर सौ जन्म लेकर इस पाप का प्रायश्चित्त करूं, तो भी मेरा उद्धार न होगा। तुम भूलकर भी मेरा विश्वास न करो। मुझे स्वयं अपने ऊपर विश्वास नहीं। विलास के प्रेमी सत्य का पालन नहीं कर सकते। मैं अब भी आपकी कुछ सेवा कर सकता हूं, मुझे ऐसे-ऐसे गुप्त रहस्य मालूम हैं, जिन्हें जानकर आप ईरानियों का संहार कर सकते हैं; लेकिन मुझे अपने ऊपर विश्वास नहीं है और आपसे भी यह कहता हूं कि मुझ पर विश्वास न कीजिए। आज रात को देवी की मैंने सच्चे दिल से वंदना की है और उन्होंने मुझे ऐसे यंत्र बताये हैं, जिनसे हम शत्रुओं को परास्त कर सकते हैं, ईरानियों के बढ़ते हुए दल को आज भी आन की आन में उड़ा सकते हैं। लेकिन मुझे अपने ऊपर विश्वास नहीं है। मैं यहां से बाहर निकल कर इन बातों को भूल जाऊंगा। बहुत संशय है, कि फिर ईरानियों की गुप्त सहायता करने लगूं। इसलिए मुझ पर विश्वास न कीजिए।

एक यूनानी—देखो-देखो क्या कहता है?

दूसरा—सच्चा आदमी मालूम होता है।

तीसरा—अपने अपराधों को आप स्वीकार कर रहा है।

चौथा—इसे क्षमा कर देना चाहिए और यह सब बातें पूछ लेनी चाहिए।

पांचवा—देखो, यह नहीं कहता कि मुझे छोड़ दो। हमको बार-बार याद दिलाता जाता है कि मुझ पर विश्वास न करो!

छठा—रात-भर के कष्ट ने होश ठंडे कर दिये, अब आंखें खुली हैं।

पासोनियस—क्या तुम लोग मुझे छोड़ने की बातचीत कर रहे हो? मैं फिर कहता हूं, मैं विश्वास के योग्य नहीं हूं। मैं द्रोही हूं। मुझे ईरानियों के बहुत-से भेद मालूम हैं, एक बार उनकी सेना में पहुंच जाऊं तो उनका मित्र बनकर सर्वनाश कर दूं, पर मुझे अपने ऊपर विश्वास नहीं है।

एक यूनानी—धोखेबाज इतनी सच्ची बात नहीं कह सकता!

दूसरा—पहले स्वार्थांध हो गया था; पर अब आंखें खुली हैं!

तीसरा—देशद्रोही से भी अपने मतलब की बातें मालूम कर लेने में कोई हानि नहीं है। अगर वह अपने वचन पूरे करे तो हमें इसे छोड़ देना चाहिए।

चौथा—देवी की प्रेरणा से इसकी कायापलट हुई है।

पांचवां—पापियों में भी आत्मा का प्रकाश रहता है और कष्ट पाकर जाग्रत हो जाता है। यह समझना कि जिसने एक बार पाप किया, वह फिर कभी पुण्य कर ही नहीं सकता, मानव-चरित्र के एक प्रधान तत्व का अपवाद करना है।

छठा—हम इसको यहां से गाते-बजाते ले चलेंगे। जन-समूह को चकमा देना कितना आसान है। जनसत्तावाद का सबसे निर्बल अंग यही है। जनता तो नेक और बद की तमीज नहीं रखती। उस पर धूर्तों, रंगे-सियारों का जादू आसानी से चल जाता है। अभी एक दिन पहले जिस पासोनियस की गरदन पर तलवार चलायी जा रही थी, उसी को जलूस के साथ मंदिर से निकालने की तैयारियां होने लगीं, क्योंकि वह धूर्त था और जानता था कि जनता की कील क्योंकर घुमायी जा सकती है।

एक स्त्री—गाने-बजाने वालों को बुलाओ, पासोनियस शरीफ है।

दूसरी—हां-हां, पहले चलकर उससे क्षमा मांगो, हमने उसके साथ जरूरत से ज्यादा सख्ती की।

पासोनियस—आप लोगों ने पूछा होता तो मैं कल ही सारी बातें आपको बता देता, तब आपको मालूम होता कि मुझे मार डालना उचित है या जीता रखना।

कई स्त्री-पुरुष—हाय-हाय हमसे बड़ी भूल हुई। हमारे सच्चे पासोनियस!

सहसा एक वृद्धा स्त्री किसी तरफ से दौड़ती हुई आयी और मंदिर के सबसे ऊंचे जीने पर खड़ी होकर बोली—तुम लोगों को क्या हो गया है? यूनान के बेटे

आज इतने ज्ञानशून्य हो गये हैं कि झूठे और सच्चे में विवेक नहीं कर सकते? तुम पासोनियस पर विश्वास करते हो? जिस पासोनियस ने सैंकड़ों स्त्रियों और बालकों को अनाथ कर दिया, सैंकड़ों घरों में कोई दिया जलाने वाला न छोड़ा, हमारे देवताओं का, हमारे पुरुषों का, घोर अपमान किया, उसकी दो-चार चिकनी-चुपड़ी बातों पर तुम इतने फूल उठे। याद रखो, अब की पासोनियस बाहर निकला तो फिर तुम्हारी कुशल नहीं। यूनान पर ईरान का राज्य होगा और यूनानी ललनाएं ईरानियों की कुदृष्टि का शिकार बनेंगी। देवी की आज्ञा है कि पासोनियस फिर बाहर न निकलने पाये। अगर तुम्हें अपना देश प्यारा है, अपनी माताओं और बहनों की आबरू प्यारी है तो मंदिर के द्वार को चिन दो। जिससे देशद्रोही को फिर बाहर न निकलने और तुम लोगों को बहकाने का मौका न मिले। यह देखो , पहला पत्थर मैं अपने हाथों से रखती हूं।

लोगों ने विस्मित होकर देखा—यह मंदिर की पुजारिन और पासोनियस की माता थी।

दम के दम में पत्थरों के ढेर लग गये और मंदिर का द्वार चुन दिया गया। पासोनियस भीतर दांत पीसता रह गया।

वीर माता, तुम्हें धन्य है! ऐसी ही माता से देश का मुख उज्ज्वल होता है, जो देश-हित के सामने मातृ-स्नेह की धूल-बराबर परवाह नहीं करतीं! उनके पुत्र देश के लिए होते हैं, देश पुत्र के लिए नहीं होता।

लैला

यह कोई न जानता था कि लैला कौन है, कहां से आयी है और क्या करती है। एक दिन लोगों ने एक अनुपम सुंदरी को तेहरान के चौक में अपने डफ पर हाफिज की एक गजल झूम-झूम कर गाते सुना—

रसीद मुजरा कि ऐयामे गम न ख्वाहद मांद,
चुनां न मांद, चुनीं नीज हम न ख्वाहद मांद।

और सारा तेहरान उस पर फिदा हो गया। यही लैला थी।

लैला के रूप-लालित्य की कल्पना करनी हो तो ऊषा की प्रफुल्ल लालिमा की कल्पना कीजिए, जब नील गगन, स्वर्ण-प्रकाश से रंजित हो जाता है; बहार की कल्पना कीजिए, जब बाग में रंग-रंग के फूल खिलते हैं और बुलबुलें गाती हैं।

लैला के स्वर-लालित्य की कल्पना करनी हो, तो उस घंटी की अनवरत ध्वनि की कल्पना कीजिए जो निशा की निस्तब्धता में ऊंटों की गरदनों में बजती हुई सुनायी देती है; या उस बांसुरी की ध्वनि की जो मध्यान्ह की आलस्यमयी शांति में किसी वृक्ष की छाया में लेटे हुए चरवाहे के मुख से निकलती है।

जिस वक्त लैला मस्त होकर गाती थी, उसके मुख पर एक स्वर्गीय आभा झलकने लगती थी। वह काव्य, संगीत, सौरभ और सुषमा की एक मनोहर प्रतिमा थी, जिसके सामने छोटे और बड़े, अमीर और गरीब सभी के सिर झुक जाते थे। सभी मंत्रमुग्ध हो जाते थे, सभी सिर धुनते थे। वह उस आनेवाले समय का संदेश सुनाती थी; जब देश में संतोष और प्रेम का साम्राज्य होगा, जब द्वंद्व और संग्राम का अन्त हो जायगा। वह राजा को जगाती और कहती, यह विलासिता कब तक, ऐश्वर्य-भोग कब तक? वह प्रजा की सोयी हुई अभिलाषाओं को जगाती, उनकी हृत्तंत्रियों को अपने स्वर से कम्पित कर देती। वह उन अमर वीरों की कीर्ति सुनाती जो दीनों की पुकार सुनकर विकल हो जाते थे; उन विदूषियों की महिमा गाती

जो कुल-मर्यादा पर मर मिटी थीं। उसकी अनुरक्त ध्वनि सुन कर लोग दिलों को थाम लेते थे, तड़प जाते थे।

सारा तेहरान लैला पर फिदा था। दलितों के लिए वह आशा की दीपक थी, रसिकों के लिए जन्नत की हूर, धनियों के लिए आत्मा की जाग्रति और सत्ताधारियों के लिए दया और धर्म का संदेश! उसकी भौहों के इशारे पर जनता आग में कूद सकती थी। जैसे चैतन्य जड़ को आकर्षित कर लेता है, उसी भांति लैला ने जनता को आकर्षित कर लिया था।

और यह अनुपम सौंदर्य सुधा की भांति पवित्र, हिम के समान निष्कलंक और नव कुसुम की भांति अनिंद्य था। उसके लिए प्रेम कटाक्ष, एक भेदभरी मुस्कान, एक रसीली अदा पर क्या न हो जाता—कंचन के पर्वत खड़े हो जाते, ऐश्वर्य उपासना करता, रियासतें पैर की धूल चाटतीं, कवि कट जाते, विद्वान घुटने टेकते; लेकिन लैला किसी की ओर आंख उठाकर भी न देखती थी। वह एक वृक्ष की छांह में रहती भिक्षा मांग कर खाती और अपनी हृदयवीणा के राग अलापती थी। वह कवि की सूक्ति की भांति केवल आनंद और प्रकाश की वस्तु थी, भोग की नहीं। वह ऋषियों के आशीर्वाद की प्रतिमा थी, कल्याण में डूबी हुई, शांति में रंगी हुई, कोई उसे स्पर्श न कर सकता था, उसे मोल न ले सकता था।

2

एक दिन संध्या समय तेहरान का शहजादा नादिर घोड़े पर सवार उधर से निकला। लैला गा रही थी। नादिर ने घोड़े की बाग रोक ली और देर तक आत्म-विस्मृत की दशा में खड़ा सुनता रहा। गजल का पहला शेर यह था—

मरा दर्देस्त अंदर दिल, अगर गोयम जवां सोजद;
बगैर दम दरकशम, तरसन कि मगजी ईस्तख्वां सोजद।

फिर वह घोड़े से उतर कर वहीं जमीन पर बैठ गया और सिर झुकाये रोता रहा। तब वह उठा और लैला के पास जाकर उसके कदमों पर सिर रख दिया। लोग अदब से इधर-उधर हट गये।

लैला ने पूछा—तुम कौन हो?

नादिर—तुम्हारा गुलाम।

लैला—मुझसे क्या चाहते हो?

नादिर—आपकी खिदमत करने का हुक्म। मेरे झोपड़े को अपने कदमों से

रोशन कीजिए।

लैला—यह मेरी आदत नहीं।

शहजादा फिर वहीं बैठ गया और लैला फिर गाने लगी। लेकिन गला थर्राने लगा, मानो वीणा का कोई तार टूट गया हो। उसने नादिर की ओर करुण नेत्रों से देख कर कहा—तुम यहां मत बैठो।

कई आदमियों ने कहा—लैला, हमारे हुजूर शहजादा नादिर हैं।

लैला बेपरवाही से बोली—बड़ी खुशी की बात है। लेकिन यहां शहजादों का क्या काम? उनके लिए महल है, महफिलें हैं और शराब के दौर हैं। मैं उनके लिए गाती हूं, जिनके दिल में दर्द है; उनके लिए नहीं जिनके दिल में शौक है।

शहजादा ने उन्मत्त भाव से कहा—लैला, तुम्हारी एक तान पर अपना सब-कुछ निसार कर सकता हूं। मैं शौक का गुलाम था, लेकिन तुमने दर्द का मजा चखा दिया।

लैला फिर गाने लगी; लेकिन आवाज काबू में न थी, मानो वह उसका गला ही न था।

लैला ने डफ कंधे पर रख लिया और अपने डेरे की ओर चली। श्रोता अपने-अपने घर चले। कुछ लोग उसके पीछे-पीछे उस वृक्ष तक आये, जहां वह विश्राम करती थी। जब वह अपनी झोंपड़ी के द्वार पर पहुंची, तब सभी आदमी विदा हो चुके थे। केवल एक आदमी झोपड़ी से कईं हाथ पर चुपचाप खड़ा था।

लैला ने पूछा—तुम कौन हो?

नादिर ने कहा—तुम्हारा गुलाम नादिर!

लैला—तुम्हें मालूम नहीं कि मैं अपने अमन के गोशे में किसी को नहीं आने देती?

नादिर—यह तो देख ही रहा हूं।

लैला—फिर क्यों बैठे हो?

नादिर—उम्मीद दामन पकड़े हुए है।

लैला ने कुछ देर के बाद फिर पूछा—कुछ खाकर आये हो?

नादिर—अब तो न भूख है ना प्यास।

लैला—आओ, आज तुम्हें गरीबों का खाना खिलाऊं, इसका मजा भी चख लो।

नादिर इनकार न कर सका। आज उसे बाजरे की रोटियों में अभूत-पूर्व स्वाद मिला। वह सोच रहा था कि विश्व के इस विशाल भवन में कितना आनंद है। उसे

अपनी आत्मा में विकास का अनुभव हो रहा था।

जब वह खा चुका तब लैला ने कहा—अब जाओ। आधी रात से ज्यादा गुजर गयी।

नादिर ने आंखों में आंसू भर कर कहा—नहीं लैला, अब मेरा आसन भी यहीं जमेगा।

नादिर दिन-भर लैला के नगमे सुनता; गलियों में, सड़कों पर जहां वह जाती उसके पीछे-पीछे घूमता रहता। रात को उसी पेड़ के नीचे जा कर पड़ा रहता। बादशाह ने समझाया, मलका ने समझाया, उमरा ने मिन्नतें कीं, लेकिन नादिर के सिर से लैला का सौदा न गया। जिन हालों लैला रहती थी उन हालों वह भी रहता था। मलका उसके लिए अच्छे से अच्छे खाने बनाकर भेजती, लेकिन नादिर उनकी ओर देखता भी न था—

लेकिन लैला के संगीत में अब वह क्षुधा न थी। वह टूटे हुए तारों का राग था जिसमें न वह लोच था, न वह जादू, न वह असर। वह अब भी गाती थी, सुननेवाले अब भी आते थे; लेकिन अब वह अपना दिल खुश करने को गाती थी और सुनने-वाले विह्वल होकर नहीं, उसको खुश करने के लिए आते थे।

इस तरह छः महीने गुजर गये।

एक दिन लैला गाने न गयी। नादिर ने कहा—क्यों लैला, आज गाने न चलोगी?

लैला ने कहा—अब कभी न जाऊंगी। सच कहना, तुम्हें अब भी मेरे गाने में पहले ही का-सा मजा आता है?

नादिर बोला—पहले से कहीं ज्यादा।

लैला—लेकिन और लोग तो अब पसंद नहीं करते।

नादिर—हां, मुझे इसका ताज्जुब है।

लैला—ताज्जुब की बात नहीं। पहले मेरा दिल खुला हुआ था, उसमें सबके लिए जगह थी, वह सबको खुश कर सकता था। उसमें से जो आवाज निकलती थी, वह सबके दिलों में पहुंचती थी। अब तुमने उसका दरवाजा बंद कर दिया। अब वहां सिर्फ तुम हो, इसीलिए उसकी आवाज तुम्हीं को पसंद आती है। यह दिल अब तुम्हारे सिवा और किसी के काम का नहीं रहा। चलो, आज तक तुम मेरे गुलाम थे; आज से मैं तुम्हारी लौंडी होती हूं। चलो, मैं तुम्हारे पीछे-पीछे चलूंगी। आज से तुम मेरे मालिक हो। थोड़ी-सी आग ले कर इस झोंपड़ी में लगा दो। इस डफ को उसी में जला दूंगी।

3

तेहरान में घर-घर आनंदोत्सव हो रहा था। आज शहजादा नादिर लैला को ब्याह कर लाया था। बहुत दिनों के बाद उसके दिल की मुराद पूरी हुई थी। सारा तेहरान शहजादे पर जान देता था और उसकी खुशी में शरीक था। बादशाह ने तो अपनी तरफ से मुनादी करवा दी थी कि इस शुभ अवसर पर धन और समय का अपव्यय न किया जाय, केवल लोग मसजिदों में जमा होकर खुदा से दुआ मांगें कि वर और वधू चिरंजीवी हों और सुख से रहें। लेकिन अपने प्यारे शहजादे की शादी में धन और धन से अधिक मूल्यवान समय का मुंह देखना किसी को गंवारा न था। रईसों ने महफिलें सजायीं, चिराग जलाये, बाजे बजवाये, गरीबों ने अपनी डफलियां संभालीं और सड़कों पर घूम-घूम कर उछलते-कूदते फिरे।

संध्या के समय शहर के सारे अमीर और रईस शहजादे को बधाई देने के लिए दीवाने-खास में जमा हुए। शहजादा इत्रों से महकता, रत्नों से चमकता और मनोल्लास से खिलता हुआ आ कर खड़ा हो गया।

काजी ने अर्ज की—हुजूर पर खुदा की बरकत हो।

हजारों आदमियों ने कहा—आमीन!

शहर की ललनाएं भी लैला को मुबारकबाद देने आयीं। लैला बिलकुल सादे कपड़े पहने थी। आभूषणों का कहीं नाम न था।

एक महिला ने कहा—आपका सोहाग सदा सलामत रहे।

हजारों कंठों से ध्वनि निकली—आमीन!

4

कई साल गुजर गये। नादिर अब बादशाह था और लैला उसकी मलका। ईरान का शासन इतने सुचारु रूप से कभी न हुआ था। दोनों ही प्रजा के हितैषी थे, दोनों ही उसे सुखी और सम्पन्न देखना चाहते थे। प्रेम ने वे सभी कठिनाइयां दूर कर दीं जो लैला को पहले शंकित करती रहती थीं। नादिर राजसत्ता का वकील था, लैला प्रजा-सत्ता की; लेकिन व्यावहारिक रूप से उनमें कोई भेद न पड़ता था; कभी यह दब जाता, कभी वह हट जाती। उनका दाम्पत्य-जीवन आदर्श था। नादिर लैला का रुख देखता था, लैला नादिर का। काम से अवकाश मिलता तो दोनों बैठ कर गाते-बजाते, कभी नदियों की सैर करते, कभी किसी वृक्ष की छांव में बैठे हुए

हाफिज की गजलें पढ़ते और झूमते। न लैला में अब उतनी सादगी थी, न नादिर में अब उतना तकल्लुफ था। नादिर का लैला पर एकाधिपत्य था जो साधारण बात न थी। जहां बादशाहों की महलसरा में बेगमों के मुहल्ले बसते थे, दरजनों और कौड़ियों से उनकी गणना होती थी, वहां लैला अकेली थी। उन महलों में अब शफखाने, मदरसे और पुस्तकालय थे। जहां महलसरों का वार्षिक व्यय करोड़ों तक पहुंचता था, यहां अब हजारों से आगे न बढ़ता था। शेष रुपये प्रजा-हित के कामों में खर्च कर दिये जाते थे। यह सारी कतर-ब्योंत लैला ने की थी। बादशाह नादिर था, पर अख्तियार लैला के हाथों में था।

सब-कुछ था, किंतु प्रजा संतुष्ट न थी। उसका असंतोष दिन-दिन बढ़ता जाता था। राजसत्तावादियों को भय था कि अगर यही हाल रहा तो बादशाहत के मिट जाने में संदेह नहीं। जमशेद का लगाया हुआ वृक्ष जिसने हजारों सदियों से आंधी और तूफान का मुकाबिला किया, अब एक हसीना के नाजुक, पर कातिल हाथों जड़ से उखाड़ा जा रहा है। उधर प्रजा-सत्तावादियों को लैला से जितनी आशाएं थीं, सभी दुराशाएं सिद्ध हो रही थीं, वे कहते, अगर ईरान इस चाल से तरक्की के रास्ते पर चलेगा तो इससे पहले कि वह मंजिले-मकसूद पर पहुंचे, कयामत आ जायगी। दुनिया हवाई जहाज पर बैठी उड़ी जा रही है और हम अभी ठेलों पर बैठते भी डरते हैं कि कहीं इसकी हरकत से दुनिया में भूचाल न आ जाय। दोनों दलों में आये दिन लड़ाइयां होती रहती थीं। न नादिर के समझाने का असर अमीरों पर होता था, न लैला के समझाने का गरीबों पर। सामंत नादिर के खून के प्यासे हो गये, प्रजा लैला की जानी दुश्मन।

5

राज्य में तो यह अशांति फैली हुई थी, विद्रोह की आग दिलों में सुलग रही थी और राजभवन में प्रेम का शांतिमय राज्य था, बादशाह और मलका दोनों प्रजा-संतोष की कल्पना में मग्न थे।

रात का समय था। नादिर और लैला आरामगाह में बैठे हुए शतरंज की बाजी खेल रहे थे। कमरे में कोई सजावट न थी, केवल एक जाजिम बिछी हुई थी।

नादिर ने लैला का हाथ पकड़कर कहा—बस, अब यह ज्यादती नहीं, तुम्हारी चाल हो चुकी। यह देखो, तुम्हारा एक प्यादा पिट गया।

लैला—अच्छा यह शह! आपके सारे पैदल रखे रह गये और बादशाह को शह पड़ गयी। इसी पर दावा था।

नादिर—तुम्हारे हाथ हारने में जो मजा है, वह जीतने में नहीं।

लैला—अच्छा, तो गोया आप दिल खुश कर रहे हैं! शह बचाइए, नहीं दूसरी चाल में मात होती।

नादिर—(अर्दब देकर) अच्छा अब संभल जाना, तुमने मेरे बादशाह की तौहीन की है। एक बार मेरा फर्जी उठा तो तुम्हारे प्यादों का सफाया कर देगा।

लैला—बसंत की भी खबर है! यह शह, लाइए। फर्जी अब कहिए। अबकी मैं न मानूंगी, कहे देती हूं। आपको दो बार छोड़ दिया, अबकी हर्गिज न छोड़ूंगी।

नादिर—जब तक मेरे पास दिलराम (घोड़ा) है, बादशाह को कोई गम नहीं।

लैला—अच्छा यह शह? लाइए अपने दिलराम को! कहिए, अब तो मात हुई?

नादिर—हां जानेमन, अब मात हो गयी। जब मैं ही तुम्हारी अदाओं पर निसार हो गया, तब मेरा बादशाह कब बच सकता था।

लैला—बातें न बनाइए, चुपके से इस फरमान पर दस्तखत कर दीजिए, जैसा आपने वादा किया था।

यह कह कर लैला ने फरमान निकाला, जिसे उसने खुद अपने मोती के-से अक्षरों से लिखा था। इसमें अन्न का आयात-कर घटाकर आधा कर दिया गया था। लैला प्रजा को भूली न थी, वह अब भी उनकी हित कामना में संलग्न रहती थी। नादिर ने इस शर्त पर फरमान पर दस्तखत करने का वचन दिया था कि लैला उसे शतरंज में तीन बार मात करे। वह सिद्धहस्त खिलाड़ी था इसे लैला जानती थी; पर यह शतरंज की बाजी न थी, केवल विनोद था। नादिर ने मुस्कराते हुए फरमान पर हस्ताक्षर कर दिये। कलम के एक एक चिन्ह से प्रजा की पांच करोड़ वार्षिक दर से मुक्ति हो गयी। लैला का मुख गर्व से आरक्त हो गया। जो काम बरसों के आन्दोलन से न हो सकता था, वह प्रेम कटाक्षों से कुछ ही दिनों में पूरा हो गया।

यह सोचकर वह फूली न समाती थी कि जिस वक्त वह फरमान सरकारी पत्रों में प्रकाशित हो जायेगा और व्यवस्थापिका सभा के लोगों को इसके दर्शन होंगे, उस वक्त प्रजावादियों को कितना आनंद होगा। लोग मेरा यश गायेंगे और मुझे आशीर्वाद देंगे।

नादिर प्रेम-मुग्ध होकर उसके चंद्रमुख की ओर देख रहा था, मानो उसका वश होता तो सौंदर्य की इस प्रतिमा को हृदय में बिठा लेता।

6

सहसा राज्य-भवन के द्वार पर शोर मचने लगा। एक क्षण में मालूम हुआ कि जनता का टीडी दल; अस्त्र-शस्त्र से सुसज्जित, राजद्वार पर खड़ा दीवारों को तोड़ने की चेष्टा कर रहा है। प्रतिक्षण शोर बढ़ता जाता था और ऐसी आशंका होती थी कि क्रोधोन्मत्त जनता द्वारों को तोड़कर भीतर घुस आयेगी। फिर ऐसा मालूम हुआ कि कुछ लोग सीढ़ियां लगाकर दीवार पर चढ़ रहे हैं। लैला लज्जा और ग्लानि से सिर झुकाये खड़ी थी। उसके मुख से एक शब्द भी न निकलता था। क्या यही वह जनता है, जिनके कष्टों की कथा कहते हुए उसकी वाणी उन्मत्त हो जाती थी? यही वह अशक्त, दलित, क्षुधा-पीड़ित, अत्याचार की वेदना से तड़पती हुई जनता है, जिस पर वह अपने को अर्पण कर चुकी थी।

नादिर भी मौन खड़ा था; लेकिन लज्जा से नहीं, क्रोध से उसका मुख तमतमा उठा था, आंखों से चिनगारियां निकल रही थीं, बार-बार ओंठ चबाता और तलवार के कब्जे पर हाथ रखकर रह जाता था। वह बार-बार लैला की ओर संतप्त नेत्रों से देखता था। जरा इशारे की देर थी। उसका हुक्म पाते ही उसकी सेना इस विद्रोही दल को यों भगा देगी जैसे आंधी पत्तों को उड़ा देती है; पर लैला से आंखें न मिलती थीं।

आखिर वह अधीर होकर बोला—लैला, मैं राज-सेना को बुलाना चाहता हूं। क्या कहती हो?

लैला ने दीनतापूर्ण नेत्रों से देखकर कहा—जरा ठहर जाइए, पहले इन लोगों से पूछिए कि चाहते क्या हैं।

आदेश पाते ही नादिर छत पर चढ़ गया, लैला भी उसके पीछे-पीछे ऊपर आ पहुंची। दोनों अब जनता के सम्मुख आकर खड़े हो गये। मशालों के प्रकाश में लोगों ने इन दोनों को छत पर खड़े देखा, मानो आकाश से देवता उतर आये हों; सहस्रों से ध्वनि निकली—वह खड़ी है, लैला वह खड़ी! यह वह जनता थी जो लैला के मधुर संगीत पर मस्त हो जाया करती थी।

नादिर ने उच्च स्वर से विद्रोहियों को सम्बोधित किया—ऐ ईरान की बदनसीब रिआया। तुमने शाही महल को क्यों घेर रखा है? क्यों बगावत का झंडा खड़ा किया है? क्या तुमको मेरा और अपने खुदा का बिलकुल खौफ नहीं? क्या तुम नहीं जानते कि मैं अपनी आंखों के एक इशारे से तुम्हारी हस्ती खाक में मिला सकता हूं? मैं तुम्हें हुक्म देता हूं कि एक लम्हे के अंदर यहां से चले जाओ, वरना कलामे-पाक की कसम, मैं तुम्हारे खून की नदी बहा दूंगा।

एक आदमी ने, जो विद्रोहियों का नेता मालूम होता था, सामने आकर कहा—हम उस वक्त तक न जायेंगे, जब तक शाही महल लैला से खाली न हो जायेगा।

नादिर ने बिगड़कर कहा—ओ नाशुक्रो, खुदा से डरो! तुम्हें अपनी मलका की शान में ऐसी बेअदबी करते हुए शर्म नहीं आती! जब से लैला तुम्हारी मलका हुई है, उसने तुम्हारे साथ कितनी रियायतें की हैं! क्या उन्हें तुम बिलकुल भूल गये? जालिमो, वह मलका है; पर वही खाना खाती है, जो तुम कुत्तों को खिला देते हो; वही कपड़े पहनती है, जो तुम फकीरों को दे देते हो। आकर महलसरा में देखो, तुम इसे अपने झोंपड़ों ही की तरह तकल्लुफ और सजावट से खाली पाओगे। लैला तुम्हारी मलका होकर भी फकीरों की जिंदगी बसर करती है, तुम्हारी खिदमत में हमेशा मस्त रहती है। तुम्हें उसके कदमों की खाक माथे पर लगानी चाहिए, आंखों का सुरमा बनाना चाहिए। ईरान के तख्त पर कभी ऐसी गरीबों पर जान देने वाली, उनके दर्द में शरीक होने वाली, गरीबों पर अपने को निसार करने वाली मलका ने कदम नहीं रखे और उसकी शान में तुम ऐसी बेहूदा बातें करते हो! अफसोस! मुझे मालूम हो गया कि तुम जाहिल, इन्सानियत से खाली और कमीने हो! तुम इसी काबिल हो कि तुम्हारी गरदनें कुन्द छुरी से काटी जायें, तुम्हें पैरों तले रौंदा जाये...

नादिर बात भी पूरी न कर पाया था कि विद्रोहियों ने एक स्वर से चिल्लाकर कहा—लैला, हमारी दुश्मन है, हम उसे अपनी मलका की सूरत में नहीं देख सकते।

नादिर ने जोर से चिल्लाकर कहा—जालिमो, जरा खामोश हो जाओ; यह देखो वह फरमान है, जिस पर लैला ने अभी-अभी मुझसे जबरदस्ती दस्तखत कराये हैं। आज से गल्ले का महसूल घटाकर आधा कर दिया गया है और तुम्हारे सिर से महसूल का बोझ पांच करोड़ कम हो गया है।

हजारों आदमियों ने शोर मचाया—यह महसूल बहुत पहले बिलकुल माफ हो जाना चाहिए था। हम एक कौड़ी नहीं दे सकते। लैला, लैला, हम उसे अपनी मलका की सूरत में नहीं देख सकते।

अब बादशाह क्रोध से कांपने लगा। लैला ने सजल नेत्र होकर कहा—अगर रिआया की यही मरजी है कि मैं फिर डफ बजा-बजा कर गाती फिरूं तो मुझे उज्र नहीं, मुझे यकीन है कि मैं अपने गाने से एक बार फिर इनके दिल पर हुकूमत कर

सकती हूं।

नादिर ने उत्तेजित होकर कहा—लैला, मैं रिआया की तुनुक-मिजाजियों का गुलाम नहीं। इससे पहले कि मैं तुम्हें अपने पहलू से जुदा करूं, तेहरान की गलियां खून से लाल हो जायेंगी। मैं इन बदमाशों को इनकी शरारत का मजा चखाता हूं।

नादिर ने मीनार पर चढ़कर खतरे का घंटा बजाया। सारे तेहरान में उसकी आवाज गूंज उठी; शाही फौज का एक आदमी नजर न आया।

नादिर ने दोबारा घंटा बजाया, आकाश मंडल उसकी झंकार से कम्पित हो गया, तारागण कांप उठे; पर एक भी सैनिक न निकला।

नादिर ने तीसरी बार घंटा बजाया, पर उसका भी उत्तर केवल एक क्षीण प्रतिध्वनि ने दिया, मानो किसी मरने वाले की अंतिम प्रार्थना के शब्द हों।

नादिर ने माथा पीट लिया। समझ गया कि बुरे दिन आ गये। अब भी लैला को जनता के दुराग्रह पर बलिदान करके वह अपनी राजसत्ता की रक्षा कर सकता था, पर लैला उसे प्राणों से प्रिय थी। उसने छत पर आकर लैला का हाथ पकड़ लिया और उसे लिये हुए सदर फाटक से निकला। विद्रोहियों ने एक विजय-ध्वनि के साथ उनका स्वागत किया; पर सब के सब किसी गुप्त प्रेरणा के वश रास्ते से हट गये।

दोनों चुपचाप तेहरान की गलियों में होते हुए चले जाते थे। चारों ओर अंधकार था। दुकानें बंद थीं। बाजारों में सन्नाटा छाया हुआ था। कोई घर से बाहर न निकलता था। फकीरों ने भी मसजिदों में पनाह ले ली थी। पर इन दोनों प्राणियों के लिए कोई आश्रय न था। नादिर की कमर में तलवार थी, लैला के हाथ में डफ था। यही उनके विशाल ऐश्वर्य का विलुप्त चिह्न था।

7

पूरा साल गुजर गया। लैला और नादिर देश-विदेश की खाक छानते फिरते थे। समरकंद और बुखारा, बगदाद और हलब, काहिरा और अदन ये सारे देश उन्होंने छान डाले। लैला की डफ फिर जादू करने लगी, उसकी आवाज सुनते ही शहर में हलचल मच जाती, आदमियों का मेला लग जाता, आवभगत होने लगती; लेकिन ये दोनों यात्री कहीं एक दिन से अधिक न ठहरते थे। न किसी से कुछ मांगते, न किसी के द्वार पर जाते। केवल रूखा-

सूखा भोजन कर लेते और कभी किसी वृक्ष के नीचे, कभी पर्वत की गुफा में और कभी सड़क के किनारे रात काट देते थे। संसार के कठोर व्यवहार ने उन्हें विरक्त कर दिया था, उसके प्रलोभन से कोसों दूर भागते थे। उन्हें अनुभव हो गया था कि यहां जिसके लिए प्राण अर्पण कर दो, वही अपना शत्रु हो जाता है; जिसके साथ भलाई करो, वही बुराई की कमर बांधता है; यहां किसी से दिल न लगाना चाहिए। उनके पास बड़े-बड़े रईसों के निमंत्रण आते, उन्हें एक दिन अपना मेहमान बनाने के लिए हजारों मिन्नतें करते; पर लैला किसी की न सुनती। नादिर को अब तक कभी-कभी करके तेहरान पर चढ़ जाऊं और बागियों को परास्त करके अखंड राज्य करूं; पर लैला की उदासीनता देखकर उसे किसी से मिलने-जुलने का साहस न होता था। लैला उसकी प्राणेश्वरी थी, वह उसी के इशारों पर चलता था।

उधर ईरान में भी अराजकता फैली हुई थी। जनसत्ता से तंग आकर रईसों ने भी फौजें जमा कर ली थीं और दोनों दलों में आये दिन संग्राम होता रहता था। पूरा साल गुजर गया और खेत न जुते, देश में भीषण अकाल पड़ा हुआ था; व्यापार शिथिल था, खजाना खाली। दिन-दिन जनता की शक्ति घटती जाती थी और रईसों का जोर बढ़ता जाता था। आखिर यहां तक नौबत पहुंची कि जनता ने हथियार डाल दिये और रईसों ने राज-भवन पर अपना अधिकार जमा लिया। प्रजा के नेताओं को फांसी दे दी गयी, कितने ही कैद कर दिये गये और जनसत्ता का अंत हो गया। शक्तिवादियों को अब नादिर की याद आयी। यह बात अनुभव से सिद्ध हो गयी थी कि देश में प्रजातंत्र स्थापित करने की क्षमता का अभाव है। प्रत्यक्ष के लिए प्रमाण की जरूरत न थी। इस अवसर पर राजसत्ता ही देश का उद्धार कर सकती थी। वह भी मानी हुई बात थी कि लैला और नादिर को जनमत से विशेष प्रेम न होगा। वे सिंहासन पर बैठकर भी रईसों ही के हाथ में कठपुतली बने रहेंगे और रईसों को प्रजा पर मनमाने अत्याचार करने का अवसर मिलेगा। अतएव आपस में लोगों ने सलाह की और प्रतिनिधि नादिर को मना लाने के लिये रवाना हुए।

8

संध्या का समय था। लैला और नादिर दमिश्क में एक वृक्ष के नीचे बैठे हुए थे। आकाश पर लालिमा छायी हुई थी। और उससे मिली हुई पर्वत-मालाओं की श्याम रेखा ऐसी मालूम हो रही थी मानो कमल-दल मुरझा गया

हो। लैला उल्लसित नेत्रों से प्रकृति की यह शोभा देख रही थी। नादिर मलिन और चिंतित भाव से लेटा हुआ सामने के सुदूर प्रांत की ओर तृषित नेत्रों से देख रहा था, मानो इस जीवन से तंग आ गया है।

सहसा बहुत दूर गर्द उड़ती हुई दिखाई दी, और एक क्षण में ऐसा मालूम हुआ कि कुछ आदमी घोड़ों पर सवार चले आ रहे हैं। नादिर उठ बैठा और गौर से देखने लगा कि ये कौन आदमी हैं। अकस्मात् वह उठकर खड़ा हो गया। उसका मुख-मंडल दीपक की भांति चमक उठा, जर्जर शरीर में एक विचित्र स्फूर्ति दौड़ गयी। वह उत्सुकता से बोला—लैला, ये तो ईरान के आदमी, कलामे-पाक की कसम, ये ईरान के आदमी हैं। इनके लिबास से साफ जाहिर हो रहा है।

लैला ने भी उन यात्रियों की ओर देखा और सचेत होकर बोली—अपनी तलवार संभाल लो, शायद उसकी जरूरत पड़े।

नादिर—नहीं लैला, ईरान के लोग इतने कमीने नहीं हैं कि अपने बादशाह पर तलवार उठायें।

लैला—पहले मैं भी यही समझती थी।

सवारों ने समीप आकर घोड़े रोक लिये। उतरकर बड़े अदब से नादिर को सलाम किया! नादिर बहुत जब्त करने पर भी अपने मनोवेग को न रोक सका, दौड़कर उनके गले लिपट गया। वह अब बादशाह न था, ईरान का एक मुसाफिर था। बादशाहत मिट गयी थी; पर ईरानियत रोम-रोम में भरी हुई थी। वे तीनों आदमी इस समय ईरान के विधाता थे। इन्हें वह खूब पहचानता था। उनकी स्वामिभक्ति की वह कई बार परीक्षा ले चुका था। उन्हें लाकर अपने बोरिये पर बैठाना चाहा, लेकिन वे जमीन पर ही बैठे। उनकी दृष्टि से वह बोरिया उस समय सिंहासन था, जिस पर अपने स्वामी के सम्मुख वे कदम न रख सकते थे। बातें होने लगीं, ईरान की दशा अत्यंत शोचनीय थी। लूट-मार का बाजार गर्म था, न कोई व्यवस्था थी न व्यवस्थापक थे। अगर यही दशा रही तो शायद बहुत जल्द उसकी गरदन में पराधीनता का जुआ पड़ जाये। देश अब नादिर को ढूंढ़ रहा था। उसके सिवा कोई दूसरा उस डूबते हुए बेड़े को पार नहीं लगा सकता था। इसी आशा से ये लोग उसके पास आये थे।

नादिर ने विरक्त भाव से कहा—एक बार इज्जत ली, क्या अबकी जान लेने की सोची है? मैं बड़े आराम से हूं! आप मुझे दिक न करें।

सरदारों ने आग्रह करना शुरू किया—हम हुजूर का दामन न छोड़ेंगे, यहां अपनी गरदनों पर छुरी फेर कर हुजूर के कदमों पर जान दे देंगे। जिन बदमाशों ने आपको परेशान किया, अब उनका कहीं निशान भी नहीं रहा, हम लोग उन्हें फिर कभी सिर न उठाने देंगे, सिर्फ हुजूर की आड़ चाहिए।

नादिर ने बात काटकर कहा—साहबो, अगर आप मुझे इस इरादे से ईरान का बादशाह बनाना चाहते हैं, तो माफ कीजिए। मैंने इस सफर में रिआया की हालत का गौर से मुलाहजा किया है और इस नतीजे पर पहुंचा हूं कि सभी मुल्कों में उनकी हालत खराब है। वे रहम के काबिल हैं। ईरान में मुझे कभी ऐसे मौके न मिले थे। मैं रिआया को अपने दरबारियों की आंखों से देखता था। मुझसे आप लोग यह उम्मीद न रखें कि रिआया को लूटकर आपकी जेबें भरूंगा। यह अजाब अपनी गरदन पर नहीं ले सकता। मैं इन्साफ का मीजान बराबर रखूंगा और इसी शर्त पर ईरान चल सकता हूं।

लैला ने मुस्कराते कहा—तुम रिआया का कसूर माफ कर सकते हो, क्योंकि उसकी तुमसे कोई दुश्मनी न थी। उसके दांत तो मुझ पर थे। मैं उसे कैसे माफ कर सकती हूं।

नादिर ने गम्भीर भाव से कहा—लैला, मुझे यकीन नहीं आता कि तुम्हारे मुंह से ऐसी बातें सुन रहा हूं।

लोगों ने समझा, अभी उन्हें भड़काने की जरूरत ही क्या है। ईरान में चलकर देखा जायेगा। दो-चार मुखबिरों से रिआया के नाम पर ऐसे उपद्रव खड़े करा देंगे कि इनके सारे खयाल पलट जायेंगे। एक सरदार ने अर्ज की—माजल्लाह! हुजूर यह क्या फरमाते हैं? क्या हम इतने नादान हैं कि हुजूर को इन्साफ के रास्ते से हटाना चाहेंगे? इन्साफ ही बादशाह का जौहर है और हमारी दिली आरजू है कि आपका इन्साफ नौशेरवां को भी शर्मिंदा कर दे। हमारी मंशा सिर्फ यह थी कि आइंदा से हम रिआया को कभी ऐसा मौका न देंगे कि वह हुजूर की शान में बेअदबी कर सके। हम अपनी जानें हुजूर पर निसार करने के लिए हाजिर रहेंगे।

सहसा ऐसा मालूम हुआ कि सारी प्रकृति संगीतमय हो गयी है। पर्वत और वृक्ष, तारे और चांद, वायु और जल सभी एक स्वर से गाने लगे। चांदनी की निर्मल छटा में वायु के नीरव प्रहार में संगीत की तरंगें उठने लगीं। लैला अपना डफ बजा-बजा कर गा रही थी। आज मालूम हुआ, ध्वनि ही सृष्टि का मूल है। पर्वतों पर देवियां

निकल-निकल कर नाचने लगीं, आकाश पर देवता नृत्य करने लगे। संगीत ने एक नया संसार रच डाला।

उसी दिन से जब कि प्रजा ने राजभवन के द्वार पर उपद्रव मचाया था और लैला के निर्वासन पर आग्रह किया था, लैला के विचारों में क्रांति हो गयी थी। जन्म से ही उसने जनता के साथ सहानुभूति करना सीखा था। वह राजकर्मचारियों को प्रजा पर अत्याचार करते देखती थी और उसका कोमल हृदय तड़प उठता था। तब धन, ऐश्वर्य और विलास से उसे घृणा होने लगती थी। जिसके कारण प्रजा को इतने कष्ट भोगने पड़ते हैं। वह अपने में किसी ऐसी शक्ति का आह्वान करना चाहती थी कि जो आततायियों के हृदय में दया और प्रजा के हृदय में अभय का संचार करे। उसकी बाल कल्पना उसे एक सिंहासन पर बिठा देती, जहां वह अपनी न्याय-नीति से संसार में युगांतर उपस्थित कर देती। कितनी रातें उसने यही स्वप्न देखने में काटी थीं। कितनी बार वह अन्याय पीड़ितों के सिरहाने बैठकर रोयी थी; लेकिन जब एक दिन ऐसा आया कि उसके स्वर्ण-स्वप्न आंशिक रीति से पूरे होने लगे, तब उसे एक नया और कठोर अनुभव हुआ। उसने देखा प्रजा इतनी सहनशील, इतनी दीन और दुर्बल नहीं है, जितना वह समझती थी। इसकी अपेक्षा उसमें ओछेपन, अविचार और अशिष्टता की मात्रा कहीं अधिक थी। यह सद्व्यवहार की कद्र करना नहीं जानती, शक्ति पाकर उसका सदुपयोग नहीं कर सकती। उसी दिन से उसका दिल जनता से फिर गया था।

जिस दिन नादिर और लैला ने फिर तेहरान में पदार्पण किया, सारा नगर उनका अभिवादन करने के लिए निकल पड़ा। शहर पर आतंक छाया हुआ था, चारों ओर करुण रुदन की ध्वनि सुनाई देती थी। अमीरों के मुहल्ले में श्री लोटती फिरती थी, गरीबों के मुहल्ले उजड़े हुए थे, उन्हें देखकर कलेजा फटा जाता था। नादिर रो पड़ा; लेकिन लैला के ओठों पर निष्ठुर निर्दय हास्य अपनी छटा दिखा रहा था।

नादिर के सामने अब एक विकट समस्या थी। वह नित्य देखता कि मैं जो करना चाहता हूं वह नहीं होता और जो नहीं करना चाहता, वह होता है, और इसका कारण लैला है; पर कुछ कह न सकता था। लैला उसके हर एक काम में हस्तक्षेप करती रहती थी। वह जनता के उपकार और उद्धार के लिए जो विधान करता, लैला उसमें कोई न कोई विघ्न अवश्य डाल देती, और उसे चुप रह जाने के सिवा और कुछ न सूझता। लैला के लिए उसने एक बार राज्य का त्याग कर दिया था। तब आपत्ति-

काल ने लैला की परीक्षा की थी। इतने दिनों की विपत्ति में उसे लैला के चरित्र का जो अनुभव प्राप्त हुआ था, वह इतना मनोहर, इतना सरस था कि वह लैला-मय हो गया था। लैला ही उसका स्वर्ग थी, उसके प्रेम में रत रहना ही उसकी परम अभिलाषा थी। इस लैला के लिए वह अब क्या कुछ न कर सकता था? प्रजा की ओर साम्राज्य की उसके सामने क्या हस्ती थी।

इस भांति तीन साल बीत गये, प्रजा की दशा दिन-दिन बिगड़ती ही गयी।

9

एक दिन नादिर शिकार खेलने गया। और साथियों से अलग होकर जंगल में भटकता फिरा, यहां तक कि रात हो गयी और साथियों का पता न चला। घर लौटने का भी रास्ता न जानता था। आखिर खुदा का नाम लेकर वह एक तरफ चला कि कहीं तो कोई गांव या बस्ती का नाम-निशान मिलेगा! वहां रात-भर पड़ा रहूंगा। सबेरे लौट जाऊंगा। चलते-चलते जंगल के दूसरे सिरे पर उसे एक गांव नजर आया, जिसमें मुश्किल से तीन-चार घर होंगे। हां, एक मसजिद अलबत्ता बनी हुई थी। मसजिद में एक दीपक टिमटिमा रहा था; पर किसी आदमी या आदमजात का निशान न था। आधी रात से ज्यादा बीत चुकी थी, इसलिए किसी को कष्ट देना भी उचित न था। नादिर ने घोड़े को एक पेड़ से बांध दिया और उसी मसजिद में रात काटने की ठानी। वहां एक फटी-सी चटाई पड़ी हुई थी। उसी पर लेट गया। दिन भर का थका था, लेटते ही नींद आ गयी। मालूम नहीं वह कितनी देर तक सोता रहा; पर किसी की आहट पाकर चौंका तो क्या देखता है कि एक बूढ़ा आदमी बैठा नमाज पढ़ रहा है। नादिर को आश्चर्य हुआ कि इतनी रात गये कौन नमाज पढ़ रहा है। उसे यह खबर न थी कि रात गुजर गयी और यह फजर की नमाज है। वह पड़ा-पड़ा देखता रहा। वृद्ध पुरुष ने नमाज अदा की, फिर वह छाती के सामने अंजिल फैलाकर दुआ मांगने लगा। दुआ के शब्द सुनकर नादिर का खून सर्द हो गया। वह दुआ उसके राज्यकाल की ऐसी तीव्र, ऐसी वास्तविक, ऐसी शिक्षाप्रद आलोचना थी, जो आज तक किसी ने न की थी, उसे अपने जीवन में अपना अपयश सुनने का अवसर प्राप्त हुआ। वह यह तो जानता था कि मेरा शासन आदर्श नहीं है; लेकिन उसने कभी यह कल्पना न की थी कि प्रजा की विपत्ति इतनी असह्य हो गयी है। दुआ यह थी—

"ए खुदा! तू ही गरीबों का मददगार और बेकसों का सहारा है। तू इस जालिम बादशाह के जुल्म देखता है और तेरा कहर उस पर नहीं गिरता। यह बेदीन काफिर एक हसीन औरत की मुहब्बत में अपने को इतना भूल गया है कि न आंखों से देखता है, न कानों से सुनता है। अगर देखता है तो उसी औरत की आंखों से, सुनता है तो उसी औरत के कानों से। अब यह मुसीबत नहीं सही जाती। या तो तू उस जालिम को जहन्नुम पहुंचा दे; या हम बेकसों को दुनिया से उठा ले। ईरान उसके जुल्म से तंग आ गया है और तू ही उसके सिर से इस बला को टाल सकता है।'

बूढ़े ने तो अपनी छड़ी संभाली और चलता हुआ; लेकिन नादिर मृतक की भांति वहीं पड़ा रहा, मानो उस पर बिजली गिर पड़ी हो।

10

एक सप्ताह तक नादिर दरबार में न आया, न किसी कर्मचारी को अपने पास आने की आज्ञा दी। दिन के दिन अंदर पड़ा सोचा करता कि क्या करूं। नाममात्र को कुछ खा लेता। लैला बार-बार उसके पास जाती और कभी उसका सिर अपनी जांघ पर रखकर, कभी उसके गले में बांहें डालकर पूछती—तुम क्यों इतने उदास और मलिन हो! नादिर उसे देखकर रोने लगता; पर मुंह से कुछ न कहता। यश या लैला, यही उसके सामने कठिन समस्या थी। उसके हृदय में भीषण द्वन्द्व रहता और वह कुछ निश्चय न कर सकता था। यश प्यारा था; पर लैला उससे भी प्यारी थी। वह बदनाम होकर जिंदा रह सकता था; पर लैला के बिना वह जीवन की कल्पना ही न कर सकता था। लैला उसके रोम-रोम में व्याप्त थी।

अंत को उसने निश्चय कर लिया—लैला मेरी है, मैं लैला का हूं। न मैं उससे अलग, न वह मझसे जुदा। जो कुछ वह करती है मेरा है, जो मैं करता हूं उसका है। यहां मेरा और तेरा का भेद ही कहां? बादशाहत नश्वर है, प्रेम अमर। हम अनंत काल तक एक-दूसरे के पहलू में बैठे हुए स्वर्ग के सुख भोगेंगे। हमारा प्रेम अनंत काल तक आकाश में तारे की भांति चमकेगा।

नादिर प्रसन्न होकर उठा। उसका मुख-मंडल विजय की लालिमा से रंजित हो रहा था। आंखों में शौर्य टपका पड़ता था। वह लैला के प्रेम का प्याला पीने जा रहा था। जिसे एक सप्ताह से उसने मुंह नहीं लगाया था। उसका हृदय उसी उमंग से

उछला पड़ता था, जो आज से पांच साल पहले उठा करती थी। प्रेम का फूल कभी नहीं मुरझाता, प्रेम की नींद कभी नहीं उतरती।

लेकिन लैला की आरामगाह के द्वार बंद थे और उसका डफ जो द्वार पर नित्य एक खूंटी से लटका रहता था, गायब था। नादिर का कलेजा सन्न-सा हो गया। द्वार बंद रहने का आशय तो यह हो सकता है कि लैला बाग में होगी; लेकिन डफ कहां गया? सम्भव है, वह डफ लेकर बाग में गयी हो; लेकिन यह उदासी क्यों छायी है? यह हसरत क्यों बरस रही है!

नादिर ने कांपते हुए हाथों से द्वार खोल दिया। लैला अंदर न थी। पलंग बिछा हुआ था, शमा जल रही थी, वजू का पानी रखा हुआ था। नादिर के पांव थर्राने लगे। क्या लैला रात को भी नहीं सोयी? कमरे की एक-एक वस्तु में लैला की याद थी, उसकी तस्वीर थी, उसकी महक थी, लेकिन लैला न थी। मकान सूना मालूम होता था, ज्योति-हीन नेत्र।

नादिर का दिल भर आया। उसकी हिम्मत न पड़ी कि किसी से कुछ पूछे। हृदय इतना कातर हो गया कि हतबुद्धि की भांति फर्श पर बैठकर बिलख-बिलख कर रोने लगा। जब जरा आंसू थमे तब उसने बिस्तर को सूंघा कि शायद लैला के स्पर्श की कुछ गंध आये; लेकिन खस और गुलाब की महक के सिवा और कोई सुगंध न थी।

सहसा उसे तकिये के नीचे से बाहर निकला हुआ एक कागज का पुर्जा दिखायी दिया। उसने एक हाथ से कलेजे को संभालकर पुर्जा निकाल लिया और सहमी हुई आंखों से उसे देखा। एक निगाह में सब कुछ मालूम हो गया। वह नादिर की किस्मत का फैसला था। नादिर के मुंह से निकला, हाय लैला! और वह मूर्छित होकर जमीन पर गिर पड़ा। लैला ने पुर्जे में लिखा था—'मेरे प्यारे नादिर, तुम्हारी लैला तुमसे जुदा होती है—हमेशा के लिए। मेरी तलाश मत करना, तुम मेरा सुराग न पाओगे। मैं तुम्हारी मुहब्बत की लौंडी थी, तुम्हारी बादशाहत की भूखी नहीं। आज एक हफ्ते से देख रही हूं; तुम्हारी निगाह फिरी हुई है। तुम मुझसे नहीं बोलते, मेरी तरफ आंख उठाकर नहीं देखते। मुझसे बेजार रहते हो। मैं किन-किन अरमानों से तुम्हारे पास जाती हूं और कितनी मायूस होकर लौटती हूं इसका तुम अंदाज नहीं कर सकते। मैंने इस सजा के लायक कोई काम नहीं किया। मैंने जो कुछ किया है, तुम्हारी ही भलाई के खयाल से। एक हफ्ता मुझे रोते गुजर गया। मुझे मालूम हो रहा है कि अब मैं तुम्हारी नजरों से गिर गयी,

तुम्हारे दिल से निकाल दी गयी। आह! ये पांच साल हमेशा याद रहेंगे, हमेशा तड़पाते रहेंगे! यही डफ ले कर आयी थी, वही लेकर जाती हूं। पांच साल मुहब्बत के मजे उठाकर जिंदगी भर के लिए हसरत का दाग लिये जाती हूं। लैला मुहब्बत की लौंडी थी, जब मुहब्बत न रही, तब लैला क्योंकर रहती? रुखसत!'

नेउर

आकाश में चांदी के पहाड़ भाग रहे थे, टकरा रहे थे, गले मिल रहे थे; जैसे सूर्य-मेघ संग्राम छिड़ा हुआ हो। कभी छाया हो जाती थी, कभी तेज धूप चमक उठती थी। बरसात के दिन थे, उमस हो रही थी। हवा बन्द हो गयी थी।

गांव के बाहर कई मजूर एक खेत की मेंड़ बांध रहे थे। नंगे बदन, पसीने में तर, कछनी कसे हुए, सब-के-सब फावड़े से मिट्टी खोदकर मेंड़ पर रखते जाते थे। पानी से मिट्टी नरम हो गयी थी।

गोबर ने अपनी कानी आंख मटकाकर कहा—अब तो हाथ नहीं चलता भाई! गोल भी छूट गया होगा, चबेना कर लें।

नेउर ने हंसकर कहा—यह मेंड़ तो पूरी कर लो, फिर चबेना कर लेना। मैं तो तुमसे पहले आया।

दोनों ने सिर पर झौवा उठाते हुए कहा—तुमने अपनी जवानी में जितना घी खाया होगा नेउर दादा, उतना तो अब हमें पानी भी नहीं मिलता।

नेउर छोटे डील का, गठीला, काला, फुर्तीला आदमी था। उम्र पचास से ऊपर थी; मगर अच्छे-अच्छे नौजवान उसके बराबर मेहनत न कर सकते थे। अभी दो-तीन साल पहले तक कुश्ती लड़ता था। जब से गाय मर गयी, कुश्ती लड़ना छोड़ दिया था।

गोबर—तुमसे तमाखू पिये बिना कैसे रहा जाता है नेउर दादा? यहां तो चाहे रोटी न मिले, लेकिन तमाखू के बिना नहीं रहा जाता।

दीना—तो यहां से जाकर रोटी बनाओगे दादा? बुढ़िया कुछ नहीं करती? हमसे तो दादा ऐसी मेहरिया से एक दिन न पटे।

नेउर के पिचके, खिचड़ी मूंछों से ढके मुख पर हास्य की स्मित-रेखा चमक उठी, जिसने उसकी कुरूपता को भी सुन्दर बना दिया। बोला—जवानी तो उसी के साथ कटी है बेटा, अब उससे कोई काम नहीं होता, तो क्या करूं।

गोबर—तुमने उसे सिर चढ़ा रखा है, नहीं तो काम क्यों न करती? मजे से खाट पर बैठी चिलम पीती रहती है और सारे गांव से लड़ा करती है। तुम बूढ़े हो गये; लेकिन वह तो अब भी जवान बनी है।

दीना—जवान औरत उसकी क्या बराबरी करेगी? सेंदुर, टिकुली, काजल, मेंहदी में तो उसका मन बसता है। बिना किनारदार रंगीन धोती के उसे कभी देखा ही नहीं, उस पर गहनों से भी जी नहीं भरता। तुम गऊ हो, इससे निबाह हो जाता है, नहीं तो अब तक गली-गली ठोकरें खाती होती।

गोबर—मुझे तो उसके बनाव-सिंगार पर गुस्सा आता है। काम कुछ न करेगी; पर खाने-पहनने को अच्छा ही चाहिए।

नेउर—तुम क्या जानो बेटा, जब वह आयी थी तो मेरे घर सात हल की खेती होती थी। रानी बनी बैठी रहती थी। जमाना बदल गया, तो क्या हुआ! उसका मन तो वही है। घड़ी भर चूल्हे के सामने बैठ जाती है, तो आंखें लाल हो जाती हैं और मूड़ थामकर पड़ जाती है। मुझसे तो यह नहीं देखा जाता। इसी दिन-रात के लिए तो आदमी शादी ब्याह करता है और इसमें क्या रखा है? यहां से जाकर रोटी बनाऊंगा, पानी लाऊंगा, तब दो कौर खायेगी, नहीं तो मुझे क्या था, तुम्हारी तरह चार फंकी मारकर एक लोटा पानी पी लेता। जब से बिटिया मर गयी, तब से तो वह और भी लस्त हो गयी। यह बड़ा भारी धक्का लगा। मां की ममता हम-तुम क्या समझेंगे बेटा! पहले तो कभी-कभी डांट भी देता था। अब किस मुंह से डांटूं?

दीना—तुम कल पेड़ पर काहे को चढ़े थे, अभी गूलर कौन पकी है।

नेउर—उस बकरी के लिए थोड़ी पत्ती तोड़ रहा था। बिटिया को दूध पिलाने को बकरी ली थी। अब बुढ़िया हो गयी है; लेकिन थोड़ा दूध दे देती है। उसी का दूध और रोटी बुढ़िया का आधार है।

घर पहुंचकर नेउर ने लोटा और डोर उठाया और नहाने चला, कि स्त्री ने खाट पर लेटे-लेटे कहा—इतनी देर क्यों कर दिया करते हो? आदमी काम के पीछे परान थोड़े ही देता है? जब मजूरी सब के बराबर मिलती है, तो क्यों काम के पीछे मरते हो?

नेउर का अन्तःकरण एक माधुर्य से सराबोर हो गया। उसके आत्म-समर्पण से भरे हुए प्रेम में 'मैं' की गन्ध भी तो नहीं थी। कितना स्नेह! और किसे उसके आराम की, उसके मरने-जीने की चिन्ता है? फिर यह क्यों न अपनी बुढ़िया के लिए मरे? बोला—तू उस जनम में कोई देवी रही होगी बुढ़िया, सच।

"अच्छा रहने दो यह चापलूसी। हमारे आगे अब कौन बैठा हुआ है, जिसके लिए इतनी हारा-हाय करते हो?'

नेउर गज-भर की छाती किये स्नान करने चला गया। लौटकर उसने मोटी-मोटी रोटियां बनायीं। आलू चूल्हे में डाल दिये। उनका भुरता बनाया; फिर बुढ़िया और वह दोनों साथ खाने बैठे।

बुढ़िया—मेरी जात से तुम्हें कोई सुख न मिला। पड़े-पड़े खाती हूं और तुम्हें तंग करती हूं। इससे तो कहीं अच्छा था कि भगवान मुझे उठा लेते!

'भगवान आयेंगे तो मैं कहूंगा, पहले मुझे ले चलो। तब इस सूनी झोंपड़ी में कौन रहेगा!'

'तुम न रहोगे, तो मेरी क्या दशा होगी, यह सोचकर मेरी आंखों में अंधेरा आ जाता है। मैंने कोई बड़ा पुन किया था कि तुम्हें पाया था। किसी और के साथ मेरा भला क्या निबाह होता?'

ऐसे मीठे सन्तोष के लिए नेउर क्या नहीं कर डालना चाहता था। आलसिन, लोभिन, स्वार्थिन बुढ़िया अपनी जीभ पर केवल मिठास रखकर नेउर को नचाती थी जैसे कोई शिकारी कंटिये में चारा लगाकर मछली को खिलाता है।

पहले कौन मरे, इस विषय पर आज यह पहली ही बार बातचीत न हुई थी। इसके पहले भी कितनी ही बार यह प्रश्न उठा था और यों ही छोड़ दिया गया था; लेकिन न जाने क्यों नेउर ने अपनी डिग्री कर ली थी और उसे निश्चय था कि पहले मैं जाऊंगा। उसके पीछे भी बढ़िया जब तक रहे, आराम से रहे, किसी के सामने हाथ न फैलाये, इसीलिए वह मरता रहता था, जिसमें हाथ में चार पैसे जमा हो जायें! कठिन-से-कठिन काम, जिसे कोई न कर सके, नेउर करता। दिन-भर फावड़े-कुदाल का काम करने के बाद रात को वह ऊख के दिनों में किसी की ऊख पेरता, या खेतों की रखवाली करता; लेकिन दिन निकलते जाते थे और जो कुछ कमाता था, वह भी निकला जाता था। बुढ़िया के बगैर वह जीवन...नहीं, इसकी वह कल्पना ही न कर सकता था।

लेकिन आज की बातों ने नेउर को सशंक कर दिया। जल में एक बूंद रंग की भांति यह शंका उसके मन में समा कर अतिरंजित होने लगी।

2

गांव में नेउर को काम की कमी न थी; पर मजूरी तो वही मिलती थी, जो अब तक मिलती आयी थी; इस मन्दी में वह मजूरी भी नहीं रह गयी

थी। एकाएक गांव में एक साधु कहीं से घूमते-फिरते आ निकले और नेउर के घर के सामने ही पीपल की छांह में उनकी धूनी जल गई। गांव वालों ने अपना धन्य भाग्य समझा। बाबाजी का सेवा-सत्कार करने के लिए सभी जमा हो गये। कहीं से लकड़ी आ गयी, कहीं से बिछाने को कम्बल, कहीं से आटा-दाल। नेउर के पास क्या था? बाबाजी के लिए भोजन बनाने की सेवा उसने ली। चरस आ गयी, दम लगने लगा।

दो-तीन दिन में ही बाबाजी की कीर्ति फैलने लगी। वह आत्मदर्शी हैं, भूत-भविष्य सब बता देते हैं। लोभ तो छू नहीं गया। पैसा हाथ से नहीं छूते और भोजन भी क्या करते हैं! आठ पहर में एक-दो बाटियां खा लीं; लेकिन मुख दीपक की तरह दमक रहा है। कितनी मीठी बानी है! सरल-हृदय नेउर बाबाजी का सबसे बड़ा भक्त था। उस पर कहीं बाबाजी की दया हो गयी, तो पारस ही हो जायगा। सारा दुख-दलिद्दर मिट जायगा।

भक्तजन एक-एक करके चले गये थे। खूब कड़ाके की ठंड पड़ रही थी। केवल नेउर बैठा बाबाजी के पांव दबा रहा था।

बाबाजी ने कहा—बच्चा! संसार माया है, इसमें क्यों फंसे हो?

नेउर ने नत-मस्तक होकर कहा—अज्ञानी हूं महाराज; क्या करूं? स्त्री है, उसे किस पर छोड़ूं!

'तू समझता है, तू स्त्री का पालन करता है?'

'और कौन सहारा है उसे बाबाजी?'

'ईश्वर कुछ नहीं है, तू ही सब कुछ है?'

नेउर के मन में जैसे ज्ञान-उदय हो गया। तू इतना अभिमानी हो गया है! तेरा इतना दिमाग! मजदूरी करते-करते जान जाती है और तू समझता है, मैं ही बुढ़िया का सब कुछ हूं। प्रभु, जो सारे संसार का पालन करते हैं, तू उनके काम में दखल देने का दावा करता है। उसके सरल, ग्रामीण हृदय में आस्था की ध्वनि-सी उठकर उसे धिक्कारने लगी। बोला—अज्ञानी हूं महाराज!

इससे ज्यादा वह और कुछ न कह सका। आंखों से दीन-विषाद के आंसू गिरने लगे।

बाबाजी ने तेजस्विता से कहा—'देखना चाहता है ईश्वर का चमत्कार! वह चाहे तो क्षण-भर में तुझे लखपति कर दे। क्षण-भर में तेरी सारी चिन्ताएं हर ले! मैं उसका एक तुच्छ भक्त हूं काकविष्टा; लेकिन मुझमें भी इतनी शक्ति है कि तुझे

पारस बना दूं। तू साफ दिल का, सच्चा, ईमानदार आदमी है। मुझे तुझ पर दया आती है। मैंने इस गांव में सबको ध्यान से देखा। किसी में शक्ति नहीं, विश्वास नहीं। तुझमें मैंने भक्त का हृदय पाया। तेरे पास कुछ चांदी है?"

नेउर को जान पड़ रहा था कि सामने स्वर्ग का द्वार है।

'दस-पांच रुपये होंगे महाराज?'

'कुछ चांदी के टूटे-फूटे गहने नहीं हैं?'

'घरवाली के पास कुछ गहने है।'

'कल रात को जितनी चांदी मिल सके, यहां ला और ईश्वर की प्रभुता देख। तेरे सामने मैं चांदी की हांड़ी में रखकर इसी धूनी में रख दूंगा। प्रातःकाल आकर हांड़ी निकाल लेना; मगर इतना याद रखना कि उन अशर्फियों को अगर शराब पीने में, जुआ खेलने में या किसी दूसरे बुरे काम में खर्च किया, तो कोढ़ी हो जायगा। अब जा, सो रह। हां, इतना और सुन ले; इसकी चर्चा किसी से मत करना, घरवालों से भी नहीं।'

नेउर घर चला, तो ऐसा प्रसन्न था मानो ईश्वर का हाथ उसके सिर पर है। रात-भर उसे नींद नहीं आयी। सबेरे उसने कई आदमियों से दो-दो, चार-चार रुपये उधार लेकर पचास रुपये जोड़े! लोग उसका विश्वास करते थे। कभी किसी का एक पैसा भी न दबाता था। वादे का पक्का, नीयत का साफ। रुपये मिलने में दिक्कत न हुई। पचीस रुपये उसके पास थे। बुढ़िया से गहने कैसे ले? चाल चली। तेरे गहने बहुत मैले हो गये हैं। खटाई से साफ कर ले। रात-भर खटाई में रहने से नए हो जायेंगे। बुढ़िया चकमे में आ गयी। हांड़ी में खटाई डालकर गहने भिगो दिए। जब रात को वह सो गयी, तो नेउर ने रुपये भी उसी हांड़ी में डाल दिए और बाबाजी के पास पहुंचा। बाबाजी ने कुछ मन्त्र पढ़ा। हांड़ी को धूनी की राख में रखा और नेउर को आशीर्वाद देकर विदा किया।

रात-भर करवटें बदलने के बाद नेउर मुंह अंधेरे बाबा के दर्शन करने गया; मगर बाबाजी का वहां पता न था। अधीर होकर उसने धूनी की जलती हुई राख टटोली। हांड़ी गायब थी। छाती धक-धक करने लगी। बदहवास होकर बाबा को खोजने लगा। हाट की तरफ गया। तालाब की ओर पहुंचा। दस मिनट, बीस मिनट, आधा घंटा! बाबा का कहीं निशान नहीं। भक्त आने लगे। बाबा कहां गए? कम्बल भी नहीं, बरतन भी नहीं!

भक्त ने कहा—रमते साधुओं का क्या ठिकाना! आज यहां, कल वहां; एक

जगह रहें, तो साधु कैसे? लोगों से हेल-मेल हो जाय, बन्धन में पड़े जायें।

'सिद्ध थे।'

'लोभ तो छू नहीं गया था।'

'नेउर कहां है? उस पर बड़ी दया करते थे। उससे कह गये होंगे।'

नेउर की तलाश होने लगी, कहीं पता नहीं। इतने में बुढ़िया नेउर को पुकारती हुई घर में से निकली। फिर कोलाहल मच गया। बुढ़िया रोती थी और नेउर को गालियां देती थी।

नेउर खेतों की मेंड़ों से बेतहाशा भागता चला जाता था, मानो इस पापी संसार से निकल जाएगा।

एक आदमी ने कहा—नेउर ने कल मुझसे पांच रुपये लिये थे। आज सांझ को देने को कहा था।

दूसरा—हमसे भी दो रुपये आज ही के वादे पर लिये थे।

बुढ़िया रोयी—दाढ़ीजार मेरे सारे गहने ले गया। पचीस रुपये रखे थे, वह भी उठा ले गया।

लोग समझ गये, बाबा कोई धूर्त था। नेउर को झांसा दे गया। ऐसे-ऐसे ठग पड़े हैं संसार में! नेउर के बारे में किसी को ऐसा संदेह नहीं था। बेचारा सीधा आदमी, आ गया पट्टी में। मारे लाज के कहीं छिपा बैठा होगा।

3

तीन महीने गुजर गये।

झांसी जिले में धसान नदी के किनारे एक छोटा-सा गांव है—काशीपुर। नदी के किनारे एक पहाड़ी टीला है। उसी पर कई दिन से एक साधु ने अपना आसन जमाया है। नाटे कद का आदमी है, काले तवे का-सा रंग, देह गठी हुई। यह नेउर है, जो साधु-वेश में दुनिया को धोखा दे रहा है—वही सरल निष्कपट नेउर, जिसने कभी पराये माल की ओर आंख नहीं उठायी, जो पसीना की रोटी खाकर मगन था। घर की, गांव की और बुधिया की याद एक क्षण भी उसे नहीं भूलती, इस जीवन में फिर कोई दिन आयेगा कि वह अपने घर पहुंचेगा और फिर उस संसार में हंसता-खेलता अपनी छोटी-छोटी चिन्ताओं और छोटी-छोटी आशाओं के बीच आनन्द से रहेगा! वह जीवन कितना सुखमय था! जितने थे सब अपने थे, सभी आदर करते थे, सहानुभूति रखते थे। दिन-भर की

मजूरी, थोड़ा-सा अनाज या थोड़े-से पैसे लेकर घर आता था, तो बुधिया कितने मीठे स्नेह से उसका स्वागत करती थी। वह सारी मेहनत, सारी थकावट जैसे उसे मिठास में सनकर और मीठी हो जाती थी। हाय वे दिन फिर कब आयेंगे? न-जाने बुधिया कैसे रहती होगी। कौन उसे पान की तरह फेरेगा? कौन उसे पकाकर खिलायेगा? घर में पैसा भी तो नहीं छोड़ा, गहने तक डुबा दिये। तब उसे क्रोध आता कि उस बाबा को पा जाय, तो कच्चा ही खा जाय। हाय लोभ! लोभ!

उनके अनन्य-भक्तों में एक सुन्दरी युवती भी थी, जिसके पति ने उसे त्याग दिया था। उसका बाप फौजी-पेंशनर था। एक पढ़े-लिखे आदमी से लड़की का विवाह किया; लेकिन लड़का मां के कहने में था और युवती की अपनी सास से न पटती। वह चाहती थी, शौहर के साथ सास से अलग रहे; शौहर अपनी मां से अलग होने पर न राजी हुआ। वह रूठकर मैके चली आयी। तब से तीन साल हो गये थे और ससुराल से एक बार भी बुलावा न आया, न पतिदेव ही आये। युवती किसी तरह पति को अपने वश में कर लेना चाहती थी। महात्माओं के लिए किसी का दिल फेर देना ऐसा क्या मुश्किल है! हां, उनकी दया चाहिए।

एक दिन उसने एकान्त में बाबाजी से अपनी विपत्ति कह सुनायी। नेउर को जिस शिकार की टोह थी, वह आज मिलता हुआ जान पड़ा। गंभीर भाव से बोला—बेटी, मैं न सिद्ध हूं, न महात्मा, न मैं संसार के झमेलों में पड़ता हूं, पर तेरी सरधा और परेम देखकर तुझ पर दया आती है। भगवान् ने चाहा, तो तेरा मनोरथ पूरा हो जायेगा।

'आप समर्थ हैं और मुझे आपके ऊपर विश्वास है।'

'भगवान् की जो इच्छा होगी, वही होगा।'

'इस अभागिनी की डोंगी, आप ही पार लगा सकते हैं।'

'भगवान् पर भरोसा रखो।'

'मेरे भगवान् आप ही हो।'

नेउर ने मानो धर्म-संकट में पड़कर कहा—लेकिन बेटी, उस काम में बड़ा अनुष्ठान करना पड़ेगा, और अनुष्ठान में सैंकड़ों-हजारों का खर्च है। उस पर भी तेरा काज सिद्ध होगा या नहीं, यह मैं नहीं कह सकता। हां, मुझसे जो कुछ हो सकेगा, वह मैं कर दूंगा; पर सब कुछ भगवान् के हाथ में है। मैं माया को हाथ से नहीं छूता; लेकिन तेरा दुख नहीं देखा जाता।

उसी रात को युवती ने अपने सोने के गहनों की पेटारी लाकर बाबाजी के चरणों पर रख दी। बाबाजी ने कांपते हुए हाथों से पेटारी खोली और चन्द्रमा के उज्ज्वल प्रकाश में आभूषणों को देखा। उनकी आंखें झपक गयीं। यह सारी माया उनकी है। वह उनके सामने हाथ बांधे खड़ी कह रही है—मुझे अंगीकार कीजिए। कुछ भी तो करना नहीं है, केवल पेटारी लेकर अपने सिरहाने रख लेना है और युवती को आशीर्वाद देकर विदा कर देना है। प्रातःकाल वह आयेगी! उस वक्त वह उतना दूर होंगे, जहां उनकी टांगें ले जायेंगी। ऐसा आशातीत सौभाग्य! जब वह रुपये से भरी थैलियां लिए गांव में पहुंचेंगे और बुधिया के सामने रख देंगे! ओह! इससे बड़े आनन्द की तो वह कल्पना भी नहीं कर सकते।

लेकिन न जाने क्यों इतना जरा-सा काम भी उससे नहीं हो सकता था। वह पेटारी को उठाकर अपने सिरहाने, कंबल के नीचे दबाकर नहीं रख सकता। है कुछ नहीं; पर उसके लिए असूझ है, असाध्य है। वह उस पेटारी की ओर हाथ भी नहीं बढ़ा सकता। हाथ पर उसका कोई बस नहीं। जाने दो हाथ, जबान से कह सकता है। इतना कहने में कौन-सी दुनिया उलटी जाती है, कि बेटी, इसे उठाकर इस कम्बल के नीचे रख दे। जबान कट तो न जायगी; मगर अब उसे मालूम होता है कि जबान पर भी उसका काबू नहीं है। आंखों के इशारे से भी यह काम हो सकता है, लेकिन इस समय आंखें भी बगावत कर रही हैं। मन का राजा इतने मन्त्रियों और सामन्तों के होते हुए भी अशक्त है, निरीह है। लाख रुपये की थैली सामने रखी हो, नंगी तलवार हाथ में हो, गाय मजबूत रस्सी के सामने बंधी हो, क्या उस गाय की गरदन पर उसके हाथ उठेंगे! कभी नहीं। कोई उसकी गरदन भले ही काट ले। वह गऊ की हत्या नहीं कर सकता। वह परित्यक्ता उसे उसी गऊ की तरह लग रही थी। जिस अवसर को वह तीन महीने से खोज रहा है, उसे पाकर आज उसकी आत्मा कांप रही है। तृष्णा किसी वन्य जन्तु की भांति अपने संस्कारों से आखेटप्रिय है, लेकिन जंजीरों से बंधे-बंधे उसके नख गिर गये हैं और दांत कमजोर हो गये हैं।

उसने रोते हुए कहा—बेटी, पेटारी उठा ले जाओ। मैं तुम्हारी परीक्षा कर रहा था। तुम्हारा मनोरथ पूरा हो जायेगा।

चांद नदी के पार वृक्षों की गोद में विश्राम कर चुका था। नेउर धीरे से उठा और धसान में स्नान करके एक ओर चल दिया। भभूत और तिलक से उसे घृणा हो

रही थी। उसे आश्चर्य हो रहा था कि वह घर से निकला ही कैसे? थोड़े उपहास के भय से! उसे अपने अन्दर एक विचित्र उल्लास का अनुभव हो रहा था, मानो वह बेड़ियों से मुक्त हो गया हो, कोई बहुत बड़ी विजय प्राप्त की हो।

4

आठवें दिन नेउर अपने गांव पहुंच गया। लड़कों ने दौड़कर, उछल-कूदकर, उसकी लकड़ी उसके हाथ से छीनकर, उसका स्वागत किया।

एक लड़के ने कहा—काकी तो मर गयी दादा!

नेउर के पांव जैसे बंध गये। मुंह के दोनों कोने नीचे झुक गये। दीनविषाद आंखों में चमक उठा। कुछ बोला नहीं, कुछ पूछा भी नहीं! पलभर जैसे निस्संज्ञ खड़ा रहा, फिर बड़ी तेजी से अपनी झोंपड़ी की ओर चला। बालकवृन्द भी उसके पीछे दौड़े, मगर उनकी शरारत और चंचलता भाग गयी थी। झोंपड़ी खुली पड़ी थी। बुधिया की चारपाई जहां-की-तहां थी। उसकी चिलम और नारियल ज्यों-के-त्यों धरे हुए थे। एक कोने में दो-चार मिट्टी और पीतल के बरतन पड़े हुए थे। लड़के बाहर ही खड़े रह गये। झोंपड़ी के अन्दर कैसे जाय, वहां बुधिया बैठी है।

गांव में भगदड़ मच गयी। नेउर दादा आ गये। झोंपड़ी के द्वार पर भीड़ लग गयी, प्रश्नों का तांता बंध गया—तुम इतने दिन कहां थे दादा? तुम्हारे जाने के बाद तीसरे ही दिन काकी चल बसीं। रात-दिन तुम्हें गालियां देती थीं। मरते-मरते तुम्हें गरियाती ही रही। तीसरे दिन आये, तो मरी पड़ी थी। तुम इतने दिन कहां रहे?

नेउर ने कोई जवाब न दिया। केवल शून्य निराश, करुण, आहत नेत्रों से लोगों की ओर देखता रहा, मानो उसकी वाणी हर ली गयी है। उस दिन से किसी ने उसे बोलते या रोते-हंसते नहीं देखा।

गांव से आध मील पर पक्की सड़क है। अच्छी आमदरफ्त है। नेउर बड़े सवेरे जाकर सड़क के किनारे एक पेड़ के नीचे बैठ जाता है। किसी से कुछ मांगता नहीं, पर राहगीर कुछ-न-कुछ दे ही देते हैं—चबेना, अनाज, पैसे! सन्ध्या समय वह अपनी झोंपड़ी में आ जाता है, चिराग जलाता है, भोजन बनाता है, खाता है, और उसी खाट पर पड़ा रहता है। उसके जीवन में जो एक संचालक शक्ति थी, वह लुप्त हो गयी है। वह अब केवल जीवधारी है। कितनी गहरी मनोव्यथा है! गांव में प्लेग

आया। लोग घर छोड़-छोड़कर भागने लगे। नेउर को अब किसी की परवाह न थी। न किसी को उससे भय था, न प्रेम। सारा गांव भाग गया, नेउर अपनी झोपड़ी से न निकला, और आज भी वह उसी पेड़ के नीचे, सड़क के किनारे, उसी तरह मौन बैठा हुआ नजर आता है—निश्चेष्ट, निर्जीव!

शूद्रा

मां और बेटी एक झोंपड़ी में गांव के उस सिरे पर रहती थीं। बेटी बाग से पत्तियां बटोर लाती, मां भाड़-झोंकती। यही उनकी जीविका थी। सेर-दो सेर अनाज मिल जाता था, खाकर पड़ रहती थीं। माता विधवा थी, बेटी क्वांरी, घर में और कोई आदमी न था। मां का नाम गंगा था, बेटी का गौरा!।

गंगा को कई साल से यह चिन्ता लगी हुई थी कि कहीं गौरा की सगाई हो जाय, लेकिन कहीं बात पक्की न होती थी। अपने पति के मर जाने के बाद गंगा ने कोई दूसरा घर न किया था, न कोई दूसरा धन्धा ही करती थी। इससे लोगों को संदेह हो गया था कि आखिर इसका गुजर कैसे होता है! और लोग तो छाती फाड़-फाड़कर काम करते हैं, फिर भी पेट-भर अन्न मयस्सर नहीं होता। यह स्त्री कोई धंधा नहीं करती, फिर भी मां-बेटी आराम से रहती हैं, किसी के सामने हाथ नहीं फैलातीं। इसमें कुछ-न-कुछ रहस्य अवश्य है। धीरे-धीरे यह संदेह और भी दृढ़ हो गया और अब तक जीवित था। बिरादरी में कोई गौरा से सगाई करने पर राजी न होता था। शूद्रों की बिरादरी बहुत छोटी होती है। दस-पांच कोस से अधिक उसका क्षेत्र नहीं होता, इसीलिए एक दूसरे के गुण-दोष किसी से छिपे नहीं रहते, न उन पर परदा ही डाला जा सकता है।

इस भ्रांति को शान्त करने के लिए मां ने बेटी के साथ कई तीर्थ-यात्राएं कीं। उड़ीसा तक हो आयी, लेकिन संदेह न मिटा। गौरा युवती थी, सुन्दरी थी, पर उसे किसी ने कुएं पर या खेतों में हंसते-बोलते नहीं देखा। उसकी निगाह कभी ऊपर उठती ही न थी। लेकिन ये बातें भी संदेह को और पुष्ट करती थीं। अवश्य कोई-न-कोई रहस्य है। कोई युवती इतनी सती नहीं हो सकती। कुछ गुप-चुप की बात अवश्य है।

यों ही दिन गुजरते जाते थे। बुढ़िया दिनोंदिन चिन्ता से घुल रही थी। उधर सुन्दरी की मुख-छवि दिनोंदिन निखरती जाती थी। कली खिल कर फूल हो रही थी।

2

एक दिन एक परदेशी गांव से होकर निकला। दस-बारह कोस से आ रहा था। नौकरी की खोज में कलकत्ता जा रहा था। रात हो गयी। किसी कहार का घर पूछता हुआ गंगा के घर आया। गंगा ने उसका खूब आदर-सत्कार किया, उसके लिए गेहूं का आटा लायी, घर से बरतन निकालकर दिये। कहार ने पकाया, खाया, लेटा, बातें होने लगीं। सगाई की चर्चा छिड़ गयी। कहार जवान था, गौरा पर निगाह पड़ी, उसका रंग-ढंग देखा, उसकी सजल छवि आंखों में खुब गयी। सगाई करने पर राजी हो गया। लौटकर घर चला गया। दो-चार गहने अपनी बहन के यहां से लाया; गांव के बजाज ने कपड़े उधार दे दिये। दो-चार भाईबंदों के साथ सगाई करने आ पहुंचा। सगाई हो गयी, यहीं रहने लगा। गंगा बेटी और दामाद को आंखों से दूर न कर सकती थी।

परन्तु दस ही पांच दिनों में मंगरू के कानों में इधर-उधर की बातें पड़ने लगीं। सिर्फ बिरादरी ही के नहीं, अन्य जाति वाले भी उसके कान भरने लगे। ये बातें सुन-सुन कर मंगरू पछताता था कि नाहक यहां फंसा। पर गौरा को छोड़ने का ख्याल कर उसका दिल कांप उठता था।

एक महीने के बाद मंगरू अपनी बहन के गहने लौटाने गया। खाना खाने के समय उसका बहनोई उसके साथ भोजन करने न बैठा। मंगरू को कुछ संदेह हुआ, बहनोई से बोला—तुम क्यों नहीं आते?

बहनोई ने कहा—तुम खा लो, मैं फिर खा लूंगा।

मंगरू—बात क्या है? तुम खाने क्यों नहीं उठते?

बहनाई—जब तक पंचायत न होगी, मैं तुम्हारे साथ कैसे खा सकता हू? तुम्हारे लिए बिरादरी भी न छोड़ दूंगा। किसी से पूछा न गाछा, जाकर एक हरजाई से सगाई कर ली।

मंगरू चौके पर उठ आया, मिरजई पहनी और ससुराल चला आया। बहन खड़ी रोती रह गयी।

उसी रात को वह किसी से कुछ कहे-सुने बगैर, गौरा को छोड़कर कहीं चला गया। गौरा नींद में मग्न थी। उसे क्या खबर थी कि वह रत्न, जो मैंने इतनी तपस्या के बाद पाया है, मुझे सदा के लिए छोड़े चला जा रहा है।

3

कई साल बीत गये। मंगरू का कुछ पता न चला। कोई पत्र तक न आया, पर गौरा बहुत प्रसन्न थी। वह मांग में सेंदुर डालती, रंग-बिरंग के कपड़े पहनती और अधरों पर मिस्सी के धड़े जमाती। मंगरू भजनों की एक पुरानी किताब छोड़ गया था। उसे कभी-कभी पढ़ती और गाती। मंगरू ने उसे हिन्दी सिखा दी थी। टटोल-टटोल कर भजन पढ़ लेती थी।

पहले वह अकेली बैठी रहती। गांव की और स्त्रियों के साथ बोलते-चालते उसे शर्म आती थी। उसके पास वह वस्तु न थी, जिस पर दूसरी स्त्रियां गर्व करती थीं। सभी अपने-अपने पति की चर्चा करतीं। गौरा के पति कहां था? वह किसकी बातें करती! अब उसके भी पति था। अब वह अन्य स्त्रियों के साथ इस विषय पर बातचीत करने की अधिकारिणी थी। वह भी मंगरू की चर्चा करती, मंगरू कितना स्नेहशील है, कितना सज्जन, कितना वीर पति चर्चा से उसे कभी तृप्ति ही न होती थी।

स्त्रियां पूछती—मंगरू तुम्हें छोड़कर क्यों चले गये?

गौरा कहती—क्या करते? मर्द कभी ससुराल में पड़ा रहता है। देश-परदेश में निकलकर चार पैसे कमाना ही तो मर्दों का काम है, नहीं तो मान-मरजाद का निर्वाह कैसे हो?

जब कोई पूछता, चिट्ठी-पत्री क्यों नहीं भेजते? तो हंसकर कहती—अपना पता-ठिकाना बताने में डरते हैं। जानते हैं न, गौरा आकर सिर पर सवार हो जायेगी। सच कहती हूं उनका पता-ठिकाना मालूम हो जाये, तो यहां मुझसे एक दिन भी न रहा जाये। वह बहुत अच्छा करते हैं कि मेरे पास चिट्ठी-पत्री नहीं भेजते। बेचारे परदेश में कहां घर गिरस्ती संभालते फिरेंगे?

एक दिन किसी सहेली ने कहा—हम न मानेंगे, तुझसे जरूर मंगरू से झगड़ा हो गया है, नहीं तो बिना कुछ कहे-सुने क्यों चले जाते?

गौरा ने हंसकर कहा—बहन, अपने देवता से भी कोई झगड़ा करता है? वह मेरे मालिक हैं, भला मैं उनसे झगड़ा करूंगी? जिस दिन झगड़े की नौबत आयेगी, कहीं डूब मरूंगी। मुझसे कहके जाने पाते? मैं उनके पैरों से लिपट न जाती।

4

एक दिन कलकत्ता से एक आदमी आकर गंगा के घर ठहरा। पास ही के किसी गांव में अपना घर बताया। कलकत्ता में वह मंगरू के पड़ोस

ही में रहता था। मंगरू ने उससे गौरा को अपने साथ लाने को कहा था। दो साड़ियां और राह-खर्च के लिये रुपये भी भेजे थे। गौरा फूली न समायी। बूढ़े ब्राह्मण के साथ चलने को तैयार हो गयी। चलते वक्त वह गांव की सब औरतों से गले मिली। गंगा उसे स्टेशन तक पहुंचाने गयी। सब कहते थे, बेचारी लड़की के भाग जग गये, नहीं तो यहां कुढ़-कुढ़ कर मर जाती।

रास्ते-भर गौरा सोचती—न जाने वह कैसे हो गये होंगे? अब तो मूंछें अच्छी तरह निकल आयी होंगी। परदेश में आदमी सुख से रहता है। देह भर आयी होगी। बाबू साहब हो गये होंगे। मैं पहले दो-तीन दिन उनसे बोलूंगी नहीं। फिर पूछूंगी—तुम मुझे छोड़कर क्यों चले गये? अगर किसी ने मेरे बारे में कुछ बुरा-भला कहा ही था, तो तुमने उसका विश्वास क्यों कर लिया? तुम अपनी आंखों से न देखकर दूसरों के कहने पर क्यों गये? मैं भली हूं या बुरी हूं, हूं तो तुम्हारी, तुमने मुझे इतने दिनों रुलाया क्यों? तुम्हारे बारे में अगर इसी तरह कोई मुझसे कहता, तो क्या मैं तुमको छोड़ देती? जब तुमने मेरी बांह पकड़ ली, तो तुम मेरे हो गये। फिर तुममें लाख ऐब हों, मेरी बला से। चाहे तुम तुर्क ही क्यों न हो जाओ, मैं तुम्हें छोड़ नहीं सकती। तुम क्यों मुझे छोड़कर भागे? क्या समझते थे, भागना सहज है? आखिर झख मारकर बुलाया कि नहीं? कैसे न बुलाते? मैंने तो तुम्हारे ऊपर दया की, कि चली आयी, नहीं तो कह देती कि मैं ऐसे निर्दयी के पास नहीं जाती, तो तुम आप दौड़े आते। तप करने से देवता भी मिल जाते हैं, आकर सामने खड़े हो जाते हैं; तुम कैसे न आते? वह बार-बार उद्विग्न हो-होकर बूढ़े ब्राह्मण से पूछती, अब कितनी दूर है? धरती के छोर पर रहते हैं क्या? और भी कितनी ही बातें वह पूछना चाहती थी, लेकिन संकोच-वश न पूछ सकती थी। मन-ही-मन अनुमान करके अपने को सन्तुष्ट कर लेती थी। उनका मकान बड़ा-सा होगा, शहर में लोग पक्के घरों में रहते हैं। जब उनका साहब इतना मानता है, तो नौकर भी होगा। मैं नौकर को भगा दूंगी। मैं दिन-भर पड़े-पड़े क्या किया करूंगी?

बीच-बीच में उसे घर की याद भी आ जाती थी। बेचारी अम्मा रोती होंगी। अब उन्हें घर का सारा काम आप ही करना पड़ेगा। न-जाने बकरियों को चराने ले जाती हैं या नहीं। बेचारी दिन-भर में-में करती होंगी। मैं अपनी बकरियों के लिए महीने-महीने रुपये भेजूंगी। जब कलकत्ता से लौटूंगी तब सबके लिए साड़ियां लाऊंगी। तब मैं इस तरह थोड़े लौटूंगी। मेरे साथ बहुत-

सा असबाब होगा। सबके लिए कोई-न-कोई सौगात लाऊंगी। तब तक तो बहुत-सी बकरियां हो जायेंगी।

यही सुख स्वप्न देखते-देखते गौरा ने सारा रास्ता काट दिया। पगली क्या जानती थी कि मेरे मन कुछ और है कर्ता के मन कुछ और। क्या जानती थी कि बूढ़े ब्राह्मणों के भेष में भी पिशाच होते हैं। मन की मिठाई खाने में मग्न थी।

5

तीसरे दिन गाड़ी कलकत्ता पहुंची। गौरा की छाती धड़-धड़ करने लगी। वह यहीं-कहीं खड़े होंगे। अब आते ही होंगे। यह सोचकर उसने घूंघट निकाल लिया और संभल बैठी। मगर मंगरू वहां न दिखाई दिया। बूढ़ा ब्राह्मण बोला—मंगरू तो यहां नहीं दिखाई देता, मैं चारों ओर छान आया। शायद किसी काम में लग गया होगा, आने की छुट्टी न मिली होगी, मालूम भी तो न था कि हम लोग किसी गाड़ी से आ रहे हैं। उनकी राह क्यों देखें, चलो, डेरे पर चलें।

दोनों गाड़ी पर बैठकर चले। गौरा कभी तांगे पर सवार न हुई थी। उसे गर्व हो रहा था कि कितने ही बाबू लोग पैदल जा रहे हैं, मैं तांगे पर बैठी हूं।

एक क्षण में गाड़ी मंगरू के डेरे पर पहुंच गयी। एक विशाल भवन था, अहाता साफ-सुथरा, सायबान में फूलों के गमले रखे हुए थे। ऊपर चढ़ने लगी, विस्मय, आनन्द और आशा से। उसे अपनी सुधि ही न थी। सीढ़ियों पर चढ़ते-चढ़ते पैर दुखने लगे। यह सारा महल उनका है। किराया बहुत देना पड़ता होगा। रुपये को तो वह कुछ समझते ही नहीं। उसका हृदय धड़क रहा था कि कहीं मंगरू ऊपर से उतरते आ न रहे हों। सीढ़ी पर भेंट हो गयी, तो मैं क्या करूंगी? भगवान करे वह पड़े सोते हों, तब मैं जगाऊं और वह मुझे देखते ही हड़बड़ा कर उठ बैठें। आखिर सीढ़ियों का अन्त हुआ। ऊपर एक कमरे में गौरा को ले जाकर ब्राह्मण देवता ने बिठा दिया। यही मंगरू का डेरा था। मगर मंगरू यहां भी नदारद! कोठरी में केवल एक खाट पड़ी हुई थी। एक किनारे दो-चार बरतन रखे हुए थे। यही उनकी कोठरी है। तो मकान किसी दूसरे का है, उन्होंने यह कोठरी किराये पर ली होगी। मालूम होता है, रात को बाजार में पूरियां खाकर सो रहे होंगे। यही उनके सोने की खाट है। एक किनारे घड़ा रखा हुआ था। गौरा को मारे प्यास के तालू सूख रहा था। घड़े से पानी उंड़ेल कर पिया। एक किनारे पर एक झाड़ू रखा था। गौरा रास्ते की थकी थी, पर प्रेमोल्लास में थकन कहां? उसने कोठरी में झाड़ू लगाया, बरतनों को धो-धोकर

एक जगह रखा। कोठरी की एक-एक वस्तु यहां तक कि उसकी फर्श और दीवारों में उसे आत्मीयता की झलक दिखायी देती थी। उस घर में भी, जहां उसने अपने जीवन के 25 वर्ष काटे थे, उसे अधिकार का ऐसा गौरव-युक्त आनन्द न प्राप्त हुआ था।

मगर उस कोठरी में बैठे-बैठे उसे संध्या हो गयी और मंगरू का कहीं पता नहीं। अब छुट्टी मिली होगी। सांझ को सब जगह छुट्टी होती है। अब वह आ रहे होंगे। मगर बूढ़े बाबा ने उनसे कह तो दिया ही होगा, वह क्या अपने साहब से थोड़ी देर की छुट्टी न ले सकते थे? कोई बात होगी, तभी तो नहीं आये।

अंधेरा हो गया। कोठरी में दीपक न था। गौरा द्वार पर खड़ी पति की बाट देख रही थी। जीने पर बहुत-से आदमियों के चढ़ने-उतरने की आहट मिलती थी, बार-बार गौरा को मालूम होता था कि वह आ रहे हैं, पर इधर कोई नहीं आता था।

नौ बजे बूढ़े बाबा आये। गौरा ने समझा; मंगरू है। झपटकर कोठरी के बाहर निकल आयी। देखा तो ब्राह्मण! बोली—वह कहां रह गये?

बूढ़ा—उनकी तो यहां से बदली हो गयी। दफ्तर में गया था तो मालूम हुआ कि वह अपने साहब के साथ यहां से कोई आठ दिन की राह पर चले गये। उन्होंने साहब से बहुत हाथ-पैर जोड़े कि मुझे दस दिन की मुहलत दे दीजिए, लेकिन साहब ने एक न मानी। मंगरू यहां लोगों से कह गये हैं कि घर के लोग आयें तो मेरे पास भेज देना। अपना पता दे गये हैं। कल मैं तुम्हें यहां से जहाज पर बैठा दूंगा। उस जहाज पर हमारे देश के और भी बहुत से आदमी होंगे; इसलिए मार्ग में कोई कष्ट न होगा।

गौरा ने पूछा—कै दिन में जहाज पहुंचेगा?

बूढ़ा—आठ-दस दिन से कम न लगेंगे, मगर घबराने की कोई बात नहीं। तुम्हें किसी बात की तकलीफ न होगी।

6

अब तक गौरा को अपने गांव लौटने की आशा थी। कभी-न-कभी वह अपने पति को वहां अवश्य खींच ले जायेगी। लेकिन जहाज पर बैठकर उसे ऐसा मालूम हुआ कि अब फिर माता को न देखूंगी; फिर गांव के दर्शन न होंगे, देश से सदा के लिए नाता टूट रहा है। देर तक घाट पर खड़ी रोती रही, जहाज

और समुद्र देखकर उसे भय हो रहा था। हृदय दहल जाता था।

शाम को जहाज खुला। उस समय गौरा का हृदय एक अक्षय भय से चंचल हो उठा। थोड़ी देर के लिए नैराश्य ने उस पर अपना आतंक जमा लिया। न-जाने किस देश जा रही हूं, उनसे भेंट भी होगी या नहीं। उन्हें कहां खोजती फिरूंगी, कोई पता-ठिकाना भी तो नहीं मालूम। बार-बार पछताती थी कि एक दिन पहिले क्यों न चली आयी। कलकत्ता में भेंट हो जाती तो मैं उन्हें वहां कभी न जाने देती।

जहाज पर और भी कितने ही मुसाफिर थे, कुछ स्त्रियां भी थीं। उनमें बराबर गाली-गलौज होती रहती थी। इसलिए गौरा को उनसे बातें करने की इच्छा न होती थी। केवल एक स्त्री उदास दिखाई देती थी। गौरा ने उससे पूछा—तुम कहां जाती हो बहन?

उस स्त्री की बड़ी-बड़ी आंखें सजल हो गयीं। बोली, कहां बताऊं बहन कहां जा रही हूं? जहां भाग्य लिये जाता है, वहीं जा रही हूं। तुम कहां जाती हो?

गौरा—मैं तो अपने मालिक के पास जा रही हूं। जहां यह जहाज रुकेगा वह वहीं नौकर हैं। मैं कल आ जाती तो उनसे कलकत्ता में ही भेंट हो जाती। आने में देर हो गयी। क्या जानती थी कि वह इतनी दूर चले जायेंगे, नहीं तो क्यों देर करती!

स्त्री—अरे बहन, कहीं तुम्हें भी तो कोई बहकाकर नहीं लाया है? तुम घर से किसके साथ आयी हो?

गौरा—मेरे आदमी ने कलकत्ता से आदमी भेजकर मुझे बुलाया था।

स्त्री—वह आदमी तुम्हारा जान-पहचान का था?

गौरा—नहीं, उस तरफ का एक बूढ़ा ब्राह्मण था।

स्त्री—वही लम्बा-सा, दुबला-पतला लकलक बूढ़ा; जिसकी एक आंख में फूली पड़ी हुई है।

गौरा—हां, हां, वही। क्या तुम उसे जानती हो?

स्त्री—उसी दुष्ट ने तो मेरा भी सर्वनाश किया। ईश्वर करे, उसकी सातों पुश्तें नरक भोगें, उसका निर्वंश हो जाये, कोई पानी देने वाला भी न रहे, कोढ़ी होकर मरे। मैं अपना वृत्तान्त सुनाऊं तो तुम समझोगी कि झूठ है। किसी को विश्वास न आयेगा। क्या कहूं, बस यही समझ लो कि इसके कारण मैं न घर की रह गयी, न घाट की। किसी को मुंह नहीं दिखा सकती। मगर जान तो बड़ी प्यारी होती है। मिरिच के देश जा रही हूं कि वहीं मेहनत-मजूरी करके जीवन के दिन काटूं।

गौरा के प्राण नहों में समा गये। मालूम हुआ जहाज अथाह जल में डूबा जा रहा है। समझ गयी कि बूढ़े बाह्मण ने दगा की। अपने गांव में सुना करती थी कि गरीब लोग मिरिच में भरती होने के लिए जाया करते हैं। मगर जो वहां जाता है, वह फिर नहीं लौटता। हे, भगवान् तुमने मुझे किस पाप का यह दण्ड दिया? बोली—यह सब क्यों लोगों को इस तरह छलकर मिरिच भेजते हैं?

स्त्री—रुपये के लोभ से और किसलिए? सुनती हूं, आदमी पीछे इन सभी को कुछ रुपये मिलते हैं।

गौरा—मजूरी।

गौरा सोचने लगी—अब क्या करूं? यह आशा-नौका जिस पर बैठी हुई वह चली जा रही थी, टूट गयी थी और अब समुद्र की लहरों के सिवा उसकी रक्षा करने वाला कोई न था। जिस आधार पर उसने अपना जीवन-भवन बनाया था, वह जलमग्न हो गया। अब उसके लिए जल के सिवा और कहां आश्रय है? उसको अपनी माता की, अपने घर की अपने गांव की, सहेलियों की याद आती और ऐसी घोर मर्म वेदना होने लगी, मानो कोई सर्प अन्तस्तल में बैठा हुआ, बार-बार डस रहा हो। भगवान्! अगर मुझे यही यातना देनी थी तो तुमने मुझे जन्म ही क्यों दिया था? तुम्हें दुखिया पर दया नहीं आती? जो पिसे हुए हैं उन्हीं को पीसते हो! करुण स्वर से बोली—तो अब क्या करना होगा बहन?

स्त्री—यह तो वहां पहुंच कर मालूम होगा। अगर मजूरी ही करनी पड़ी तो कोई बात नहीं, लेकिन अगर किसी ने कुदृष्टि से देखा तो मैंने निश्चय कर लिया है कि या तो उसी के प्राण ले लूंगी या अपने प्राण दे दूंगी।

यह कहते-कहते उसे अपना वृत्तान्त सुनाने की वह उत्कट इच्छा हुई, जो दुखियों को हुआ करती है। बोली—मैं बड़े घर की बेटी और उससे भी बड़े घर की बहू हूं, पर अभागिनी! विवाह के तीसरे ही साल पतिदेव का देहान्त हो गया। चित्त की कुछ ऐसी दशा हो गयी कि नित्य मालूम होता कि वह मुझे बुला रहे हैं। पहले तो आंख झपकते ही उनकी मूर्ति सामने आ जाती थी, लेकिन फिर तो यह दशा हो गयी कि जाग्रत दशा में भी रह-रह कर उनके दर्शन होने लगे। बस यही जान पड़ता था कि वह साक्षात् खड़े बुला रहे हैं। किसी से शर्म के मारे कहती न थी, पर मन में यह शंका होती थी कि जब उनका देहावसान हो गया है तो वह मुझे दिखाई कैसे देते हैं? मैं इसे भ्रान्ति समझकर चित्त को शान्त न कर सकती। मन कहता था, जो वस्तु प्रत्यक्ष दिखायी देती है, वह मिल क्यों नहीं सकती? केवल

वह ज्ञान चाहिए। साधु-महात्माओं के सिवा ज्ञान और कौन दे सकता है? मेरा तो अब भी विश्वास है कि अभी ऐसी क्रियाएं हैं, जिनसे हम मरे हुए प्राणियों से बातचीत कर सकते हैं, उनको स्थूल रूप में देख सकते हैं। महात्माओं की खोज में रहने लगी। मेरे यहां अक्सर साधु-सन्त आते थे, उनसे एकान्त में इस विषय में बातें किया करती थी, पर वे लोग सदुपदेश देकर मुझे टाल देते थे। मुझे सदुपदेशों की जरूरत न थी। मैं वैधव्य-धर्म खूब जानती थी। मैं तो वह ज्ञान चाहती थी जो जीवन और मरण के बीच का परदा उठा दे। तीन साल तक मैं इसी खेल में लगी रही। दो महीने होते हैं, वही बूढ़ा ब्राह्मण संन्यासी बना हुआ मेरे यहां जा पहुंचा। मैंने इससे वही भिक्षा मांगी। इस धूर्त ने कुछ ऐसा मायाजाल फैलाया कि मैं आंखें रहते हुए भी फंस गयी। अब सोचती हूं तो अपने ऊपर आश्चर्य होता है कि मुझे उसकी बातों पर इतना विश्वास क्यों हुआ? मैं पति-दर्शन के लिए सब कुछ झेलने को, सब कुछ करने को तैयार थी। इसने मुझे रात को अपने पास बुलाया। मैं घरवालों से पड़ोसिन के घर जाने का बहाना करके इसके पास गयी। एक पीपल से इसकी धूईं जल रही थी। उस विमल चांदनी में यह जटाधारी ज्ञान और योग का देवता-सा मालूम होता था। मैं आकर धूईं के पास खड़ी हो गयी। उस समय यदि बाबाजी मुझे आग में कूद पड़ने की आज्ञा देते, तो मैं तुरन्त कूद पड़ती। इसने मुझे बड़े प्रेम से बैठाया और मेरे सिर पर हाथ रख कर न जाने क्या कर दिया कि मैं बेसुध हो गयी। फिर मुझे कुछ नहीं मालूम कि मैं कहां गयी, क्या हुआ? जब मुझे होश आया तो मैं रेल पर सवार थी। जी में आया कि चिल्लाऊं, पर यह सोचकर कि अब गाड़ी रुक भी गयी और मैं उतर भी पड़ी तो घर में घुसने न पाऊंगी, मैं चुपचाप बैठी रह गई। मैं परमात्मा की दृष्टि से निर्दोष थी, पर संसार की दृष्टि में कलंकित हो चुकी थी। रात को किसी युवती का घर से निकल जाना कलंकित करने के लिए काफी था। जब मुझे मालूम हो गया कि सब मुझे टापू में भेज रहे हैं तो मैंने जरा भी आपत्ति नहीं की। मेरे लिए अब सारा संसार एक-सा है। जिसका संसार में कोई न हो, उसके लिए देश-परदेश दोनों बराबर है। हां, यह पक्का निश्चय कर चुकी हूं कि मरते दम तक अपने सत की रक्षा करूंगी। विधि के हाथ में मृत्यु से बढ़ कर कोई यातना नहीं। विधवा के लिए मृत्यु का क्या भय। उसका तो जीना और मरना दोनों बराबर हैं। बल्कि मर जाने से जीवन की विपत्तियों का तो अन्त हो जायगा।

गौरा ने सोचा—इस स्त्री में कितना धैर्य और साहस है। फिर मैं क्यों इतनी

कातर और निराश हो रही हूं? जब जीवन की अभिलाषाओं का अन्त हो गया तो जीवन के अन्त का क्या डर? बोली—बहन, हम और तुम एक जगह रहेंगी। मुझे तो अब तुम्हारा ही भरोसा है।

स्त्री ने कहा—भगवान का भरोसा रखो और मरने से मत डरो।

सघन अन्धकार छाया हुआ था। ऊपर काला आकाश था, नीचे काला जल। गौरा आकाश की ओर ताक रही थी। उसकी संगिनी जल की ओर। उसके सामने आकाश के कुसुम थे, इसके चारों ओर अनन्त, अखण्ड, अपार अन्धकार था।

जहाज से उतरते ही एक आदमी ने यात्रियों के नाम लिखने शुरू किये। इसका पहनावा तो अंग्रेजी था, पर बातचीत से हिन्दुस्तानी मालूम होता था। गौरा सिर झुकाये अपनी संगिनी के पीछे खड़ी थी। उस आदमी की आवाज सुनकर वह चौंक पड़ी। उसने दबी आंखों से उसकी ओर देखा। उसके समस्त शरीर में सनसनी दौड़ गयी। क्या स्वप्न तो नहीं देख रही हूं। आंखों पर विश्वास न आया; फिर उस पर निगाह डाली। उसकी छाती वेग से धड़कने लगी। पैर थर-थर कांपने लगे। ऐसा मालूम होने लगा, मानो चारों ओर जल-ही-जल है और उसमें बही जा रही हूं। उसने अपनी संगिनी का हाथ पकड़ लिया, नहीं तो जमीन में गिर पड़ती। उसके सम्मुख वही पुरुष खड़ा था, जो उसका प्राणाधार था और जिससे इस जीवन में भेंट होने की उसे लेशमात्र भी आशा न थी। यह मंगरू था, इसमें जरा भी सन्देह न थ। हां उसकी सूरत बदल गयी थी। यौवन-काल का वह कान्तिमय सहास, सदय छवि, नाम को भी न थी। बाल खिचड़ी हो गये थे, गाल पिचके हुए, लाल आंखों से कुवासना और कठोरता झलक रही थी। पर था वह मंगरू। गौरा के जी में प्रबल इच्छा हुई कि स्वामी के पैरों से लिपट जाऊं। चिल्लाने का जी चाहा, पर संकोच ने मन को रोका। बूढ़े ब्राह्मण ने बहुत ठीक कहा था। स्वामी ने अवश्य मुझे बुलाया था और आने से पहले यहां चले आये। उसने अपनी संगिनी के कान में कहा—बहन, तुम उस ब्राह्मण को व्यर्थ ही बुरा कह रही थीं। यही तो वह हैं जो यात्रियों के नाम लिख रहे हैं।

स्त्री—सच, खूब पहचानती हो?

गौरा—बहन, क्या इसमें भी धोखा हो सकता है?

स्त्री—तब तो तुम्हारे भाग जग गये, मेरी भी सुधि लेना।

गौरा—भला, बहन ऐसा भी हो सकता है कि यहां तुम्हें छोड़ दूं?

मंगरू यात्रियों से बात-बात पर बिगड़ता था, बात-बात पर गालियां देता था, कई आदमियों को ठोकर मारे और कई को केवल अपने गांव का जिला न बता सकने के कारण धक्का देकर गिरा दिया। गौरा मन ही-मन गड़ी जाती थी। साथ ही अपने स्वामी के अधिकार पर उसे गर्व भी हो रहा था। आखिर मंगरू उसके सामने आकर खड़ा हो गया और कुचेष्टा-पूर्ण नेत्रों से देखकर बोला—तुम्हारा क्या नाम है?

गौरा ने कहा—गौरा।

मंगरू चौंक पड़ा, फिर बोला—घर कहां है?

गौरा ने कहा—मदनपुर; जिला बनारस।

यह कहते-कहते हंसी आ गयी। मंगरू ने अबकी उसकी ओर ध्यान से देखा, तब लपककर उसका हाथ पकड़ लिया और बोला—गौरा! तुम यहां कहां? मुझे पहचानती हो?

गौरा रो रही थी, मुंह से बात न निकलती।

मंगरू फिर बोला—तुम यहां कैसे आयीं?

गौरा खड़ी हो गयी, आंसू पोंछ डाले और मंगरू की ओर देखकर बोली—तुम्हीं ने तो बुला भेजा था।

मंगरू—मैंने! मैं तो सात साल से यहां हूं।

गौरा—तुमने उस बूढ़े ब्राह्मण से मुझे लाने को नहीं कहा था?

मंगरू—कह तो रहा हूं, मैं सात साल से यहां हूं। मरने पर ही यहां से जाऊंगा। भला, तुम्हें क्यों बुलाता?

गौरा को मंगरू से इस निष्ठुरता की आशा न थी। उसने सोचा, अगर यह सत्य भी हो कि इन्होंने मुझे नहीं बुलाया , तो भी इन्हें मेरा यों अपमान न करना चाहिए था। क्या वह समझते हैं कि मैं इनकी रोटियों पर आयी हूं? यह तो इतने ओछे स्वभाव के न थे। शायद दरजा पाकर इन्हें मद हो गया है। नारीसुलभ अभिमान से गरदन उठाकर उसने कहा—तुम्हारी इच्छा हो, तो अब यहां से लौट जाऊं, तुम्हारे ऊपर भार बनना नहीं चाहती?

मंगरू कुछ लज्जित होकर बोला—अब तुम यहां से लौट नहीं सकतीं गौरा! यहां आकर बिरला ही कोई लौटता है।

यह कहकर वह कुछ देर चिन्ता में मग्न खड़ा रहा, मानो संकट में पड़ा हुआ हो कि क्या करना चाहिए। उसकी कठोर मुखाकृति पर दीनता का रंग झलक पड़ा।

तब कातर स्वर से बोला—जब आ ही गयी हो तो रहो। जैसी कुछ पड़ेगी, देखी जायेगी।

गौरा—जहाज फिर कब लौटेगा।

मंगरू—तुम यहां से पांच बरस के पहले नहीं जा सकती।

गौरा—क्यों, क्या कुछ जबरदस्ती है?

मंगरू—हां, यहां का यही हुक्म है।

गौरा—तो फिर मैं अलग मजूरी करके अपना पेट पालूंगी।

मंगरू ने सजल-नेत्र होकर कहा—जब तक मैं जीता हूं, तुम मुझसे अलग नहीं रह सकतीं।

गौरा—तुम्हारे ऊपर भार बनकर न रहूंगी।

मंगरू—मैं तुम्हें भार नहीं समझता गौरा, लेकिन यह जगह तुम-जैसी देवियों के रहने लायक नहीं है, नहीं तो अब तक मैंने तुम्हें कब का बुला लिया होता। वही बूढ़ा आदमी जिसने तुम्हें बहकाया, मुझे घर से आते समय पटने में मिल गया और झांसे देकर मुझे यहां भरती कर दिया। तब से यहीं पड़ा हुआ हूं। चलो, मेरे घर में रहो, वहां बातें होंगी। यह दूसरी औरत कौन है?

गौरा—यह मेरी सखी हैं। इन्हें भी बूढ़ा बहका लाया।

मंगरू—यह तो किसी कोठी में जायेंगी? इन सब आदमियों की बांट होगी। जिसके हिस्से में जितने आदमी आयेंगे, उतने हर एक कोठी में भेजे जायेंगे।

गौरा—यह तो मेरे साथ रहना चाहती हैं।

मंगरू—अच्छी बात है, इन्हें भी लेती चलो।

यात्रियों के नाम तो लिखे ही जा चुके थे, मंगरू ने उन्हें एक चपरासी को सौंपकर दोनों औरतों के साथ घर की राह ली। दोनों ओर सघन वृक्षों की कतारें थी। जहां तक निगाह जाती थी, ऊख-ही-ऊख दिखायी देती थी। समुद्र की ओर से शीतल, निर्मल वायु के झोंके आ रहे थे। अत्यन्त सुरम्य दृश्य था। पर मंगरू की निगाह उस ओर न थी। वह भूमि की ओर ताकता, सिर झुकाये, सन्दिग्ध चाल से चला जा रहा था, मानो मन-ही-मन कोई समस्या हल कर रहा था।

थोड़ी ही दूर गये थे कि सामने से दो आदमी आते हुए दिखाई दिये। समीप आकर दोनों रुक गये और एक ने हंसकर कहा—मंगरू, इनमें से एक

हमारी है।

दूसरा बोला—और दूसरी मेरी।

मंगरू का चेहरा तमतमा उठा था। भीषण क्रोध से कांपता हुआ बोला—यह दोनों मेरे घर की औरतें है। समझ गये?

इन दोनों ने जोर से कहकहा मारा और एक ने गौरा के समीप आकर उसका हाथ पकड़ने की चेष्टा करके कहा—यह मेरी है। चाहे तुम्हारे घर की हो, चाहे बाहर की। बचा, हमें चकमा देते हो।

मंगरू—कासिम, इन्हें मत छेड़ो, नहीं तो अच्छा न होगा। मैंने कह दिया, मेरे घर की औरतें हैं।

मंगरू की आंखों से अग्नि की ज्वाला-सी निकल रही थी। वह दोनों उसके मुख का भाव देखकर कुछ सहम गये और समझ लेने की धमकी देकर आगे बढ़े। किन्तु मंगरू के अधिकार-क्षेत्र से बाहर पहुंचते ही एक ने पीछे से ललकार कर कहा—देखें कहां ले के जाते हो?

मंगरू ने उधर ध्यान नहीं दिया। जरा कदम बढ़ाकर चलने लगा, जैसे सन्ध्या के एकान्त में हम कब्रिस्तान के पास से गुजरते हैं, हमें पग-पग पर यह शंका होती है कि कोई शब्द कान में न पड़ जाय, कोई सामने आकर खड़ा न हो जाय, कोई जमीन के नीचे से कफन ओढ़े उठ न खड़ा हो।

गौरा ने कहा—ये दोनों बड़े शोहदे थे।

मंगरू—और मैं किसलिए कह रहा था कि यह जगह तुम-जैसी स्त्रियों के रहने लायक नहीं है।

सहसा दाहिनी तरफ से एक अंग्रेज घोड़ा दौड़ता हुआ आ पहुंचा और मंगरू से बोला—वेल जमादार, ये दोनों औरतें हमारी कोठी में रहेगा। हमारे कोठी में कोई औरत नहीं है।

मंगरू ने दोनों औरतों को अपने पीछे कर लिया और सामने खड़ा होकर बोला—साहब, ये दोनों हमारे घर की औरतें हैं।

साहब—ओ हो! तुम झूठा आदमी। हमारे कोठी में कोई औरत नहीं और तुम दो ले जाएगा। ऐसा नहीं हो सकता। (गौरा की ओर इशारा करके) इसको हमारी कोठी पर पहुंचा दो।

मंगरू ने सिर से पैर तक कांपते हुए कहा—ऐसा नहीं हो सकता।

मगर साहब आगे बढ़ गया था, उसके कान में बात न पहुंची। उसने हुक्म दे

दिया था और उसकी तामील करना जमादार का काम था।

शेष मार्ग निर्विधन समाप्त हुआ। आगे मजूरों के रहने के मिट्टी के घर थे। द्वारों पर स्त्री-पुरुष जहां-तहां बैठे हुए थे। सभी इन दोनों स्त्रियों की ओर घूरते थे और आपस में इशारे करते हंसते थे। गौरा ने देखा, उनमें छोटे-बड़े का लिहाज नहीं है, न किसी के आंखों में शर्म है।

एक भदैसल औरत ने हाथ पर चिलम पीते हुए अपनी पड़ोसिन से कहा—चार दिन की चांदनी, फिर अंधेरी पाख!

दूसरी अपनी चोटी गूंथती हुई बोली—कलोर हैं न।

8

मंगरू दिन-भर द्वार पर बैठा रहा, मानो कोई किसान अपने मटर के खेत की रखवाली कर रहा हो। कोठरी में दोनों स्त्रियां बैठी अपने नसीबों को रो रही थीं। इतनी देर में दोनों को यहां की दशा का परिचय कराया गया था। दोनों भूखी-प्यासी बैठी थीं। यहां का रंग देखकर भूख प्यास सब भाग गई थी।

रात के दस बजे होंगे कि एक सिपाही ने आकर मंगरू से कहा—चलो, तुम्हें जण्ट साहब बुला रहे हैं।

मंगरू ने बैठे-बैठे कहा—देखो नब्बी, तुम भी हमारे देश के आदमी हो। कोई मौका पड़े, तो हमारी मदद करोगे न? जाकर साहब से कह दो, मंगरू कहीं गया है, बहुत होगा जुरमाना कर देंगे।

नब्बी—न भैया, गुस्से में भरा बैठा है, पिये हुए है, कहीं मार चले, तो बस, चमड़ा इतना मजबूत नहीं है।

मंगरू—अच्छा तो जाकर कह दो, नहीं आता।

नब्बी—मुझे क्या, जाकर कह दूंगा। पर तुम्हारी खैरियत नहीं है। मंगरू ने जरा देर सोचकर लकड़ी उठायी और नब्बी के साथ साहब के बंगले पर चला। यह वही साहब थे, जिनसे आज मंगरू की भेंट हुई थी। मंगरू जानता था कि साहब से बिगाड़ करके यहां एक क्षण भी निर्वाह नहीं हो सकता। जाकर साहब के सामने खड़ा हो गया। साहब ने दूर से ही डांटा, वह औरत कहां है? तुमने उसे अपने घर में क्यों रखा है?

मंगरू—हजूर, वह मेरी ब्याहता औरत है।

साहब—अच्छा, वह दूसरी कौन है?

मंगरू—वह मेरी सगी बहन है हुजूर!

साहब—हम कुछ नहीं जानता। तुमको लाना पड़ेगा। दो में से कोई, दो में से कोई।

मंगरू पैरों पर गिर पड़ा और रो-रोकर अपनी सारी राम कहानी सुना गया। पर साहब जरा भी न पसीजे! अन्त में वह बोला—हुजूर, वह दूसरी औरतों की तरह नहीं हैं। अगर यहां आ भी गयीं, तो प्राण दे देंगी।

साहब ने हंसकर कहा—ओ! जान देना इतना आसान नहीं है!

नब्बी—मंगरू अपनी दांव रोते क्यों हो? तुम हमारे घर नहीं घुसते थे! अब भी जब घात पाते हो, जा पहुंचते हो। अब क्यों रोते हो?

एजेण्ट—ओ, यह बदमाश है। अभी जाकर लाओ, नहीं तो हम तुमको हण्टरों से पीटेगा।

मंगरू—हुजूर जितना चाहे पीट लें, मगर मुझसे यह काम करने को न कहें, जो मैं जीते-जी नहीं कर सकता!

एजेण्ट—हम एक सौ हण्टर मारेगा।

मंगरू— हुजूर एक हजार हण्टर मार लें, लेकिन मेरे घर की औरतों से न बोलें।

एजेण्ट नशे में चूर था। हण्टर लेकर मंगरू पर पिल पड़ा और लगा सड़ासड़ जमाने। दस बारह कोड़े मंगरू ने धैर्य के साथ सहे, फिर हाय-हाय करने लगा। देह की खाल फट गई थी और मांस पर चाबुक पड़ता था, तो बहुत जब्त करने पर भी कण्ठ से आर्त्त-ध्वनि निकल आती थी और अभी एक सौ में कुछ पन्द्रह चाबुक पड़े थे।

रात के दस बज गये थे। चारों ओर सन्नाटा छाया था और उस नीरव अंधकार में मंगरू का करुण-विलाप किसी पक्ष की भांति आकाश में मंडला रहा था। वृक्षों के समूह भी हतबुद्धि-से खड़े मौन रोदन की मूर्ति बने हुए थे। यह पाषाणहृदय लम्पट, विवेक शून्य जमादार इस समय एक अपरिचित स्त्री के सतीत्व की रक्षा करने के लिए अपने प्राण तक देने को तैयार था, केवल इस नाते कि यह उसकी पत्नी की संगिनी थी। वह समस्त संसार की नजरों में गिरना गंवारा कर सकता था, पर अपनी पत्नी की भक्ति पर अखंड राज्य करना चाहता था। इसमें अणुमात्र की कमी भी उसके लिए असह्य थी। उस अलौकिक भक्ति के सामने उसके जीवन का क्या मूल्य था?

ब्राह्मणी तो जमीन पर ही सो गयी थी, पर गौरा बैठी पति की बाट जोह रही

थी। अभी तक वह उससे कोई बात न कह सकी थी। सात वर्षों की विपत्ति-कथा कहने और सुनने के लिए बहुत समय की जरूरत थी और रात के सिवा वह समय फिर कब मिल सकता था। उसे ब्राह्मणी पर कुछ क्रोध-सा आ रहा था कि यह क्यों मेरे गले का हार हुई? इसी के कारण तो वह घर में नहीं आ रहे हैं।

यकायक वह किसी का रोना सुनकर चौंक पड़ी। भगवान्, इतनी रात गये कौन दुःख का मारा रो रहा है। अवश्य कोई कहीं मर गया है। वह उठकर द्वार पर आयी और यह अनुमान करके कि मंगरू यहां बैठा हुआ है, बोली—वह कौन रो रहा है! जरा देखो तो।

लेकिन जब कोई जवाब न मिला, तो वह स्वयं कान लगाकर सुनने लगी। सहसा उसका कलेजा धक् से हो गया। तो यह उन्हीं की आवाज है। अब आवाज साफ सुनायी दे रही थी। मंगरू की आवाज थी। वह द्वार के बाहर निकल आयी। उसके सामने एक गोली के टप्पे पर एजेंट का बंगला था। उसी तरफ से आवाज आ रही थी। कोई उन्हें मार रहा है। आदमी मार पड़ने पर ही इस तरह रोता है। मालूम होता है, वही साहब उन्हें मार रहा है। वह वहां खड़ी न रह सकी, पूरी शक्ति से उस बंगले की ओर दौड़ी, रास्ता साफ था। एक क्षण में वह फाटक पर पहुंच गयी। फाटक बंद था। उसने जोर से फाटक पर धक्का दिया, लेकिन वह फाटक न खुला और कई बार जोर-जोर से पुकारने पर भी कोई बाहर न निकला, तो वह फाटक के जंगलों पर पैर रखकर भीतर कूद पड़ी और उस पार जाते ही उसने एक रोमांचकारी दृश्य देखा। मंगरू नंगे बदन बरामदे में खड़ा था और एक अंग्रेज उसे हण्टरों से मार रहा था। गौरा की आंखों के सामने अंधेरा छा गया। वह एक छलांग में साहब के सामने जाकर खड़ी हो गई और मंगरू को अपने अक्षय-प्रेम-सबल हाथों से ढांककर बोली—सरकार, दया करो, इनके बदले मुझे जितना मार लो; पर इनको छोड़ दो।

एजेंट ने हाथ रोक लिया और उन्मत्त की भांति गौरा की ओर कई कदम आकर बोला—हम इसको छोड़ दें, तो तुम मेरे पास रहेगा।

मंगरू के नथने फड़कने लगे। यह पामर, नीच, अंग्रेज मेरी पत्नी से इस तरह की बातें कर रहा है। अब तक वह जिस अमूल्य रत्न की रक्षा के लिए इतनी यातनाएं सह रहा था, वही वस्तु साहब के हाथ में चली जा रही है, यह असह्य था। उसने चाहा कि लपककर साहब की गर्दन पर चढ़ बैठूं, जो कुछ होना है, हो जाय। यह अपमान सहने के बाद जीकर ही क्या करूंगा! लेकिन नब्बी ने उसे तुरन्त पकड़ लिया और

कई आदमियों को बुलाकर उसके हाथ-पांव बांध दिये। मंगरू भूमि पर छटपटाने लगा!!

गौरा रोती हुए साहब के पैरों गिर पड़ी और बोली—हजूर, इन्हें छोड़ दें, मुझ पर दया करें।

एजेण्ट—तुम हमारे पास रहेगा।

गौरा ने खून का घूंट पीकर कहा—हां, रहूंगी।

9

बाहर मंगरू बरामदे में पड़ा कराह रहा था। उसकी देह में सूजन थी और घावों में जलन, सारे अंग जकड़ गये थे। हिलने की भी शक्ति न थी। हवा घावों में शर के समान चुभती थी, लेकिन यह व्यथा वह सह सकता था। असह्य यह था कि साहब गौरा के साथ इसी घर में बिहार कर रहा है और मैं कुछ नहीं कर सकता। उसे अपनी पीड़ा भूल-सी गयी थी, कान लगाये सुन रहा था कि उनकी बातों की भनक कान में पड़ जाय, तो देखें क्या बातें हो रही हैं। गौरा अवश्य चिल्लाकर भागेगी और साहब उसके पीछे दौड़ेगा। अगर मुझसे उठा जाता, तो उस वक्त बचा को खोदकर गाड़ ही देता। लेकिन बड़ी देर हो गयी, न तो गौरा चिल्लायी; न बंगले से निकलकर भागी! वह उस सजे-सजाये कमरे में साहब के साथ बैठी सोच रही थी—क्या इसमें तनिक भी दया नहीं है? मंगरू का पीड़ा-क्रन्दन सुन-सुनकर उसके हृदय के टुकड़े हुए जाते थे। क्या इसके अपने भाईबन्द, मां-बहन नहीं हैं? माता यहां होती, तो उसे इतना अत्याचार न करने देती। मेरी अम्मा लड़कों पर कितना बिगड़ती थी, जब वह किसी को पेड़ पर ढेले चलाते देखती थीं। पेड़ में भी प्राण होते हैं। क्या इसकी माता इसे एक आदमी के प्राण लेते देखकर भी इसे मना न करती! साहब शराब पी रहा था और गौरा गोश्त काटने का छुरा हाथ में लिए खेल रही थी।

सहसा गौरा की निगाह एक चित्र की ओर गयी। उसमें एक माता बैठी हुई थी। गौरा ने पूछा—साहब यह किसकी तसवीर है? साहब ने शराब का गिलास मेज पर रखकर कहा—ओ, वह हमारे खुदा की मां मरियम है।

गोरा—बड़ी अच्छी तसवीर है! क्यों साहब, तुम्हारी मां जीती है न!

साहब—वह मर गया। जब हम यहां आया, तो वह बीमार हो गया। हम उसको देख भी नहीं सका।

साहब के मुख-मण्डल पर करुणा की झलक दिखायी दी।

गौरा बोली—तब तो उन्हें बड़ा दुःख हुआ होगा। तुम्हें अपनी माता का प्यार नहीं था। वह रो-रोकर मर गयी और तुम देखने भी न गये! तभी तुम्हारा दिल कड़ा है।

साहब—नहीं-नहीं, हम अपनी माता को बहुत चाहता था। वैसी औरत दुनिया में न होगी। हमारा बाप हमको बहुत छोटा-सा छोड़कर मर गया था। माता ने कोयले की खान में मजूरी करके हमको पाला।

गौरा—तब तो वह देवी थी। इतनी गरीबी का दुःख सहकर भी तुम्हें दूसरे पर तरस नहीं आता! क्या वह दया की देवी तुम्हारी बेदरदी देखकर दुखी न होती होंगी, उनकी कोई तसवीर तुम्हारे पास हैं?

साहब—ओ, हमारे पास उनके कई फोटो हैं। देखो, वह उन्हीं की तसवीर है, वह दीवाल पर।

गौरा ने समीप जाकर तसवीर देखी और करुण स्वर में बोली—सचमुच देवी थीं, जान पड़ता है, दया की देवी हैं। वह तुम्हें कभी मारती थीं कि नहीं? मैं तो जानती हूं, वह कभी किसी पर न बिगड़ती रही होंगी। बिलकुल दया की मूर्ति हैं।

साहब—ओ, मामा हमको कभी नहीं मारता था। वह बहुत गरीब था, पर अपने कमाई में कुछ-न-कुछ जरूर खैरात करता था। किसी बे-बाप के बालक को देखकर उसकी आंखों में आंसू भर आता था। वह बहुत ही दयावान था।

गौरा ने तिरस्कार के स्वर में कहा—और उसी देवी के पुत्र होकर तुम इतने निर्दयी हो! क्या वह होती तो तुम्हें किसी को इस तरह हत्यारों की भांति मारने देतीं? वह सरग में रो रही होंगी। सरग-नरक तो तुम्हारे यहां भी होगा। ऐसी देवी के पुत्र कैसे हो गये?

गौरा को ये बातें कहते हुए जरा भी भय न होता था। उसने अपने मन में एक दृढ़ संकल्प कर लिया था और अब उसे किसी प्रकार का भय न था। जान से हाथ धो लेने का निश्चय कर लेने के बाद भय की छाया भी नहीं रह जाती। किन्तु वह हृदय-शून्य अंग्रेज इन तिरस्कारों पर आग हो जाने के बदले और भी नम्र होता जाता था। गौरा मानवी भावों से कितनी ही अनभिज्ञ हो, पर इतना जानती थी कि अपनी जननी के लिए प्रत्येक हृदय में, चाहे वह साधु का हो या कसाई का, आदर और प्रेम का एक कोना सुरक्षित रहता है। ऐसा भी कोई अभागा प्राणी है,

जिसे मातृ-स्नेह की स्मृति थोड़ी देर के लिए रुला न देती हो, उसके हृदय के कोमल भाव को जगा न देती हो?

साहब की आंखें डबडबा गयी थीं। सिर झुकाये बैठा रहा। गौरा ने फिर उसी ध्वनि में कहा—तुमने उनकी सारी तपस्या धूल में मिला दी। जिस देवी ने मर-मरकर तुम्हारा पालन किया, उसी को मरने के पीछे तुम इतना कष्ट दे रहे हो? क्या इसीलिए माता अपने पुत्र को अपना रक्त पिला-पिलाकर पालती है? अगर वह बोल सकतीं तो क्या चुप बैठी रहतीं; तुम्हारे हाथ पकड़ सकतीं तो न पकड़तीं? मैं तो समझती हूं, वह जीती होतीं तो इस वक्त विष खाकर मर जातीं।

साहब अब जब्त न कर सके। नशे के क्रोध की भांति ग्लानि का वेग सहज ही में उठ आता है। दोनों हाथों से मुंह छिपाकर साहब ने रोना शुरू किया और इतना रोया कि हिचकी बंध गयी। माता के चित्र के सन्मुख जाकर वह कुछ देर तक खड़ा रहा, मानो माता से क्षमा मांग रहा हो। तब आकर आर्द्र-कण्ठ से बोला—हमारे माता को अब कैसे शान्ति मिलेगा। हाय-हाय! हमारे सबब से उसको स्वर्ग में भी सुख नहीं मिला। हम कितना अभागा है!

गौरा—अभी जरा देर में तुम्हारा मन बदल जायेगा और तुम फिर दूसरों पर अत्याचार करने लगोगे।

साहब—नई, नई, अब हम मामा को कभी दुख नहीं देगा? हम अभी मंगरू को अस्पताल भेजता है।

10

रात ही को मंगरू अस्पताल पहुंचा दिया गया। एजेंट खुद उसको पहुंचाने आया। गौरा भी उसके साथ थी। मंगरू को ज्वर हो आया था, बेहोश पड़ा हुआ था।

मंगरू ने तीन दिन आखें न खोलीं और गौरा तीनों दिन उसके पास बैठी रही। एक क्षण के लिए भी वहां से न हटी। एजेंट भी कई बार हाल-चाल पूछने आ जाता और हर मरतबा गौरा से क्षमा मांगता।

चौथे दिन मंगरू ने आंखें खोलीं, तो देखा गौरा सामने बैठी हुई है। गौरा उसे आंखें खोलते देखकर पास आ खड़ी हुई और बोली—अब कैसा जी है?

मंगरू ने कहा—तुम यहां कब आयी?

गौरा—मैं तो तम्हारे साथ ही यहां आयी थी, तब से यहीं हूं।

मंगरू—साहब के बंगले में क्या जगह नहीं है?

गौरा—अगर बंगले की चाह होती, तो सात समुद्र-पार तुम्हारे पास क्यों आती?

मंगरू—आकर कौन-सा सुख दे दिया है? तुम्हें यही करना था, तो मुझे मर क्यों न जाने दिया?

गौरा ने झुंझलाकर कहा—तुम इस तरह की बातें मुझसे न करो। ऐसी बातों से मेरी देह में आग लग जाती है!

मंगरू ने मुंह फेर लिया, मानो उसे गौरा की बात पर विश्वास नहीं आया।

दिन-भर गौरा मंगरू के पास बे दाना-पानी खड़ी रही। गौरा ने कई बार उसे बुलाया, लेकिन वह चुप्पी साधे रह गया। यह संदेह-युक्त निरादर, कोमल हृदय गौरा के लिए असह्य था। जिस पुरुष को वह देव-तुल्य समझती थी, उसके प्रेम से वंचित होकर वह कैसे जीवित रह सकती थी? यही प्रेम उसके जीवन का आधार था। उसे खोकर अब वह अपना सर्वस्व खो चुकी थी।

आधी रात से अधिक बीत चुकी थी। मंगरू बेखबर सोया हुआ था, शायद वह कोई स्वप्न देख रहा था। गौरा ने उसके चरणों पर सिर रखा और अस्पताल से निकली। मंगरू ने उसका परित्याग कर दिया था। वह भी परित्याग करने जा रही थी।

अस्पताल की पूर्व-दिशा में एक फलार्ग पर एक छोटी-सी नदी बहती थी। गौरा उसके कगार पर खड़ी हो गयी। अभी कई दिन पहले वह अपने गांव में आराम-से पड़ी हुई थी। उसे क्या मालूम था कि जो वस्तु इतनी मुश्किल से मिल सकती है, वह इतनी आसानी से खोयी भी जा सकती है। उसे अपनी मां की, अपने घर की, अपनी सहेलियों की, अपनी बकरी के बच्चों की याद आयी। वह सब कुछ छोड़कर इसीलिए यहां आयी थी? पति के ये शब्द—'क्या साहब के बंगले में जगह नहीं है', उसके मर्मस्थान में वाणी के समान चुभे हुए थे। यह सब मेरे ही कारण तो हुआ? मैं न रहूंगी, तो वह फिर आराम से रहेंगे। सहसा उसे ब्राह्मणी की याद आ गयी। उस दुखिया के दिन यहां कैसे कटेंगे! चलकर साहब से कह दूं कि उसे या तो उसके घर भेज दें या किसी पाठशाला में काम दिला दें।

वह लौटना ही चाहती थी कि किसी ने पुकारा—गौरा! गौरा!!

यह मंगरू का करुण-कम्पित स्वर था। वह चुपचाप खड़ी हो गयी। मंगरू ने फिर पुकारा—

गौरा! गौरा! तुम कहां? मैं ईश्वर से कहता हूं कि...

गौरा ने और कुछ न सुना। वह धम-से नदी में कूद पड़ी। बिना अपने जीवन का अन्त किये वह स्वामी की विपत्ति का अन्त न कर सकती थी।

धमाके की आवाज सुनते ही मंगरू भी नदी में कूदा। वह अच्छा तैराक था! मगर कई बार गोते मारने पर भी गौरा का कहीं पता न चला।

प्रातःकाल दोनों लाशें साथ-साथ नदी में तैर रही थी। जीवन-यात्रा में उन्हें वह चिर-संग कभी न मिला था। स्वर्ग-यात्रा में दोनों साथ-साथ जा रहे थे!!

□□□